Jette Hansen
Inselleben

Montlake

Das Buch

Franzis Leben auf der Insel Spiekeroog ist perfekt – fast. Denn sie und ihr Mann Tamme wünschen sich vergeblich ein Kind, was allmählich zum Stresstest für ihre Ehe wird.

Dann steht plötzlich Franzis sechzehnjährige Cousine Sonya vor der Tür, die von zu Hause weggelaufen ist und bei ihr Zuflucht sucht.

Als Tamme auch noch beruflich aufs Festland muss und Franzis alte Liebe Phillip unerwartet auf der Insel auftaucht, überschlagen sich die Ereignisse.

Die Autorin

Jette Hansen, 1981 in Ostfriesland geboren, lebt heute mit Mann, zwei Kindern und einem Mischlingshund in der Nähe von Bremen. Neben dem täglichen Feilen an Romanmanuskripten arbeitet sie halbtags als Eventmanagerin. Der nächste Roman ist bereits in Arbeit.

Jette Hansen

Inselleben

Roman

Montlake

Deutsche Erstveröffentlichung bei
Montlake, Amazon Media EU S.à r.l.
38, avenue John F. Kennedy, L-1855 Luxembourg
September 2020

Umschlaggestaltung: semper smile, München, www.sempersmile.de
Umschlagmotiv: © mexrix/Shutterstock © Olga Pink/Shutterstock
© s_oleg/Shutterstock © ohenze/Shutterstock © F8 studio/Shutterstock
1. Lektorat: Ute Köhler
2. Lektorat und Korrektorat: Rotkel Textwerkstatt
Gedruckt durch:
Amazon Distribution GmbH, Amazonstraße 1, 04347 Leipzig /
Canon Deutschland Business Services GmbH, Ferdinand-Jühlke-Str. 7,
99095 Erfurt /
CPI books GmbH, Birkstraße 10, 25917 Leck

ISBN: 978-2-49670-514-0

www.montlake.de

Eins

Franzi zog den Reißverschluss ihrer Jacke zu. Für Ende Mai waren die Temperaturen mit Tageshöchstwerten um die zwanzig Grad zwar ungewöhnlich hoch, aber an diesem Vormittag hatte die Sonne noch nicht ihre volle Kraft entfaltet.

Weit zurückgelehnt im Strandkorb wartete Franzi auf ihre Freundin Edda und deren zweijährige Tochter Jella. Der Strand der kleinen ostfriesischen Insel Spiekeroog war um diese Uhrzeit nur mit wenigen Spaziergängern bevölkert. Erst in zwei Wochen würden die Urlauberzahlen schlagartig zunehmen und zu Beginn der Ferienzeit ihren Höchststand erreichen.

Als Franzi die vor sich hin plappernde Jella hörte, sprang sie auf und winkte der Kleinen und ihrer Mutter zu. »Hier bin ich!«

Jella rannte auf Franzi zu, die ihre Arme weit öffnete. »Franzi!«, schrie das kleine Mädchen und stürzte sich in ihre Arme.

»Na, meine Kleine!« Franzi drehte sich mit Jella im Arm mehrere Male im Kreis. Das kleine Mädchen kreischte vor Vergnügen.

»Jetzt ist aber gut«, rief Edda lachend, als ihre Tochter sich an ihre Freundin klammerte und um weitere Drehungen bettelte.

Franzi setzte Jella auf dem weißen Sand ab und streichelte ihr über den Kopf. »Hast du gut geschlafen?«, fragte sie.

»Ich hab Mama aufgeweckt«, verkündete Jella stolz, griff nach dem Kinderspaten und dem kleinen Eimer und ließ sich vor dem Strandkorb in den Sand fallen.

Edda stellte die Kindertasche ab und setzte sich neben Franzi. »Wie geht es dir?«

Franzi zuckte mit den Schultern.

»War der Test wieder negativ?«, wollte Edda wissen.

Franzi nickte.

»Weiß Tamme es schon?«

Franzi schüttelte den Kopf. »Er musste früh hoch. Bei einer der Ferienwohnungen ist der Herd kaputt und anschließend hat er noch weitere Termine.«

Edda beugte sich zur Kindertasche hinunter und holte eine Thermosflasche und zwei Becher heraus. »Tee?«

Als Franzi zustimmte, schenkte Edda ein und reichte ihr einen gefüllten Becher. »Ganz frisch gemacht.«

Franzi nahm den Becher in beide Hände, als wollte sie sich daran wärmen. Gemeinsam sahen sie Jella zu, wie sie mit dem Kinderspaten ein Loch grub und jedes Mal vergnügt quiekte, wenn sie eine Schippe Sand auf den größer werdenden Haufen geworfen hatte.

»Hat Markus sich gemeldet?«, hakte Franzi nach.

»Ja, wir haben gestern telefoniert. Es gab Verzögerungen, weil die Berufung vor dem Kantonsgericht zugelassen wurde.«

»Gibt es jetzt doch noch einen Baustopp für das Museum?«, fragte Franzi.

»Das wusste Markus noch nicht. Vielleicht ist er schon in den nächsten Tagen zurück. Begeistert klang er nicht. Aber das kannst du dir ja denken.«

Eddas Mann Markus war Architekt und hatte sich in den letzten Jahren mit kleinen Aufträgen für Standardbauten über

Wasser gehalten. Das Museumsprojekt in der Schweiz war für ihn sein bisher größter Auftrag gewesen.

»Er hat da so viel Arbeit und Herzblut reingesteckt«, sagte Franzi. »Es wäre für ihn ein Drama, wenn sich das Projekt jetzt verzögert.«

»Oder gar nicht mehr in Angriff genommen würde«, ergänzte Edda.

Franzi warf ihr einen erstaunten Blick zu. »Kann das wirklich passieren?«

»Wenn das Gericht jetzt per Eilantrag entscheidet, dass der Bau gestoppt werden muss, würde für Markus eine Welt zusammenbrechen. Ich mag gar nicht daran denken, wie es dann weitergehen sollte.«

Franzi mochte sich gar nicht ausmalen, wie sich das auch auf die Ehe der beiden auswirken könnte. Schon vor drei Jahren, als die Liebe der beiden in einer tiefen Krise steckte, hatte nicht nur Eddas Schwangerschaft die beiden wieder auf den gemeinsamen Lebensweg zurückgeführt, sondern auch das beginnende Museumsprojekt, das Markus neuen Halt gegeben hatte.

»Irgendwie wird es schon weitergehen«, fuhr Edda fort. »Sag mal, hast du denn noch einmal mit Tamme gesprochen? Es ist doch wirklich kein Drama, sich bei einem Facharzt untersuchen zu lassen. An einem von euch beiden muss es doch liegen, dass es mit dem Kinderkriegen nicht klappt.«

Jella kam auf die beiden zugerannt und kletterte auf Eddas Schoß. »Ich will einen Keks, Mama.«

Edda langte in die Tasche und Jella sah dabei zu, wie ihre Mutter eine Handvoll Kekse herausfischte und ihr einen reichte. Das kleine Mädchen kuschelte sich an ihre Mutter und krümelte ihr den Pullover voll.

»Bei dir hat es doch auch irgendwann so geklappt«, nahm Franzi das Gespräch wieder auf. Sie wusste nur zu gut, dass ihr Mann nur schwer von einer Meinung abzubringen war, die er sich einmal gebildet hatte. Er stand in dieser Sache sämtlicher medizinischer Hilfe, egal in welcher Form, kritisch gegenüber. »Wenn es so nicht klappt«, hatte er verkündet, »dann hat die Natur sich schon was dabei gedacht.«

»Ich hatte einfach Glück«, sagte Edda. »Fahrt am besten zusammen nach Oldenburg. Die Ärzte in der Kinderwunschpraxis, die ich dir empfohlen habe, sind nicht nur sympathisch, sondern auch hoch spezialisiert. Da guckt dich niemand schräg an, weil du keine Kinder bekommen kannst.«

»Ich rede noch mal mit Tamme«, gab Franzi zurück, um das Thema zu beenden.

Jella wechselte ihren Platz und lehnte sich bei Franzi an, die ihr zärtlich über die Haare strich. Tamme und sie waren Jellas Taufpaten und ihr schon dadurch besonders verbunden.

»Mama sagt, ich darf noch nicht in den Kindergarten«, erzählte das kleine Mädchen.

»Wenn du drei Jahre alt bist, dann …«

»So alt?«, unterbrach Jella sie und hielt drei Finger hoch.

»Genau! So lange dauert das auch nicht mehr.«

»Nora darf aber auch schon dahin«, murrte Jella und verzog das Gesicht. »Und ich kann nicht mit ihr spielen. Das ist doof!« Das letzte Wort dehnte sie weit aus, sprang im nächsten Moment von Franzis Schoß, um wieder zu ihrer kleinen Baustelle zu laufen.

Edda beugte sich zu Franzi und sagte leise: »Ich habe Jella noch nichts gesagt, aber vielleicht bekommt sie schon zum Ende des Jahres einen Platz.«

»Da wird sie sich aber riesig freuen. Und du dich sicher auch, oder?«

Edda leitete eine kleine Buchhandlung im Dorf und hatte nach Jellas Geburt ein Dreivierteljahr ausgesetzt. Nun wurde die Kleine seit über einem Jahr von Eddas Mutter betreut, während Edda arbeitete.

»Ich bin froh, wenn Jella den Platz bekommt«, gab Edda zurück. »Du weißt ja, wie schwer es meiner Mutter mit ihrem kaputten Rücken fällt, sie über so viele Stunden zu betreuen. Und ich muss mich dringend mehr um den Laden kümmern.«

»Wenn ich dir irgendwie helfen kann …«

Edda schüttelte den Kopf. »Du hast doch genug um die Ohren. Wie viele Ferienhäuser verwaltest du jetzt schon? Dreißig? Das ist heute dein erster freier Tag seit wie langer Zeit?«

Franzi zuckte mit den Schultern. Sie wusste, dass ihre Freundin recht hatte. Begonnen hatte alles mit einem Haus mit vier Ferienwohnungen, das Tammes Tante Meta geerbt hatte. Nach anfänglichen Schwierigkeiten hatte Franzi in den letzten drei Jahren immer mehr Ferienwohnungen und -häuser unter Vertrag genommen, um sie zu verwalten. Ihr Mann unterstützte sie bei Reparaturen und anderen praktischen Arbeiten, wenn er nicht auf dem Kutter seines Freundes Hauke aushalf. Sie hatten schon mehrfach darüber gesprochen, für mehrere Wochen gemeinsam Urlaub zu machen, aber in den letzten eineinhalb Jahren keine Vertretung gefunden.

»Was soll ich machen?«, sagte Franzi. »Die Arbeit erledigt sich nicht von selbst. Wir finden einfach niemanden, der uns beide für längere Zeit vertritt.«

»Vielleicht musst du mal ein paar Abstriche bei deinen Erwartungen machen. Ich habe für den Buchladen auch niemand gefunden, der so arbeitet wie ich. Das ist ganz normal.« Als Edda Franzis Blick bemerkte, fügte sie schnell hinzu. »Was denn? Freunde sind auch dafür da, unbequeme Wahrheiten auszusprechen. Wie oft hast du mir schon den Kopf gewaschen? Und das mit Recht.«

»Ich sag ja gar nichts!«

Franzi wusste, dass sie sich manchmal selbst im Weg stand. Wenn sie sich für eine Sache entschied, setzte sie sich voll und ganz dafür ein. Alles musste perfekt sein, sie hasste Fehler.

Unwillkürlich musste sie an das Leben ihrer Mutter denken, die sich für den falschen Mann entschieden hatte, weil sie dachte, er wäre Franzis Vater. Als ihr klar wurde, dass sie einem Irrtum aufgesessen war, war es bereits zu spät gewesen. Sie begann zu trinken und starb, als Franzi neunzehn war. Ihren leiblichen Vater hatte sie erst vor drei Jahren kennengelernt: Max Wander lebte in Hamburg und inzwischen hatten sie regelmäßig Kontakt.

»Wie wäre es mit einem Praktikanten oder einer Praktikantin?«, fragte Edda. »Da findet sich doch bestimmt ein Student oder was Ähnliches, der die Touristikbranche auf den Ostfriesischen Inseln kennenlernen möchte.«

Franzi lachte. »Das glaube ich kaum. Und wo sollte ich so jemanden unterbringen? In der Hauptsaison ist das ganz schön schwierig.«

»Du siehst überall nur Probleme«, gab Edda zurück und stand auf. »Lass uns ein paar Meter gehen.« Sie wandte sich zu ihrer Tochter um. »Wir gehen spazieren, Jella.«

Das kleine Mädchen sprang auf und ließ sich von Edda und Franzi in die Mitte nehmen. Gemeinsam liefen sie auf die Nordsee zu, wo die Flut gerade den Höchststand erreicht hatte.

Zwei

»Sonya! Was machst du denn hier?« Franzi starrte verblüfft das Mädchen an, das vor ihrem Haus wartete.

Sonya stand auf. »Ich brauche Asyl, Franzi. Kann ich ein paar Tage bei dir bleiben?«

Franzi hatte ihre sechzehnjährige Cousine erst vor einem Jahr auf einer Familienfeier kennengelernt. Sonyas Mutter Anja war die Schwester von Franzis Vater. Auf der Feier hatten sie sich lange unterhalten und Sonya war ihr gleich sympathisch gewesen, trotz oder vielleicht auch wegen ihres rebellischen Charakters.

»Weiß denn …« Franzi brach ab. »Komm doch erst mal rein.« Sie schloss die Tür auf und trat zur Seite. »Stell deine Tasche einfach im Flur ab. Die zweite rechts ist die Küche.«

»Möchtest du etwas trinken?«, fragte Franzi, als sie sich vom ersten Schock erholt hatte.

Ihre Cousine wohnte mit ihrer Mutter in einer Kreisstadt bei Münster und besuchte dort ein Gymnasium. Franzi fragte sich, wie sie mitten in der Woche schulfrei haben konnte, und fand darauf nur eine einzige Antwort.

»Hast du Kaffee?«, fragte Sonya.

»Nicht lieber einen Saft?«

Sonya rollte mit den Augen. »Keine Angst, ich bin schon alt genug für den Stoff. Kannst du auch Milch aufschäumen? Schwarz schmeckt er ekelhaft.« Sie zog ihr Smartphone aus der Tasche und war im nächsten Augenblick völlig vertieft.

Franzi verkniff sich eine Bemerkung und stellte die Kaffeemaschine an. Als sie mit den zwei gefüllten Tassen an den Tisch trat, tippte Sonya immer noch auf ihrem Smartphone herum. »Weiß deine Mutter, dass du hier bist?«

»Ich hab die Schule geschmissen«, murmelte Sonya und starrte weiter auf den kleinen Bildschirm.

»Das habe ich nicht gefragt«, sagte Franzi, dieses Mal etwas energischer.

»Sie wird schon merken, dass ich nicht mehr da bin.«

Franzi wartete eine Weile, aber Sonya unterbrach ihre Beschäftigung mit dem Smartphone nur, um einen Schluck Kaffee zu trinken.

»Wo schläfst du heute Nacht?«, erkundigte sich Franzi wie beiläufig.

Sonya starrte sie an. »Hier! Ich habe dich doch gefragt. Asyl und so.«

»Tut mir leid. Mit Asyl und so kann ich nicht dienen. Entweder legst du das Handy jetzt mal weg und erklärst mir, was los ist, oder du beeilst dich, um die nächste Fähre aufs Festland zu erreichen. Falls dein Geld reicht, kann ich dir natürlich auch ein Hotel empfehlen.«

Sonya starrte Franzi mit großen Augen an, schluckte einmal und schob das Handy wenige Zentimeter zur Seite.

»Deine Mutter weiß also nicht, dass du hier auf Spiekeroog bist?«

Sonya schüttelte den Kopf.

»Was ist mit der Schule? Du kannst doch nicht mitten im Schuljahr einfach aufhören.«

Sonya starrte sie wütend an. »Bullshit! Siehst du doch, dass ich das kann. Ich setz keinen Fuß mehr in diese Folterkammer. Die spuckt nur Zombies aus. Nie wieder!«

»Schon mal von Schulpflicht gehört? So einfach mal abhauen ist leider nicht drin. Entweder gehst du weiter auf eine weiterführende Schule oder du machst eine Ausbildung und dann musst du zur Berufsschule. Das nennt man Schulpflicht.«

»Du hörst dich an wie meine Mutter. Und ich dachte, du wärst nicht eine von diesen Hirntoten.«

»Und ich dachte, du wärst so erwachsen, dass du die Folgen deiner Handlungen zumindest halbwegs einschätzen kannst. Was ist mit deiner Mutter? Ist sie dir vollkommen egal? Wenn du nicht nach Hause kommst und dich nicht meldest, was soll sie denken? Ich zumindest würde Panik kriegen und die Polizei rufen.«

»Träum weiter!«, fuhr Sonya sie an. »Mama ist doch vollkommen egal, was mit mir passiert.«

Franzi ahnte, dass sie mit Argumenten nicht weiterkommen würde, und entschied sich für die harte Tour. »Ich denke, du trinkst jetzt deinen Kaffee aus und dann machst du dich auf den Weg, um dir eine Bleibe für die Nacht zu suchen.«

Sonya starrte sie an. »Ich hab nicht so viel Kohle.«

»Ist das mein Problem?«

»Das kannst du nicht bringen. Wo soll ich denn hin?«

Franzi hielt Sonyas entsetztem Blick stand und wartete, bis ihre Cousine den Kopf senkte.

»Okay, ich mache dir einen Vorschlag. Du erzählst mir die ganze Geschichte und ich telefoniere danach mit deiner Mutter.«

Sonya nickte und begann stockend zu erzählen.

Ein Lehrer an ihrem konservativen Gymnasium hatte Sonya, wie sie es nannte, *angebaggert*. Als sie den Mathelehrer zurückwies, quittierte er es ihr mit schlechten Noten. Sie sprach daraufhin mit dem Schulleiter, doch der Lehrer stritt alles ab und behauptete, Sonya habe ihn in eine Falle locken wollen und ihre Beschuldigungen seien falsch. Der Schulleiter stellte sich auf die Seite des Lehrers und glaubte ihr nicht. In den folgenden Wochen spielte der Mathelehrer Sonya übel mit, sie rutschte auf eine Fünf ab und hörte von Gerüchten, die sie als Geliebte des Lehrers outeten. Kurz darauf war der Punkt gekommen, an dem Sonya beschlossen hatte, die Schule zu verlassen.

Franzi zog Sonya an sich und nahm sie in den Arm. »Das ist ja schrecklich. Das tut mir so leid.« Sie strich ihr über den Kopf. »Ist Anja denn nicht mit dir zusammen zum Schulleiter gegangen?«

Sonya zuckte mit den Schultern. »Sie glaubt mir doch sowieso nicht.«

»Sie weiß also gar nicht Bescheid?«, fragte Franzi erstaunt.

»Nicht wirklich.«

»Du hast deiner Mutter gar nicht von der ganzen Sache erzählt?«

»Etwas. Es hätte keinen Sinn gemacht, ihr mehr zu erzählen, sie hätte dann eh nur gedacht, ich suche nach einer Ausrede für die schlechten Noten. Sie sagte dann, ich solle mich mehr anstrengen und die Zähne zusammenbeißen. Die üblichen Loser-Sprüche, von wegen, sie hätte es auch nicht leicht gehabt. Aber ich gehe nicht in die Folterkammer zurück. Keine Chance. Sag ihr das!«

»Was muss das für eine schreckliche Zeit für dich gewesen sein.« Franzi stand auf. »Ich rufe jetzt deine Mutter an. Du bleibst hier sitzen, bis ich wieder da bin.«

»Schneider!«

»Franzi hier. Hast du ein paar Minuten für mich?«

»Ist etwas mit Max?«, fragte Anja. Offensichtlich hatte sie ihre Tochter bisher noch nicht vermisst.

»Nein, darum geht es nicht. Sonya ist seit zwei Stunden hier bei mir.«

»Sonya ist auf Spiekeroog? Warum … Sie hat doch …«

Franzi erzählte ihr, was sie von Sonya erfahren hatte. Wie sich schnell herausstellte, hatte Sonya tatsächlich nur diffuse Andeutungen zu ihren Schwierigkeiten in der Schule gemacht, die Anja nicht ernst genommen hatte.

»Wo ist das arme Kind da nur reingeraten?«, sagte Anja mit entsetzter Stimme. »Warum sagt sie denn nichts.«

»Sie hatte wohl Angst vor deiner Reaktion. Habt ihr in der letzten Zeit häufiger Streit?«

»Häufiger wäre untertrieben. Ich verstehe sie wohl einfach nicht mehr«, sagte Anja. »In der letzten Zeit zickt sie nur noch rum, kommt mit schlechten Noten nach Hause und regt sich auf, wenn ich was dazu sage. Von diesen merkwürdigen Jungs, mit denen sie verkehrt, einmal vollkommen abgesehen.«

»Hatten wir in dem Alter nicht alle unsere Probleme mit den Eltern?«

»Ja, Franzi, aber nicht so. Alles, was ich mache oder vorschlage, ist Bullshit oder Loser-Kacke oder was weiß ich. Jedes Gespräch endet nach wenigen Worten in Geschrei. Franzi, ehrlich, ich weiß nicht mehr weiter. Und jetzt zieht sie auch noch dich mit rein.«

»Pass auf, Anja. Was hältst du davon, wenn du Sonya für eine Woche krankmeldest? Sie bleibt hier bei uns und dann sehen wir weiter.«

»Willst du dir das wirklich antun? Das kann ich dir nicht zumuten, Franzi. Du weißt nicht, wie anstrengend meine Tochter sein kann.«

»Anja, das ist in Ordnung. Vielleicht braucht ihr beide einfach mal eine Auszeit und Sonya ein paar Tage Zeit, um sich über ihre Zukunft Gedanken zu machen. Glaub mir, im Moment bekommst du sie in diese Schule nicht mehr rein.

Egal, was da jetzt genau passiert ist, sie wird sie erst mal nicht mehr betreten.«

»Und wenn ich mit dem Schulleiter rede? Das kann doch nicht einfach so stehen bleiben. Die Noten versauen ihr doch das Abitur.«

»Ich weiß nicht, ob Sonya das gerade weiterhilft. Sie weigert sich strikt, die Schule wieder zu betreten. Wenn du was gegen den Lehrer unternehmen willst, muss Sonya bereit sein. Das ist sie aber nicht. Glaub mir.«

»Und was soll ich jetzt machen? Hier gibt es nur ein einziges Gymnasium, Franzi. Wenn sie wechseln will, müsste sie ganz bis nach Münster fahren, und dass die sie da aufnehmen, kann ich mir nicht vorstellen. Eigentlich muss man dafür im Stadtgebiet gemeldet sein.«

»So weit sind wir doch noch gar nicht. Vielleicht klärt sich in den nächsten Tagen noch alles auf. Immerhin hat sie ja schon die Mittlere Reife und könnte auch eine Ausbildung machen.«

Anja schwieg. Franzi wusste, wie sehr sie sich wünschte, dass ihre Tochter Abitur machen und anschließend studieren würde.

»Sag Sonya, dass sie mich anrufen soll«, sagte Anja. »Ich muss das mit ihr besprechen.«

»Können wir das auf morgen verschieben? Ich glaube, gerade ist kein guter Zeitpunkt dafür.«

Anja stöhnte leise. »Wenn du meinst. Ja, vielleicht hast du recht. Ich bin im Moment auch ziemlich geladen. Morgen ist sicher besser.«

»Okay, ich geh jetzt wieder zu Sonya und spreche mit ihr. Morgen wird sie dich auf jeden Fall anrufen.«

Sie verabschiedeten sich.

»Warum soll ich sie anrufen?«, fragte Sonya mit weit aufgerissenen Augen, als Franzi ihr von dem Gespräch erzählte. »Du hast ihr doch alles gesagt, oder?«

»Anja ist deine Mutter und sie hat das letzte Wort. Es wird nicht anders gehen, als dass du mit ihr redest. Ich kann da nichts machen, Sonya. So gerne ich dir helfen würde, mir sind die Hände gebunden.« Franzi warf ihrer Cousine einen ernsten Blick zu. »Schaffst du es, mit deiner Mutter zu telefonieren?«

Sonya nickte schweigend.

»Anja liebt dich. Jeder streitet sich mal. Sag ihr noch einmal selbst und in Ruhe, was passiert ist und dass du eine Weile hierbleiben möchtest.«

Wieder nickte Sonya, ohne Franzi anzuschauen.

»Gut! Und jetzt zeig ich dir das Gästezimmer.«

»Das war doch in Ordnung, oder?«, fragte Franzi ihren Mann, als sie am Abend im Bett lagen.

Tamme richtete sich auf. »Klar, Familie geht vor. Wenn die Kleine Probleme hat, dann braucht sie vielleicht wirklich etwas Abstand. Das Gästezimmer ist doch frei. Warum also nicht?«

Franzi küsste ihn auf die Wange. »Danke! Ich hatte mir schon etwas Sorgen gemacht.«

»Warum? Alles gut. Sie wird ja nicht für immer hier wohnen bleiben. Und wenn wir das Zimmer erst für unser Kind …« Er stutzte. »Hast du eigentlich den Test schon gemacht? Bei der Hektik heute habe ich ganz vergessen nachzufragen.«

Franzi seufzte, der Moment der Wahrheit ließ sich nicht länger hinausschieben, sosehr es sie schmerzte, darüber zu reden. »Hab ich. Leider negativ.«

»Dann klappt es sicher im nächsten Monat«, sagte Tamme und lächelte, aber Franzi sah ihm an, wie enttäuscht er war. Woher nahm er dann diese Zuversicht, es würde in vier Wochen schon anders sein? Ihre Hoffnung war fast erloschen.

»Vielleicht sollten wir …« Franzi brach ab, als sie seinen Blick bemerkte. »Gut, das ist deine Entscheidung, aber ich werde mich untersuchen lassen.«

»Franzi«, er zog sie in seine Arme und ihren Kopf an seine Brust, »ich kann dich wohl nicht davon abhalten?«

Sie lauschte seinem Herzschlag an ihrem Ohr. Ruhig und gleichmäßig. Eine Antwort war nicht nötig.

»Aber irgendeinen Eingriff oder eine Operation wirst du nicht machen, oder?«

»Nein, was denkst du denn? Es ist nur eine Untersuchung, allenfalls nehme ich Medikamente. Aber ich muss mich erst beraten lassen. Edda begleitet mich nach Oldenburg.«

Er schwieg.

»Jetzt guck nicht so, Tamme. Ich mache nichts, ohne es mit dir besprochen zu haben. Okay?«

Er breitete seine Arme aus und Franzi schmiegte sich an ihn.

Gegen elf Uhr am nächsten Vormittag schaute Sonya in Franzis kleines Büro herein. Sie rieb sich die Augen und blinzelte in die Sonne, die durchs Fenster schien. »Gibt es Frühstück?«, murmelte sie.

»Klar, du weißt ja, wo die Küche ist.«

Franzi sah, dass es Sonya Mühe bereitete, ruhig zu antworten. Sie atmete flach, die Wangen waren gerötet. »Und der Kaffee! Wo steht der? Hast du denn Brötchen geholt? Auch welche mit Körnern? Aber nicht zu dunkel.«

»Ein Brötchen liegt im Brotkorb«, sagte Franzi und zog einen Plan von Spiekeroog aus dem Regal, markierte drei Stellen und reichte ihn Sonya. »Wir haben zwei Bäcker. Nur, falls du das Brötchen nicht magst.«

Sonya nahm den Plan in die Hand. »Und wo sind *wir*?«

»Wo der blaue Punkt ist. Wenn du schon unterwegs bist, kannst du im Edeka-Markt etwas einkaufen. Die Liste schreibe ich dir gleich.«

»Ich bin doch nicht deine …« Sonya verstummte, drehte sich um und zog die Tür mit einem Knall zu.

Franzi schüttelte den Kopf und fragte sich erneut, ob sie die richtige Entscheidung getroffen hatte. Wenn Sonya sich weiter aufführte wie eine Sechsjährige, würde sie sie noch heute mit der nächsten Fähre aufs Festland schicken.

Seufzend öffnete Franzi die Buchungen des Tages und begann, sie zu bearbeiten. Als sie den Namen der dritten Anfrage las, erstarrte sie: Phillip Lahnstein. Franzi kontrollierte die Adresse: Düsseldorf, aber eine andere Straße, als ihr bekannt war. Sollte sie die Anfrage einfach löschen? Sie stand auf, ging zum Fenster und öffnete es. Gierig sog sie die noch kühle Morgenluft ein. Konnte Phillip wissen, dass er ausgerechnet bei ihr eine Unterkunft buchte? Nein, sein Aufenthalt auf Spiekeroog lag jetzt drei Jahre zurück, als Franzi damals gerade auf der Insel angekommen war und ihre Stelle als Servicekraft angetreten hatte. Sie waren sich nach einigen Tagen nähergekommen und hatten schließlich eine Nacht miteinander verbracht.

Franzi setzte sich wieder hinter ihren Schreibtisch und sah nach, ob Phillip alleine kommen würde. In der betreffenden Spalte hatte er ein siebenjähriges Kind eingetragen und keine weiteren Erwachsenen. Das musste Ann-Marie sein, seine Tochter. Ob er noch verheiratet war?

Franzi hatte seitdem nur noch selten an Phillip gedacht, und er hatte sich nie wieder bei ihr gemeldet. Warum sollte sie jetzt seine Buchung ablehnen? Es gab eigentlich keinen Grund dafür. Kurz entschlossen bestätigte Franzi die Anfrage und verschickte die Unterlagen an die angegebene E-Mail-Adresse.

Es klopfte an der Bürotür und Sonya steckte den Kopf herein. »Ich gehe etwas raus. Soll ich noch was vom Supermarkt mitbringen?«

»Komm doch kurz rein. Ich schreib schnell die Liste.«

Sonya setzte sich auf den Stuhl vor den Schreibtisch. Sie sah sich im Raum um und sagte unvermittelt: »Wie lange kann ich hierbleiben?«

Franzi verstand erst nicht, auf was sich ihre Frage bezog. »Du meinst …«

»Hier bei dir. Ich will nicht zurück nach Hause.«

»Du musst heute erst mal deine Mutter anrufen. Und schieb es nicht zu lange raus.«

»Ich habe dich etwas gefragt«, sagte das Mädchen mit flehendem Blick. »Wie lange?«

Franzi zwang sich, den Einkaufszettel fertig zu schreiben, und dachte währenddessen über Sonyas Frage nach. Wollte sie wirklich für längere Zeit auf der Insel bleiben? Die Erfahrungen mit ihrem Lehrer mussten schlimm für Sonya gewesen sein. Sie brauchte jetzt unbedingt Hilfe. Konnte sie ihr die geben?

»Hier. Mehr fällt mir im Moment nicht ein«, sagte Franzi und schob den Einkaufszettel zusammen mit einem Fünfzigeuroschein über den Schreibtisch.

»Du willst nicht, dass ich hierbleibe, oder?« Sonya war aufgesprungen und starrte ihre Cousine wütend an.

»Setz dich doch wieder«, antwortete Franzi ruhig. »Bitte!«

Sonya sank zurück auf den Stuhl.

»Ich habe Anja gebeten, dass du erst mal eine Woche hierbleiben kannst und sie dich in der Schule krankmeldet. Trotzdem musst du heute mit ihr sprechen. Möglichst ohne Streit.«

»Eine Woche.« Sonya schien auf eine andere Antwort gehofft zu haben.

»Versetz dich doch bitte mal in meine Lage. Du bist sechzehn und ich kann deiner Mutter nicht einfach in den Rücken fallen. Außerdem bist du schulpflichtig und …« Franzi brach ab. Unwillkürlich musste sie sich an ihre eigene Flucht aus Rosenheim erinnern. Wie froh sie damals gewesen war, als sich zufällig die Möglichkeit ergeben hatte, auf Spiekeroog unterzutauchen.

»Hilfst du mir jetzt oder nicht?« Sonya schien Mühe zu haben, ruhig zu bleiben.

»Natürlich helfe ich dir. Ich mag dich sehr, Sonya. Und du bist ein Teil meiner Familie. Aber du musst auch etwas dafür tun. Der erste Schritt ist, dass du mit deiner Mutter sprichst. Dann können wir weitersehen.«

»Okay.« Sonya griff nach Zettel und Geldschein und verließ grußlos das Büro.

Drei

Franzi half ihrer Cousine, den Einkauf in der Küche zu verstauen.

»Gibt es nur diesen kleinen Edeka-Markt hier?«, fragte Sonya.

»Nein, wir haben noch zwei weitere Läden, der eine ist aber noch etwas kleiner und der andere ist richtig winzig, dafür hat er sich aber spezialisiert auf bestimmte Lebensmittel.«

»Okay!« Sonya zog die Silben weit auseinander und konnte ihr Erstaunen nur schwer verbergen. »Und wo kauft ihr hier so andere Sachen ein?«

Franzi schmunzelte. »Im Internet oder auf dem Festland. Im zweiten Fall wird es aber schnell eine Tagesreise, manchmal muss man sogar übernachten.«

»Also doch das Ende der Welt.« Sonya zuckte mit den Schultern. »Warum nicht. Mal was anderes.« Sie zögerte, bevor sie ihre nächste Frage stellte. »Gibt es denn hier auch eine Schule?«

»Klar! Eine Grundschule natürlich und dann die Oberschule. Weit im Osten der Insel liegt ein Internatsgymnasium, auf das allerdings auch Schüler von der Insel gehen können.«

»Cool!« Im nächsten Augenblick hatte Sonya ihr Smartphone in der Hand und tippte darauf herum. »Gefunden!« Sie setzte sich an den Küchentisch und vertiefte sich in die Seite der Hermann-Lietz-Schule.

Franzi warf einen Blick auf die Küchenuhr und entschied sich, wieder ins Büro zu gehen. »Nicht den Anruf bei Anja vergessen!«

Sonya hob die Hand zum Zeichen, dass sie Franzi gehört hatte.

»Kannst du mir bitte die Butter geben?«, fragte Tamme Sonya.

Sie reichte ihm die Schale.

»Und was hast du heute so gemacht?«, wollte Tamme wissen. »Schon die Insel erkundet?«

Sonya grinste. »Logo! Das hat ja nicht länger als eine halbe Stunde gedauert.«

»Ups! Mit Speedy Gonzales verwandt?«

Sonya sah ihn erstaunt an. »Wer bitte?«

Tamme lachte, griff nach seinem Smartphone und tippte etwas ein, bevor er es Sonya über den Tisch schob. »Die schnellste Maus von Mexiko. Das war vor deiner Zeit.«

Sonya rollte mit den Augen. »Sind hier alle Männer so …«, sie zögerte, »so schräg drauf?«

Tamme grinste breit. »Klar doch! Das ist eine Genmutation durch jahrhundertelange Isolation. Du gewöhnst dich schon noch daran.«

Franzi konnte sich nur mit Mühe ihr Lachen verkneifen. »Jetzt hör schon auf, Tamme.«

Er sah sie mit gespieltem Entsetzen an. »Warum? Ich fand Speedy Gonzales immer spitze. Du etwa nicht?«

Jetzt war es um Franzi geschehen, sie prustete los und steckte Tamme und schließlich auch Sonya an. Als sie sich wieder beruhigt hatten, holte ihr Mann drei Gläser aus dem Schrank und eine Flasche Mineralwasser aus dem Kühlschrank.

»Heute stoßen wir mal alkoholfrei an«, sagte er mit einem verschmitzten Lächeln.

Sonya zuckte mit den Schultern, griff zum Glas und stieß mit ihnen an. »Ihr beide seid echt cool. Danke für das Asyl.«

»Kein Thema«, gab Tamme zurück und trank einen Schluck. »Du gehörst doch zur Familie. Da helfen wir gerne.«

»Was hast du denn heute sonst noch so gemacht?«, fragte Franzi, nachdem sie abgeräumt hatten.

»Bin rumgelaufen. Und jetzt ratet mal, wo ich irgendwann gelandet bin.«

»An der Ostplate?«, fragte Tamme.

»Kein Schimmer, wo das sein soll. Ich war bei dieser Schule, dem Internat. Die haben mir gesagt, ich könnte nach den Sommerferien in die Zwölfte einsteigen. Top, oder?«

Franzi stockte der Atem. Meinte Sonya das im Ernst oder wollte sie ihre Gastgeber nur durch den Kakao ziehen? Tamme schien ebenfalls zu rätseln und warf Franzi einen hilflosen Blick zu.

»So einfach ist das?«, erkundigte sich Franzi schließlich.

»Klar, ich muss nur hier auf der Insel gemeldet sein. Und ein Zeugnis aus diesem Totentempel besorgen. Mama ist auch einverstanden.« Sie sah zwischen Tamme und Franzi hin und her. »Was sagt ihr? Das wäre doch eine prima Lösung, oder?«

»Du willst hier auf Spiekeroog bleiben?«, fragte Tamme nach.

»Klar, warum nicht. Cooler Strand, im Sommer massenhaft Leute, ein Kino habe ich auch gesehen. Mama würde sagen: Was braucht der Mensch mehr?«

Franzi hatte Sonya nach dem Gespräch mit ihrer Mutter gefragt, als sie am späten Nachmittag zurückgekommen war.

Sie hatte ihr geantwortet, dass alles super sei und ihre Mutter einverstanden wäre.

»Wollen wir nicht erst mal die nächsten Tage abwarten?«, fragte Franzi. »Solch eine Entscheidung sollte man nicht übers Knie brechen.«

Sonya stand auf. »Alles fein! Ich lass euch dann mal alleine. Ich wollte noch eine Tour durch den Ort machen. Wenn etwas ist …« Sie hielt ihr Handy hoch.

Franzi und Tamme nickten gleichzeitig, Sonya hob die Hand und war im nächsten Augenblick schon aus dem Haus.

»Was war das denn?«, fragte Tamme. »Wusstest du davon?«

»Natürlich nicht! Sie hat mich heute zu den Schulen hier befragt, aber ich bin nicht im Traum darauf gekommen, warum sie das wissen wollte.«

»Jetzt weißt du's. Und nun? Von ein paar Jahren war eigentlich nicht die Rede. Und schon gar nicht so zwischen Tür und Angel.«

»Ehrlich gesagt kann ich mir auch nicht vorstellen, dass es so einfach ist, auf der Hermann-Lietz-Schule einen Platz zu bekommen. Und nein, an zwei Jahre habe ich bisher auch nicht gedacht.« Franzi stand auf. »Ich telefoniere jetzt erst mal mit Anja. Mir kommt das alles etwas spanisch vor.«

»Tu das. Ich räum die Küche noch auf und komm dann gleich zu dir.«

»Franzi! Entschuldige, dass ich nicht schon angerufen habe. Ich bin gerade von der Spätschicht zurück.«

Franzi erzählte Anja, was ihre Tochter vor wenigen Minuten verkündet hatte, und fragte sie nach ihrer Meinung dazu.

»Zwei Jahre? Was für ein Unsinn! Sonya hat nur gesagt, dass es ein Gymnasium auf Spiekeroog gibt und sie es sich während eines Inselspaziergangs mal angesehen hat. Kein Wort davon, dass sie ernsthaft überlegt, dort das Abitur zu machen. Das ist doch vollkommen abwegig. Die Kleine versucht mal wieder, alle gegeneinander auszuspielen. Oh, Franzi, das tut mir wirklich leid, dass ihr beide jetzt in diesen ganzen Schlamassel mit reingezogen wurdet.«

»Bis jetzt ist noch gar nichts passiert, Anja. Wir sollten Ruhe bewahren. So wie ich das einschätze, wird Sonya in ein paar Tagen genug von unserer kleinen Insel haben und froh sein, wenn sie zu dir zurückkommen kann. Und ob die Schule sie tatsächlich aufnehmen würde, wissen wir doch gar nicht.«

Anja seufzte leise. »Wie soll ich das jemals wiedergutmachen? Du musst mir auf jeden Fall versprechen, dass du Sonya sofort in den Zug setzt, wenn sie sich danebenbenimmt. Ja, Franzi?«

»Tamme und ich schaffen das schon. Ich rufe dich morgen wieder an und dann sehen wir weiter.«

Sie verabschiedeten sich. Franzi saß noch eine Weile alleine im Wohnzimmer und dachte über ihre Familie nach, die sie erst seit wenigen Jahren kannte. Was würde ihr Vater zu den Schwierigkeiten seiner Nichte sagen? Franzi vermutete, dass Anja noch nicht mit ihm gesprochen hatte, da er sich zurzeit in London aufhielt und schlecht zu erreichen war.

Tamme schaute ins Wohnzimmer. »Fertig telefoniert?«

»Ja, komm rein.« Sie erzählte ihm von dem Gespräch.

»So etwas Ähnliches habe ich mir schon gedacht. Sag mal, ich kenne noch einen der Lehrer an der Hermann-Lietz ganz gut, aus meiner Zeit als Schüler. Soll ich morgen da mal vorbeigehen und hören, was er zu der Sache sagt?«

Franzi nickte. »Das ist sicher eine gute Idee.«

»Was ist eigentlich mit dem Vater von Sonya?«, fragte Tamme. »Du hast nie etwas über ihn erzählt.«

»Ich kenne ihn nicht. Max hat mir mal erzählt, dass sie sich schon haben scheiden lassen, als Sonya vier Jahre alt war.

Anjas Ex ist dann nach Kanada ausgewandert und hat auch kein Sorgerecht für Sonya. Sie hat ihren Vater seit der Scheidung nicht mehr gesehen.«

»Hast du auf mich gewartet?« Sonya schaute Franzi fragend an, die im Flur stand. Es war kurz nach zweiundzwanzig Uhr. Als Franzi, die mit Tamme im Wohnzimmer gesessen hatte, von draußen Geräusche gehört hatte, war sie Sonya entgegengegangen.

»Können wir reden?«, fragte Franzi und öffnete die Küchentür.

Sonya blickte sie genervt an und Franzi rechnete schon mit einer patzigen Antwort. Schließlich zuckte das Mädchen aber nur mit den Schultern und ging an ihr vorbei in die Küche.

»Wollen wir uns nicht setzen?«, schlug Franzi vor.

»Du hast mit Mama gesprochen?«

Franzi zog einen Stuhl vor und setzte sich. Als Sonya ihrem Beispiel nicht folgte, klopfte sie mit der Hand auf eine der Sitzflächen. »Komm schon!«

Sonya fügte sich, sah aber demonstrativ aus dem Fenster.

»Ja, ich habe mit deiner Mutter gesprochen«, sagte Franzi. »Sie war etwas überrascht von dem, was ich ihr berichtet habe.«

»Nicht mein Problem!«

»Eigentlich wollte ich *darüber* mit dir auch nicht sprechen.«

»Sondern?«

»Erst mal wollte ich dir sagen, dass ich verstehen kann, warum du die Schule geschmissen hast. Ich hätte in deiner Situation ähnlich reagiert. Als ich damals nach Spiekeroog kam, war …«

»Wird das jetzt eine Märchenstunde?«, fragte Sonya in abfälligem Ton.

Franzi beugte sich leicht vor. »Sonya, entweder reden wir beide vernünftig miteinander oder wir lassen es.« Sie hatte deutlich akzentuiert und lauter als zuvor gesprochen. »Ich will dir helfen und ich weiß auch, wie schwierig das alles für dich ist. Aber das hier ist kein Hotel! Wenn du hier bei uns wohnen willst, und sei es nur für ein paar Tage, erwarte ich von dir Respekt mir und Tamme gegenüber. Wir respektieren dich und deine Meinungen auch. Ich habe weder die Energie, mich sinnlos zu streiten, noch Zeit und Lust dazu. Und mir ist dabei vollkommen egal, wie deine Mutter das handhabt. Wenn wir das nicht hinkriegen, solltest du lieber gleich deine Koffer packen.«

Sonya senkte den Kopf und schwieg.

»Oder wie stellst du dir das hier vor?«, hakte Franzi nach.

»Keine Ahnung«, murmelte Sonya.

»Respekt voreinander ist das eine, Sonya. Das andere ist Ehrlichkeit. Wenn wir dir, in welcher Weise auch immer, helfen sollen, musst du ehrlich zu uns sein.«

»Klar, ehrlich. Und wie weit kommt man damit? Hat mir jemand geglaubt in diesem Zombieschuppen? Nein, kein Wort.«

»Tamme und ich sind nicht dein Schuldirektor.«

»Kann sein.«

»Übrigens, Tamme war früher auch auf der Hermann-Lietz-Schule. Er kennt dort noch einen Lehrer und wird ihn morgen ansprechen. Dann sehen wir weiter. Okay?«

»Muss er nicht. Ich habe alles gecheckt. Ich kann nach den Ferien da in die Zwölfte. Das habe ich euch doch schon gesagt.«

»Sonya, du kannst das nicht alleine entscheiden. Auch dort an der Schule gibt es offizielle Anmeldeformulare, die nicht du unterschreiben kannst. Ohne deine Mutter geht das nicht. Außerdem kann es nicht schaden, wenn Tamme sich bei dem Lehrer erkundigt. Ich kann mir nicht vorstellen, dass …«

»Aber ich kann bleiben?«, unterbrach Sonya sie mit flehender Stimme.

»Erst mal ja. Wie lange und was die Schule angeht, müssen wir dann sehen. Das letzte Wort hat Anja und nicht ich.«

»Ich kann nicht wieder dahin zurück. Warum checkt das keiner?« Sonya senkte leise schluchzend den Kopf.

Franzi beugte sich vor und nahm ihre Cousine in den Arm. »Wir finden eine Lösung. Glaub mir.«

Vier

Franzi warf einen Blick in die Küche. »Gut geschlafen?«

Sonya schluckte den letzten Bissen runter. »Wie im Koma«, sagte sie grinsend. »Und danke, dass du mir das Brötchen mitgebracht hast.«

Franzi setzte sich zu ihr an den Tisch und schenkte sich eine Tasse Kaffee ein. »Ich mache jetzt gleich einen Rundgang und schaue bei ein paar Gästen vorbei. Willst du mitkommen?«

»Logo! Warum nicht.«

»In zehn Minuten?«

Sonya nickte.

»Super!« Franzi stand auf, griff nach der Tasse und lief zurück ins Büro, aus dem das Klingeln des Telefons zu hören war.

»Nordwind Ferienhausverwaltung!«

»Karla am Apparat. Guten Morgen, meine Liebe.«

Als Franzi vor drei Jahren zum ersten Mal bei ihrem Vater zu Besuch war, hatte sie auch seine Nachbarin Karla Blohm kennengelernt und sie nach Spiekeroog eingeladen. Seitdem war Karla viele Male auf der Insel zu Gast gewesen.

»Karla! Schön, von dir zu hören. Meta hat mir schon erzählt, dass du nächste Woche wieder ein paar Tage bei ihr zu Besuch bist.«

»Ja, so haben wir es geplant.«

Karlas Stimme nach zu urteilen, schien es ihr wieder besser zu gehen. Bei ihren letzten beiden kurzen Gesprächen hatte sie deprimiert und kränklich geklungen.

»Wie lange kannst du bleiben?«, fragte Franzi.

»Mindestens eine Woche. Meta hat mir gesagt, dass zurzeit herrliches Wetter auf Spiekeroog ist. Ich hoffe, dass es noch etwas anhält.«

»Ganz bestimmt. Regen ist auf jeden Fall nicht in Sicht. Im Internet reden sie von einem Jahrhundertsommer.«

»Franzi?«

»Ja, Karla.«

»Du bist während der nächsten Wochen auch auf der Insel?«

»Ja, warum fragst du?«

Karla schwieg, räusperte sich schließlich und antwortete: »Ich muss mit dir sprechen. Alleine.«

»Ist etwas passiert?«, wollte Franzi wissen. Es war zur Tradition geworden, dass sie bei jedem von Karlas Besuchen etwas mit der alten Dame unternahm. Sie waren spazieren gegangen, hatten sich gemeinsam das Inselmuseum angeschaut oder die alte Inselkirche. Aber warum fragte sie diesmal so ausdrücklich nach?

»Alles in Ordnung, Franzi. Max geht es gut, soweit ich weiß. Er ist ja gerade ein paar Tage in London, aber das hat er dir bestimmt erzählt.«

»Ja, ich weiß Bescheid«, sagte Franzi und fragte sich, ob Karla gerade das Thema gewechselt hatte. »Und dir geht es auch gut?«

»Wir besprechen das alles, wenn ich auf Spiekeroog bin. Ich muss jetzt gleich noch etwas einkaufen. Grüß deinen lieben Mann ganz herzlich von mir.«

»Das mache ich. Und du pass auf dich auf. Bis Montag, Karla.«

Franzi legte kopfschüttelnd das Telefon zur Seite. Warum wollte Karla sie unbedingt alleine sprechen? Wollte sie einen Rat zu einem ihrer neuen Projekte? Trotz ihres hohen Alters engagierte sie sich im sozialen und kulturellen Bereich und hatte ständig neue Ideen, die sie gerne mit ihren Freunden besprach. Oder war es doch etwas Persönliches?

»War das gerade Karla am Telefon?«, fragte Sonya, die die alte Dame von den Besuchen bei ihrem Onkel kannte.

Franzi schmunzelte. »Du hast doch nicht etwa gelauscht?«

»Das ist meine Spezialität. Hat Mama dir nichts davon erzählt?«

Franzi schüttelte lachend den Kopf. »Nein, das muss sie wohl vergessen haben. Und ja, das war Karla. Sie kommt übrigens am Montag nach Spiekeroog.«

»Onkel Max auch?«, fragte Sonya und wirkte nicht gerade begeistert bei der Vorstellung, ihm auf der Insel zu begegnen.

»Nein, der ist in London.« Franzi griff nach der Liste der Häuser. »Wir müssen jetzt auch los. Ich stelle dich dann als meine Praktikantin vor. Ist das in Ordnung?«

Sonya fuhr sich mit der Hand durch die halblangen blonden Haare und streckte den Rücken durch. »Klar doch, Praktikantin Sonya. Immer zu Diensten.«

Franzi hatte sich für den Vormittag zehn Ferienwohnungen notiert, deren Gäste sie, mit Sonya im Schlepptau, auf der Insel begrüßen wollte, um sich zu vergewissern, dass alles in Ordnung war.

Die erste Urlaubsfamilie stand vor der Tür, als sie eintrafen, und packte gerade ihre Strandsachen in den Bollerwagen. Franzi stellte Sonya vor und fragte, ob sie noch etwas für sie tun könnten.

»Alles in bester Ordnung«, sagte der Familienvater, während seine Söhne im Alter von drei und fünf Jahren um ihn herumsprangen. Franzi empfahl ihnen die Museumspferdebahn, die vom Ort zum Weststrand verkehrte. Die Mutter der Jungen, die zu ihnen getreten war, bedankte sich für den Tipp und lobte die originelle Einrichtung der Ferienwohnung.

»Sind alle Gäste so zufrieden mit der Unterkunft?«, fragte Sonya, als sie sich wieder auf den Weg gemacht hatten.

»Nein, leider nicht. Es gibt auch die hartnäckigen Nörgler, die dich mindestens alle zwei Tage anrufen, um sich über irgendeine Kleinigkeit zu beschweren.«

»Und was machst du mit denen?«

»Bin freundlich und versuche, ihnen zu helfen. So ein bisschen Sozialarbeiterin ist man in meinem Job auch immer. Viele Menschen freuen sich elf Monate lang auf den ersehnten Urlaub, und dann merken sie plötzlich, dass sie den Stress und ihre Sorgen doch nicht so einfach hinter sich lassen können. Das führt dann manchmal zu noch mehr Problemen oder sie brauchen einen Blitzableiter. Das kriege ich dann ab oder auch Tamme, wenn er etwas im Haus repariert.«

Sonya hob die Hand mit ausgestrecktem Mittelfinger. »Da hilft nur das.«

»Und dann? Es sind unsere Gäste und wir kümmern uns um sie. Natürlich lass ich mich nicht beschimpfen oder anschreien. Aber mit etwas Fingerspitzengefühl kann man die allermeisten besänftigen.«

»Das wäre kein Job für mich«, murmelte Sonya.

»Wie gesagt, die allermeisten sind genauso nett wie die Familie vorhin und sind dankbar, wenn wir für sie da sind.«

Sonya verzog ihr Gesicht zu einer Grimasse. »Trotzdem, nichts für mich!«

»Sind wir noch nicht fertig?«, fragte Sonya, als sie drei Stunden später das neunte Ferienhaus verließen.

Franzi schmunzelte. »Machst du etwa schon schlapp?«

»Wir sind mindestens zehn Kilometer gelaufen«, sagte Sonya und reckte sich. »Mir tut schon alles weh.«

»Das waren höchstens fünf, und wenn du noch etwas auf der Insel bleiben willst, gewöhn dich besser ans Zu-Fuß-Gehen. Eine Gastfamilie habe ich übrigens noch eingeplant.«

»Und danach?« Sonya bewegte sich, als hätte sie Schmerzen.

Franzi lachte. »Lass dich überraschen.«

Sie gingen Richtung Strand und machten unterwegs einen kurzen Abstecher zum letzten Ferienhaus, bei dem alles in Ordnung war.

Zurück auf dem Hauptweg zeigte Franzi Richtung Norden. »In zehn Minuten sind wir bei der Strandhalle. Dort können wir etwas essen. Schaffst du das noch?«

Sonya stöhnte theatralisch. »Wenn nicht, werde ich halt am Wegesrand verdursten und die Geier …«

Franzi zog sie mit auf den Weg. »Komm schon!« Sie lächelte anerkennend. »Du hast das übrigens ganz gut gemacht.«

»Satt geworden?«, fragte Franzi, als Sonya ihren Teller zur Seite schob und nach dem Cola-Glas griff.

Sonya lehnte sich auf dem Stuhl zurück. »Fürs Erste ja. Schade, dass ich keine Badesachen mithabe. Oder darf man hier nackt ins Wasser springen?«

»Ich fürchte, das Wasser ist noch zu kalt. Und nackt, nein, offiziell ist das nicht erlaubt. Aber wenn du den Strand etwas weiter nach Westen gehst, wird niemand was dagegen sagen.«

»Klasse! Kommst du mit?«

Franzi lachte. »Das ist eher nicht mein Ding.«

»Mama würde jetzt sagen, *spring über deinen Schatten.*« Sonya kostete es anscheinend Mühe, ernst zu bleiben. »Nicht, dass sie nackt baden würde. Aber der Spruch ist schon original.«

»Gehen wir noch bis zum Wasser?«, fragte Franzi. »Vielleicht finden wir ja einen offenen Strandkorb.«

Sonya schüttelte sich. »Das Wasser ist nicht kalt. Das ist eiskalt.« Nachdem sie einen Strandkorb gefunden hatten, bestand Sonya darauf, mit nackten Füßen in die auflaufende Nordsee zu gehen.

Sie ließ sich jetzt in den Strandkorb fallen und hielt ihre nassen und mit weißem Sand überzogenen Füße in die Sonne. »Warum hast du mich nicht gewarnt?«

»Ich hatte es vorhin ja schon erwähnt. Hättest mir nur zuhören müssen.«

Sonya streckte ihr die Zunge raus. »Musst du immer recht haben? Wie hält Tamme das aus?«

»Kannst ihn ja fragen.« Franzi reichte Sonya eine Packung Papiertaschentücher. »Versuch es damit.«

Sonya riss die Packung auf, trocknete ihre Füße, so gut es ging, und befreite sie von den feinen Sandkörnern. »Schon besser.«

Sie saßen eine Weile schweigend nebeneinander und beobachteten, wie sich die Flut näherte.

»Sag mal, Sonya. Diese Geschichte mit dem Lehrer an deiner Schule, war da noch mehr, als du mir gesagt hast?«

»Was meinst du? Ich habe dir alles gesagt. Der alte Bock wollte mich flachlegen. Ich wollte ihm eine reinwürgen und er und dieser Sesselfurzer haben mich plattgemacht. Ende der Story. So what?«

Sonya hatte den Blick starr nach vorne gerichtet, sodass Franzi ihren Gesichtsausdruck nicht sehen konnte. Aber sie konnte ihr anhören, dass sie verunsichert war. Ihre Stimme vibrierte leicht und es klang, als hätte Sonya die Sätze auswendig gelernt.

»Wie alt war noch mal der Lehrer?«

»Woher soll ich das wissen. Scheintot ist er noch nicht. Vierzig oder so. Und wenn schon. Ich habe meine Festplatte gelöscht und will nichts mehr von der ganzen Sache hören.«

»Und wie ist sein Name?«

»Keine Ahnung! So ein typischer Loser-Name. Meier oder Müller.«

»Sonya! Ich werde ihn schon nicht anrufen.«

»Dann nimm halt Meier.«

»Und der Vorname?«

»Ist das so wichtig?«

»Nein, im Moment zumindest nicht.«

»Sag ich doch!«

»Und der Schulleiter hat dir nicht geglaubt?«

»Wusste nicht, dass die beiden Ärsche dick befreundet sind. Das habe ich erst später erfahren.«

Franzi beugte sich nach vorne, um Sonya in die Augen schauen zu können. »Es war mehr als nur eine Anmache, oder?«

Sonya wandte sich von ihr ab. »Und wenn schon. Ich bin damit durch.«

Franzi beschloss, in diesem Moment nicht weiter zu fragen. Sie hatte das Gefühl, als wenn Sonya kurz vor dem Zusammenbruch stand. Ihre Augen waren feucht, ihr Atem ging stockend und ihre Hände zitterten leicht. Franzi rückte näher an sie heran und nahm sie in den Arm. Eine gefühlte Ewigkeit saßen sie so schweigend nebeneinander.

Am Abend zuvor hatte Franzi im Internet unter den Mathelehrern der Schule nach Sonyas Lehrer gesucht. Nur einer passte auf die Beschreibung, die Franzi aus Sonyas Antworten entnahm. Er hieß Alexander Meier und nach seinem Foto auf der Schulhomepage schätzte sie ihn auf Ende zwanzig. Selbst wenn die Aufnahme ein paar Jahre alt war, wich das Alter erheblich von Sonyas Angaben ab.

Sonyas Reaktion auf ihre Fragen machte Franzi noch misstrauischer. Hatte der Lehrer sie nicht nur bedrängt, sondern war übergriffig geworden? Konnte es wirklich sein, dass der Schulleiter Sonyas Vorwürfe nicht ernst genommen hatte? Die MeToo-Bewegung hatte in den letzten Jahren dafür gesorgt, dass sexuelle Belästigung endlich erheblich ernster genommen wurde. Zusätzlich ging es hier um ein Abhängigkeitsverhältnis zwischen Lehrer und Schülerin, ganz davon zu schweigen, dass Sonya erst sechzehn Jahre alt war. Würde das von einem Schulleiter unter den Teppich gekehrt werden?

»Was hast du heute noch vor?«, fragte Franzi in die Stille hinein.

Sonya drehte sich langsam zu ihr um. »Gestern hat mir so ein Typ von einer Kneipe erzählt. Am Weststrand, meinte er, und dass ich doch heute kommen sollte.«

»Ein Typ?«

»War ganz nett. Ich glaube, er hat was von Surfschule gesagt. Gibt es da so was?«

»Die Kneipe heißt Laramie. Ich kann dir später zeigen, wie du da hinkommst. Und ja, am Weststrand ist eine kleine Surfschule, die Wind- und Kitesurfen anbietet. Durch die kleine Sandbank herrschen da wohl gute Bedingungen. Aber ich kenne mich damit nicht wirklich aus.«

»Ob das teuer ist?« Sonyas Laune schien sich schlagartig gebessert zu haben. Sie beugte sich mit leuchtenden Augen zu Franzi vor. »Eine Freundin von mir ist jeden Sommer auf Sylt und hat mir ein paar geile Videos gezeigt.«

»Frag Tamme, der kennt die Leute da.«

Fünf

»Hast du eigentlich mit deinem ehemaligen Lehrer gesprochen?«, fragte Franzi, als sie am Abend im Wohnzimmer saßen und ein Glas Wein tranken.

Tamme war kurz vor dem Abendessen nach Hause gekommen und gleich von Sonya mit Fragen zu der Surfschule bombardiert worden. Inzwischen hatte sie sich auf den Weg zum Laramie gemacht.

»Ja, ich habe ihn angerufen und mich dann kurz mit ihm getroffen.«

»Und?«

»So einfach, wie Sonya sich das vorstellt, ist das nicht. Es gibt zwar die Möglichkeit, dass Externe dort zur Schule gehen – so wie ich damals auch –, aber sie muss zumindest hier gemeldet sein und es sollte auch einen guten Grund geben, weshalb sie auf Spiekeroog lebt.«

»Sie ist immerhin meine Cousine und warum sollte sie nicht hier leben?«

Tamme zog die Augenbrauen hoch. »So weit sind wir aber noch nicht, oder?«

»Entschuldige, Tamme. Natürlich nicht. Die erste Option ist, dass Sonya zu Anja zurückkehrt und, wenn es gar nicht anders geht, sich dort eine neue Schule sucht.«

»Eben. Also nichts mit Ummelden. Und ich bin mir auch nicht so sicher, ob ich die Verantwortung für ein sechzehnjähriges Mädchen übernehmen will, das wir beide kaum kennen. Du weißt doch, wie sprunghaft die in diesem Alter sind. Irgendeine Kleinigkeit passt ihnen nicht und schon geht die Welt unter. Selbst wenn wir sie hier für länger aufnehmen würden, kannst du nicht wissen, ob das nur eine Laune von ihr ist.«

»Ja, Sonya ist schnell für etwas zu begeistern. Aber ich denke, sie ist für ihr Alter durchaus reif und hinter ihrer Flucht von zu Hause und der unsäglichen Geschichte mit dem Lehrer steckt möglicherweise noch viel mehr, als sie uns bisher gesagt hat.«

»Interpretierst du da nicht zu viel rein?«, fragte Tamme.

»Das weiß ich nicht, Tamme. Soll ich sie einfach so wieder nach Hause schicken? Das schaffe ich nicht. Lassen wir ihr doch ein paar ruhige Tage, dann sehen wir weiter.« Franzi rückte näher an Tamme heran und küsste ihn auf die Wange. »Wenn sich alles als Spinnerei einer Sechzehnjährigen herausstellt, bringe ich Sonya selbst aufs Festland und schicke sie mit dem nächsten Bus nach Hause.«

Tamme grinste. »Mit oder ohne Handschellen?«

Franzi stieß ihn spielerisch in die Seite. »Tamme Beninga, du hörst sofort auf zu lästern. Wenn hier jemand Zwangsmaßnahmen braucht, dann ja wohl du mit deinem losen Mundwerk.«

Tamme lachte. »Ich bin ja schon still.«

Als Franzi gegen zwei Uhr in der Nacht Geräusche im Haus hörte, stand sie auf und fand Sonya in der Küche am Kühlschrank.

»Ich habe Hunger«, sagte Sonya. Ihre lallende Stimme klang, als hätte sie mehr als nur ein Glas Bier getrunken.

Franzi hatte wach im Bett gelegen und auf sie gewartet. Wäre sie eine halbe Stunde später gekommen, hätte sie den Inselpolizisten angerufen. »Kommst du bei deiner Mutter auch so spät nach Hause?«, fragte Franzi kopfschüttelnd. »Und das, ohne mich zu informieren?«

Sonya sah sie an, zog die Augenbrauen zusammen und murmelte: »Bist du meine Mutter oder wer?«

»Nein, ich bin Franzi, und das hier ist mein Haus, falls du das vergessen haben solltest.«

Sonya kicherte albern vor sich hin. »Mein Haus, mein Auto, mein Boot.« Sie wandte sich wieder dem offenen Kühlschrank zu. »Da ist nichts drin.« Sie schlug den Kühlschrank zu, ging schwankend an Franzi vorbei, blieb an der Tür stehen und hielt sich am Türrahmen fest. »War megageil in diesem Schuppen. Krasse Typen hängen da rum. Hast du gar nicht gesagt.« Ihr Lächeln missglückte. »Ich hau mich jetzt mal hin.«

Franzi sah ihr verärgert hinterher. Zurück im Bett schmiegte sie sich an Tamme und versuchte, wieder einzuschlafen. In Gedanken wanderte sie über zehn Jahre zurück und beobachtete sich selbst im Umgang mit ihrer Mutter. An Franzis sechzehntem Geburtstag hatte ihre Mutter so viel Wein getrunken, dass sie orientierungslos durch die Wohnung gelaufen war und laut schreiend behauptete, sie sei im falschen Haus. Franzi bugsierte sie mit Mühe ins Bett, deckte sie zu und sank weinend auf den Boden. Am nächsten Tag konnte sich ihre Mutter nicht mehr an den Vorabend erinnern. Als Franzi sie zaghaft darauf ansprach, wurde sie von ihr scharf zurechtgewiesen und verließ danach das Haus. Erst spät in der Nacht war sie im Schlepptau mit einem Mann zurückgekommen.

»Kannst du nicht schlafen?«, fragte Tamme.

»Gleich. Ich musste nachdenken.«

»Worüber?«

»Nicht so wichtig, Tamme. Schlaf jetzt wieder.«

Er murmelte etwas Unverständliches und kurz darauf hörte Franzi wieder seine regelmäßigen Atemzüge.

Kurz vor Mittag klopfte es an Franzis Bürotür. »Komm rein!«

Die Tür wurde langsam geöffnet und Sonya schaute herein. »Bist du richtig sauer?«, fragte sie leise.

»Ja!« Franzi sah nicht auf und tippte etwas in die Tastatur des Laptops.

»Das war der Tequila.«

»Willst du mir damit sagen, dass im Laramie Hochprozentiges an Sechzehnjährige ausgeschenkt wird?«

»Das war anders«, sagte Sonya und trat ins Büro. »Ich bin noch mit auf den Zeltplatz. Und da …«

»Und da?«

»Du weißt doch, was ich meine.« Sonya wirkte verlegen. »War ich schlimm gestern Nacht?«

»Darüber kann ich hinwegsehen. Viel wichtiger ist, dass wir zwölf Uhr abgemacht hatten. Und von Alkohol war auch keine Rede.«

»Es war kalt. Und dann … was soll ich sagen. Ich konnte doch schlecht Nein sagen, oder?«

»Soll ich dich jetzt loben, weil du nicht ins Koma gefallen bist und dir keine Lungenentzündung am Strand geholt hast?« Franzi hatte allen Ärger, den sie in der Nacht heruntergeschluckt hatte, in ihre Frage gelegt.

Sonya zuckte verlegen mit den Schultern. »So schlimm war das auch nicht.«

Franzi wies auf den Stuhl vor ihrem Schreibtisch. »Setz dich erst mal hin.«

Sonya trat vor und setzte sich zögerlich zu Franzi. »Ich dachte, du wärest etwas lockerer als Mama.«

»Sonya, ich versuche dir, schon seit du hier bist, klarzumachen, dass ich für dich verantwortlich bin, solange du hier wohnst. Und das heißt schlichtweg, ich muss mich auf dich verlassen können. Wenn wir Absprachen treffen und du dich nicht daran hältst, kann ich das leider überhaupt nicht locker sehen. Schon gar nicht am Anfang. Das war erst der zweite Abend und du kommst schon sturzbetrunken nach Hause. Was genau soll ich daran locker sehen?«

Sonya warf Franzi einen wütenden Blick zu. »Warst du nie jung? Spaß haben, einfach nur chillen?«

»Darum geht es nicht, Sonya. Natürlich habe ich auch über die Stränge geschlagen, aber das, was du dir heute Nacht erlaubt hast …«

»Du hörst dich an wie deine eigene Oma.«

Franzi rollte mit den Augen. »Hatten wir das nicht schon?« Sie atmete tief durch. »Okay, ich möchte, dass die Vereinbarungen, die wir treffen, auch eingehalten werden. Wenn das – aus welchem Grund auch immer – nicht geht, schickst du mir eine Nachricht oder rufst an.«

Sonya stöhnte theatralisch. »Wenn es unbedingt sein muss.«

»Ja, es muss sein. Und zweitens: Wir müssen ehrlich zueinander sein. Wenn wir uns nicht mehr vertrauen können, kriegen wir automatisch Stress miteinander.«

»Das hatten wir doch schon! Und ich habe dich nicht angelogen«, sagte Sonya empört.

»Das habe ich auch nicht behauptet. Ehrlichkeit ist viel mehr als nicht zu lügen. Und das weißt du auch.«

»Und drittens?«, fragte Sonya in leicht schnippischem Tonfall.

Franzi lächelte. »Klinge ich so förmlich?«

»Geht so.« Sonya schien Mühe zu haben, ihr Grinsen zu unterdrücken.

»Dann spare ich mir die weiteren Punkte für die nächste Strafpredigt.«

Sonya warf ihr einen Hundeblick zu. »Ist alles wieder in Ordnung?«

Franzi stöhnte innerlich auf. Sonya schien schnell zwischen Kind und Erwachsener umschalten zu können. Franzi fragte sich, was davon gespielt und was echt war. Hatte sie in dem Alter ähnlich reagiert? Nein, durch die Eskapaden ihrer Mutter war sie gezwungen gewesen, früh erwachsen zu werden. Erwartete sie zu viel von Sonya?

»Was hast du heute vor?«, fragte Franzi.

»Einer der Surftypen hat mir einen Anzug besorgt und alles, was man so braucht.« Sie hielt ihr Handy hoch. »Wir treffen uns gleich. Habt ihr eigentlich ein Fahrrad? Das ist ganz schön weit.«

»Aber bitte abschließen.« Franzi zog eine Schreibtischschublade auf und suchte nach dem Fahrradschlüssel. »Das rote. Denk daran, es ist meins und ich brauche es noch.«

Sonya griff strahlend nach dem Schlüssel. »Danke!«

»Bist du zum Abendessen zurück? Tamme wollte was kochen. Neunzehn Uhr?«

»Klingt gut.« Sie grinste. »Das heißt, wenn mich die Nordsee nicht verschluckt.«

Auf dem Weg zwischen zwei Ferienwohnungen klopfte Franzi bei Meta Jenssen an und betrat gleich darauf das unverschlossene Haus.

Als Franzi vor drei Jahren auf die Insel gekommen war, um als Servicekraft im einzigen Gourmetrestaurant der Insel zu arbeiten, hatte die alte Dame sie vor einem Fiasko bewahrt. Als Zahnarzthelferin hatte Franzi noch keine Erfahrung im

Servicebereich gesammelt, aber als sie durch ein Versehen das Jobangebot erhielt, hatte sie die Chance genutzt, um ihrem eifersüchtigen Freund zu entkommen.

Franzi fand Meta im Garten, wo sie ein Blumenbeet umgrub.

»Kind, schön, dass du kommst. Ich wollte gerade eine Pause machen. Trinkst du eine Tasse Tee mit mir?«

»Gerne. Soll ich Wasser aufsetzen?«

Franzi eilte in die Küche und schluckte ihre Sorge hinunter. Meta hatte seit Jahren einen zu hohen Blutdruck und Probleme mit ihrem Rücken, und Tamme kam regelmäßig vorbei, um die Gartenarbeit zu erledigen. Meta, die darauf bestand, alles selbst machen zu wollen, empfand das als Bevormundung.

»Ihr habt Besuch?«, fragte die alte Dame, als sie sich zu Franzi an den Küchentisch setzte.

Franzi lachte. »Die Buschtrommel war mal wieder schneller?« Sie schenkte Meta und sich Tee ein.

»Eigentlich höre ich nicht zu, wenn die Leute tratschen. Aber da habe ich mal eine Ausnahme gemacht. Wer ist es denn?«

Franzi erzählte ihr von Sonya, verschwieg aber die Anlaufschwierigkeiten.

»Und wie lange bleibt das Mädchen?«

»Wenn ich das wüsste, würde ich es dir sagen.« Sie erklärte Meta, warum Sonya so plötzlich vor ihrer Tür gestanden hatte.

Meta warf ihr einen besorgten Blick zu, schwieg aber.

»Ich glaube nicht, dass sie lange bleibt«, sagte Franzi. »In spätestens einer Woche hat sie genug von der Abgeschiedenheit.«

»So wie du damals, mein Kind?«

Franzi hatte sich damals nach den ersten Tagen nicht vorstellen können, einen ganzen Sommer auf Spiekeroog zu bleiben, aber mit jeder weiteren Woche war ihre Liebe zur Insel gewachsen. Franzi kannte aber auch Menschen, die nach kurzer

Zeit vom Inselkoller befallen wurden und froh waren, nach der Sommersaison die Fähre aufs Festland nehmen zu dürfen.

»Keine Angst, Sonya ist anders«, sagte Franzi und es klang, als wollte sie sich selbst damit beruhigen. »Sag mal, Karla kommt dich besuchen?«

»Ja, sogar schon eher als angekündigt. Morgen Nachmittag mit der letzten Fähre. Hat sie dich angerufen?«

»Ja, aber da war noch von Montag die Rede.«

»Sie wollte mir nichts Näheres verraten. Ich habe auch nicht weiter nachgefragt, weil sie zum ersten Mal seit einiger Zeit wieder vergnügt klang.«

»Ja, den Eindruck hatte ich auch. Weißt du, was passiert ist?« Um Meta nicht zu beunruhigen, verschwieg Franzi, dass Karla sie alleine sprechen wollte.

»Nein. Das ist manchmal so bei uns alten Leuten. Unsere Tage sind gezählt. Wenn man zu viel darüber nachdenkt, kann man schon mal schwermütig werden.«

Franzi glaubte nicht, dass Karla Angst vor dem Tod hatte. Sie war eine sehr bewusst lebende Frau, die viele Jahre als Lehrerin gearbeitet hatte und nach ihrer Pensionierung ehrenamtlich im Hospiz tätig war. In den drei Jahren hatte Franzi sie als empathische und stets gut aufgelegte alte Dame kennengelernt.

»Wahrscheinlich wird sie es uns ja in den nächsten Tagen erzählen«, antwortete Franzi. »Wir sollten einen gepflegten Frauenabend machen. Was hältst du davon?«

»Sehr viel, und wie ich Karla kenne, ist sie auch nicht abgeneigt.«

Franzi beugte sich vor und umarmte Meta. »Und über deine Bemerkung mit den Tagen, die gezählt sind, sprechen wir noch mal.«

»Ach, Kind. Niemand lebt ewig. Das wird mir nicht anders ergehen.«

»Und ich dachte, du willst noch unser Kind kennenlernen und es aufwachsen sehen.«

Meta sah sie erstaunt an. »Bist du denn jetzt schwanger?«

»Leider noch nicht. Aber wir versuchen es weiter. Ich habe ein gutes Gefühl, dass es beim nächsten Mal klappen könnte.«

Meta lächelte. »Wenn das so ist, wird der Sensenmann wohl noch eine Weile warten müssen.«

Sechs

Franzi stand am Strandübergang und ließ sich den Wind durch die Haare wehen. Diese Minuten kurz vor dem Sonnenuntergang, wenn die matt strahlende Kugel langsam hinterm Horizont verschwand, liebte sie, seitdem sie zum ersten Mal hier gestanden hatte.

Tamme war aufs Festland gefahren, um am nächsten Morgen in aller Frühe mit dem Kutter rausfahren zu können. Seit sein Freund Hauke sich zwei Wochen zuvor den Arm gebrochen hatte, lag sein Kutter im Hafen von Neuharlingersiel. Morgen sollte er zum ersten Mal wieder auslaufen, auch wenn Hauke seinen Arm noch nicht wieder belasten durfte. Aus diesem Grund hatte er Tamme gefragt, ob er für ein paar Wochen auf dem Kutter aushelfen würde. Tamme hatte ihm schweren Herzens abgesagt und lediglich versprochen, in den ersten Wochen tageweise einzuspringen.

Franzi ging hinunter zum Strand und suchte sich einen nicht verschlossenen Strandkorb, den sie Richtung Meer drehte. Sie zog eine Wolldecke aus ihrem Rucksack und kuschelte sich in eine Ecke des Korbes.

Als ihr Handy klingelte, schaute sie aufs Display und nahm das Gespräch an. »Britta! Wie geht es dir?«

Britta, ihre Schulfreundin aus Rosenheim, hatte vor drei Jahren bei einem Besuch auf Spiekeroog ihren Freund Jan kennengelernt und lebte inzwischen mit ihm zusammen in Hamburg.

»Viel Arbeit. Oder sollte ich sagen: sehr viel Arbeit.«

Vor zwei Jahren hatten Jan und Britta eine eigene Werbeagentur aufgemacht und inzwischen drei Mitarbeiter eingestellt.

»Jetzt stöhn nicht schon wieder rum. Das war dir doch vorher klar«, sagte Franzi lachend. »Ich sitze auch nicht den ganzen Tag am Strand.«

»Aber zumindest hin und wieder.«

»Wie jetzt gerade.«

»Musstest du das erwähnen?«, brummte Britta. »Ich hocke hier im Büro und berechne Angebote. Und das bei dem Wetter!«

»Wo ist Jan?«

»Trifft sich mit einem Kunden. Wir haben eine Kampagne für einen kleinen Getränkehersteller entwickelt und die Planung geht gerade in die heiße Phase.«

»Klingt doch interessant. Du solltest jetzt auch bald Feierabend machen und dir ein Glas Wein gönnen.«

»Das war mein Plan. Ich treffe mich gleich mit Jan in einem Klub. Sag, wie geht es dir? Bist du …«

»Nein«, unterbrach Franzi ihre Freundin barsch. »Frag in vier Wochen noch einmal.«

»Entschuldige, ich wollte nur nett sein«, sagte Britta leise.

»Ich wollte dich nicht anblaffen. Tut mir leid.«

»Schon gut, Franzi. Ich verstehe das doch. Ich hätte auch nicht fragen sollen. Das macht dir nur noch mehr Druck und jeder Stress ist Gift in der Situation.«

»Ich habe beschlossen, mich untersuchen zu lassen. Edda wird mich begleiten.«

»Gute Idee. Kommt Tamme auch mit?«

»Nein, erst mal nicht«, antwortete Franzi. »Du kennst ja seine Meinung zum Thema.«

»Der alte Sturkopf. Er will doch auch ein Kind. Verstehe einer die Männer.«

»Wer weiß, vielleicht überlegt er es sich ja noch mal. Einen Schritt nach dem nächsten.«

»Ich würde es dir so wünschen.« Britta seufzte leise. »Und was gibt es sonst noch Neues?«

Franzi erzählte ihr von Sonyas unerwartetem Besuch.

»Flucht nach Spiekeroog. Das kommt mir irgendwie bekannt vor. Die Kleine will aber nicht wirklich bei euch leben, oder?«

»Ich hoffe, dass sie bald genug von der Insel hat, aber sicher bin ich mir nicht.«

»Aber du hast mir doch gerade erzählt, dass du gar nicht weißt, was da genau in dieser Schule abgelaufen ist.«

»Reines Bauchgefühl. Ich kann genauso gut falschliegen.«

»Wo ist denn dieses ominöse Gymnasium?«

Franzi nannte ihr den Ort. »Streng katholisch und konservativ, sagt zumindest Sonya.«

»Verrückt! Jetzt rate mal, wo Jan aufgewachsen ist.«

»Das ist jetzt nicht dein Ernst!«

»Doch! Und er ist auch auf diese Schule gegangen. Soll ich ihn nachher mal fragen, ob er sich mal umhören kann? Das ist zwar schon über zehn Jahre her, aber ich glaube, er hat noch gute Kontakte in seine alte Heimat.«

»Ja, warum nicht, es kann nicht schaden, wenn er mal vorsichtig seine Fühler ausstreckt.«

»Vielleicht kennt er ja sogar den Lehrer. Wie war noch der Name?«

»Alexander Meier. Aber er ist, wenn überhaupt, nicht viel älter als Jan. Von daher kann er ihn damals nicht als Lehrer gehabt haben.«

»Egal«, sagte Britta. »Ich frag ihn einfach, und wenn er was in Erfahrung bringt, kann er sich ja direkt bei dir melden.«

»Ja, das kann er gerne machen. Aber nur, wenn er Zeit hat. Sagst du ihm das bitte?«

»Franzi! Immer noch so zurückhaltend und bescheiden. Wofür sind Freunde denn da? Du hast uns mehr als einmal auf die Sprünge geholfen. Jan wird das garantiert machen. Und jetzt erzählst du mir mal, ob es etwas mit unserem gemeinsamen Urlaub im Herbst wird. Was sagt Tamme? Schweden wird ihm ganz sicher gefallen.«

Franzi schloss die Haustür auf und sah im Flur nach den Schuhen. Sonyas waren noch nicht da. Nach einem Blick auf die Uhr wählte sie ihre Nummer.

»Nicht da!«, hörte sie Sonyas Stimme. »Versuch's ein anderes Mal oder quassel mir die Mailbox voll.«

»Sonya! Franzi hier. Du wolltest schon vor einer halben Stunde zu Hause sein. Wo bist du?« Franzi legte kopfschüttelnd das Handy auf den Flurschrank und zog die Schuhe aus. Anschließend lief sie einmal durchs Haus, um ganz sicherzugehen, dass Sonya nicht da war.

»Schon wieder!«, sagte Tamme, als Franzi ihm am Telefon erzählte, dass Sonya noch nicht im Haus war.

»Ihr Handy ist ausgestellt. Meinst du, ich soll sie suchen?«

»So weit kommt's noch«, meinte Tamme ärgerlich. »Ich glaube, wir sollten dringend darüber nachdenken, sie nach Hause zu schicken.«

»Wahrscheinlich kommt sie gleich, Tamme.« *Oder auch nicht*, fügte sie in Gedanken hinzu. »Wie ist das Wetter morgen? Lauft ihr aus?«

»Sieht gut aus. Und mach dir bitte keine Sorgen. Um diese Jahreszeit gibt es keine Stürme. Das weißt du doch.«

Tamme war vor drei Jahren zusammen mit Hauke in Seenot geraten. Die Maschinen des Kutters waren ausgefallen und aufgrund des defekten Funkgeräts hatten sie keine Hilfe rufen können. Franzi dachte ungern an die beiden Tage zurück, in denen sie besorgt zu Hause gesessen und auf Nachricht von ihm gewartet hatte.

»Ja, das weiß ich, trotzdem …«

»Das passiert uns nicht ein zweites Mal, Franzi. Hauke hat seine Lektion gelernt, glaub mir.«

»Hoffentlich. Und jetzt lass ich dich in Ruhe. Du musst morgen früh raus.«

»Ja, der Wecker ist schon gestellt. Und du lass dich nicht von Sonya ärgern. Am besten sprechen wir beide zusammen mit ihr, wenn ich zurück bin. Okay?«

»Wir werden sehen. Gute Nacht, Tamme!«

»Schlaf gut.«

Franzi stand auf und lief unruhig im Zimmer umher. Draußen war es inzwischen dunkel, der Wind hatte zugenommen. Sie versuchte ein weiteres Mal, Sonya auf dem Handy zu erreichen. Als die Mailbox ansprang, legte sie auf und beschloss, bis zwölf Uhr zu warten.

Die Küche war aufgeräumt, das Mittagessen für den nächsten Tag vorbereitet. Zum gefühlt hundertsten Mal schaute Franzi auf die Uhr. Viertel nach zwölf. Franzi würde kein Auge zumachen, wenn sie sich jetzt schlafen legte. Sollte sie Sonya suchen? Und wo? Das Laramie hatte mit Sicherheit schon geschlossen und sie konnte unmöglich in jedes Zelt auf dem Campingplatz hineinplatzen und nach Sonya fragen. Konnte der Inselpolizist etwas ausrichten? Franzi war sich sicher, dass er sie auf morgen vertrösten würde.

Halb eins! Wie konnte sich Sonya nach der letzten Strafpredigt gleich wieder den gleichen Aussetzer leisten? Hatte sie so wenig verstanden, worum es ging?

Ärgerlich lief Franzi auf den Flur, zog sich die Schuhe an und griff nach der Jacke. Kaum war sie vor dem Haus, fiel ihr ein, dass Sonya während ihrer Abwesenheit zurückkommen konnte. Sie eilte zurück, schrieb Sonya eine kurze Nachricht, griff im Herauslaufen nach der Taschenlampe und lief zum Fahrradschuppen.

Das Fahren auf Tammes großem Herrenfahrrad fiel ihr schwer und zusätzlich wehte ihr der Wind ins Gesicht. Wütend trat Franzi in die Pedale und erreichte nach zwanzig Minuten das Laramie. Wie sie vermutet hatte, war die Tür verschlossen. Sie klopfte an die Tür und wartete. Kurz darauf hörte sie, wie sich ein Schlüssel im Schloss drehte. Ein junger Mann, den Franzi nicht kannte, stand vor ihr.

»Was soll der Krach? Wir haben geschlossen!«

Franzi zwang sich, ruhig zu bleiben, und erklärte dem jungen Mann, dass sie ein sechzehnjähriges Mädchen suchte. Sie beschrieb Sonya und fragte, ob sie am Abend im Lokal gewesen sei.

»Ja, die kenne ich. Die hängt seit zwei oder drei Tagen hier ab. Keine Ahnung, wo die sich jetzt herumtreibt.«

»Mit wem war sie denn heute Abend zusammen?«

»Verdammt, ich bin doch nicht die Auskunft. Was soll das Ganze überhaupt? Die wird schon wieder auftauchen.«

Franzi schluckte eine bissige Bemerkung herunter und zog ihr Handy aus der Tasche. »Okay. Kannst du mir noch kurz die Telefonnummer von der Polizei geben? Oder kann ich hier auch einfach die Eins-Eins-Null wählen?« Sie tat so, als tippe sie eine Nummer ein.

»Julian, einer von den Surfern. Zeltplatz, vermute ich mal. Groß, rote, halblange Haare. Er hat mit der Tussi abgehangen. Reicht das jetzt? Ich muss noch aufräumen.«

Franzi nickte. »Danke! Grüß deinen Chef von mir. Wir kennen uns gut.«

Der junge Mann rollte mit den Augen und schloss ohne einen Abschiedsgruß die Tür. Franzi schob das Fahrrad zurück auf den befestigten Weg und setzte ihre Fahrt Richtung Westen fort. Nach weiteren zermürbenden zehn Minuten erreichte sie den Zeltplatz. Als Erstes suchte sie den Fahrradstand nach ihrem roten Fahrrad ab, fand es aber nicht.

Von den Zelten, die verteilt in den Dünen standen, konnte Franzi von ihrem Standort aus nur wenige sehen. Sie ging über den Hauptweg und blieb an jedem Zelt horchend stehen. Konnte sie so einfach in die Privatsphäre fremder Menschen eindringen? Aber es gab weder eine Klingel noch eine Tür, an der sie anklopfen konnte. Sollte sie laut Sonyas Namen rufen? Oder sich doch lieber an die Polizei wenden?

Ein letztes Mal versuchte sie, Sonya auf dem Handy zu erreichen. Als wieder nur die Mailbox ranging, war sie kurz davor aufzugeben.

»Suchen Sie jemanden?«, hörte sie eine weibliche Stimme in ihrem Rücken.

Franzi drehte sich abrupt um und sah eine junge Frau Mitte zwanzig mit einem Handtuch über der Schulter vor sich stehen.

»Ja, ich suche Julian. Aber ich weiß nicht genau, wo sein Zelt ist.«

»Wie sieht er denn aus?«

»Groß, rote, halblange Haare«, wiederholte sie die Beschreibung, die sie am Laramie bekommen hatte.

»Ach der! Einer von den Surfern, oder?«

»Ja, genau!«

»Der hat dieses große blaue Teil ganz hinten in den Dünen. Keine Ahnung, ob der da ist.« Sie nickte Franzi zu und ging an ihr vorbei Richtung Waschräume.

Franzi lief den Weg zurück, erreichte das beschriebene Zelt und blieb wenige Meter davor stehen. Durch die Zeltwand war schwaches Licht zu sehen, aber weder hörte Franzi Stimmen noch andere Geräusche. Sie schaute sich um, aber auch in der

Umgebung war alles ruhig. Sie schaltete die Taschenlampe aus und lief einmal um das Zelt herum. Um ein Haar wäre sie über das Fahrrad gestolpert, das auf dem Boden lag. Sie hob es auf und sah im Mondschein, dass sie ihr eigenes Fahrrad in der Hand hielt.

Ohne zu zögern, lief sie zum Eingang des Zeltes, zog den Reißverschluss hoch und rief laut Sonyas Namen. Alles blieb still. Das Licht hinter einer zweiten Zeltwand erlosch und im nächsten Augenblick trat ein rothaariger Mann aus dem Innenzelt auf Franzi zu.

»Was hast du denn eingeschmissen?«, schrie der Mann sie wütend an.

»Ist Sonya bei Ihnen?«

»Verzieh dich einfach! Oder …«

»Oder was?«, fuhr Franzi ihn an und zog ihr Handy aus der Tasche. »Ich kann auch die Polizei anrufen.«

Der Rothaarige ging einen Schritt auf Franzi zu. »Wer von uns beiden ist denn hier eingedrungen?«

»Sonya!«, rief Franzi und versuchte, sich an dem Mann vorbeizuschieben.

Der Mann stellte sich ihr in den Weg. »Es reicht! Keinen Schritt weiter oder ich …«

Franzi bäumte sich auf und zischte ihn an: »Ja, was denn? Wollen Sie mich schlagen? Nur zu!«

Sie drückte ihn mit aller Kraft zur Seite und stolperte in das Innenzelt. Ein stechender Schmerz zog sich durch die Beine, als sie auf die Knie fiel. Sie rappelte sich sofort wieder auf und leuchtete das Zelt aus. Auf einer breiten Luftmatratze lag Sonya zusammengekauert und stöhnte leise.

»Sonya!« Franzi krabbelte weiter auf Sonya zu und berührte sie an der Schulter. »Hörst du mich? Wir müssen hier weg! Steh auf!«

Franzi spürte den Blick des rothaarigen Mannes hinter sich. Sie drehte sich abrupt um und schrie ihn an: »Was haben Sie ihr gegeben?«

»Nichts!«, schrie er zurück. »Woher soll ich wissen, was sie sich eingeschmissen hat? Raus aus meinem Zelt, und zwar alle beide!«

Franzi wandte sich wieder Sonya zu, die inzwischen die Augen geöffnet und sich auf die Seite gedreht hatte. Franzi griff ihr unter die Arme und zog sie hoch.

»Wo bin ich?«, flüsterte Sonya. »Nach Hause. Ich will …«

Mit letzter Kraft schaffte es Franzi, sie aufzurichten. Sie wandte sich zum Rothaarigen um. »Nun helfen Sie mir schon!«

Widerwillig griff er Sonya an der Schulter und zog sie zusammen mit Franzi aus dem Innenzelt. Draußen schafften sie es, Sonya aufzurichten. Fluchend wandte sich der Rothaarige ab und verschwand in seinem Zelt, kam aber gleich darauf zurück und warf Sonyas Pullover und ihre Schuhe vor Franzis Füße.

Franzi hob sie auf und zog Sonya zunächst die Schuhe an, anschließend half sie ihr, den Pullover überzuziehen.

»Kannst du gehen?«, fragte Franzi.

Nach einer gefühlten Ewigkeit nickte Sonya. Schritt für Schritt bewegten sie sich über den Zeltplatz, bis sie die Straße erreichten. Franzi setzte ihre Cousine auf eine Bank und sank erschöpft neben sie. Fieberhaft überlegte sie, wie sie Sonya in dem Zustand nach Hause bringen konnte. Sollte sie den Rettungswagen rufen? Oder die Feuerwehr? Der Inselpolizist hatte lediglich ein Fahrrad und ansonsten gab es nur die kleinen Elektrokarren, die Waren und Gepäckstücke über die Insel transportierten.

Franzi zog ihr Handy aus der Tasche und wählte Eddas Nummer.

»Ja?«, fragte Edda mit verschlafener Stimme. »Bist du das, Franzi?«

»Edda, ich weiß einfach nicht weiter.« Franzi hatte Mühe, ihre Tränen zurückzuhalten.

»Was ist passiert? Wo bist du?«

Stockend erklärte Franzi ihr, was vorgefallen war.

»Franzi, du musst jetzt ruhig bleiben. Ich kann hier wegen Jella nicht weg, aber ich frage meinen Nachbarn. Er hat eine Elektrokarre. Hörst du?«

»Ja, Edda. Frag ihn doch bitte.«

»Ich melde mich sofort wieder. Halt durch!«

Franzi ließ das Handy fallen. Tränen liefen über ihre Wangen, sie schluchzte leise. Sonya, die an ihr lehnte und zu schlafen schien, sah plötzlich auf. »Was ist? Wo bin ich?«

Franzi wischte mit den Handrücken die Tränen weg. »Alles gut, Sonya. Wir werden gleich abgeholt.«

Sonya schloss wieder die Augen. Franzi starrte aufs Handy, das vor ihr im Sand lag. Erst als es aufleuchtete, griff sie danach. »Ja?«

»Reiner fährt sofort los. Bleibt genau da, wo ihr jetzt seid. Er holt euch ab.«

Sieben

»Danke!« Franzi warf Edda einen erleichterten Blick zu. Edda hatte, während ihr Nachbar auf dem Weg zum Weststrand war, Jella aus dem Bett geholt und sie schlafend in den Bollerwagen gelegt. Fast gleichzeitig mit der Elektrokarre war sie bei Franzis Haus angekommen und hatte ihr geholfen, Sonya ins Bett zu bringen.

Franzi beugte sich zu ihrer schlafenden Cousine und zog die Decke über ihre Schulter. »Lassen wir sie erst mal schlafen. Morgen sehen wir weiter.«

Im Flur stand der Bollerwagen, in dem Jella friedlich weiterschlief.

»Kannst du mir helfen, ihn nach draußen zu schieben?«, fragte Edda und nahm die Stange in die Hand.

Gemeinsam bugsierten sie den Wagen durch die Haustür, ohne Jella aufzuwecken.

Franzi umarmte ihre Freundin. »Danke! Du warst meine Rettung.«

»Nicht ich. Reiner. Und du legst dich jetzt ins Bett. Und wehe, ich sehe dich morgen früh schon wieder durchs Dorf laufen.«

»Nein, ganz bestimmt nicht. Ich kann Sonya auch nicht alleine lassen.« Sie umarmte ihre Freundin noch einmal und winkte ihr zu, als sie sich nach wenigen Metern noch einmal zu ihr umdrehte.

»Wie geht es dir?« Franzi saß an Sonyas Bett und reichte ihr ein Glas Wasser.

Sonya richtete sich mühsam auf. »Nicht gut.« Sie trank einen Schluck und stellte das Glas ab. »Was ist gestern passiert? Ich kann mich kaum an etwas erinnern.«

Franzi erzählte Sonya, was in der Nacht geschehen war.

»Dieser verfluchte Loser!« Sonya bekam einen Hustenanfall.

Franzi half ihr, sich ganz aufzurichten, und klopfte ihr leicht auf den Rücken.

»Du musst mir glauben. Ich schlucke keine dieser dummen Pillen.« Sonya warf ihr einen flehenden Blick zu. »Das muss Julian gewesen sein.«

»Schon gut, Sonya. Ich vermute, dass er dir K.-o.-Tropfen gegeben hat. Was habt ihr getrunken?«

Sonya schüttelte den Kopf. »Das weiß ich nicht mehr. Und betrunken war ich auch nicht. Ich habe gerade mal ein Bier getrunken. Vielleicht zwei, mehr aber nicht.«

»Und dann seid ihr zum Zeltplatz gegangen?«

»Ja, nachdem das Laramie zugemacht hat. Wir waren eine ganze Gruppe. Ich weiß wirklich nicht, wie ich in das Zelt gekommen bin.«

»Ich habe überlegt, ob wir diesen Julian anzeigen.«

»Zu den Bullen?« Sonya sah sie entsetzt an.

»Ja, natürlich. Was meinst du, was der mit dir vorhatte? Meinst du etwa, du bist die Einzige, mit der er das gemacht hat?«

»Du meinst …?«

»Ja, und deshalb müssen wir auch gleich zum Arzt. Du musst eine Urinprobe abgeben. Ich habe vorhin im Internet gelesen, dass so was nur wenige Stunden nach der Einnahme nachweisbar ist.«

»Ich kann mich da nie wieder sehen lassen, wenn ich zu den Bullen gehe.«

»Meinst du wirklich, dass die anderen so ein Verhalten gutheißen? Das glaube ich nicht. Wir gehen zur Polizei, Sonya. Es bleibt überhaupt kein anderer Weg. Und jetzt gehst du erst mal unter die Dusche. Ich mache dir einen starken Kaffee und anschließend …«

Sonya war mit wütender Miene aus dem Bett gesprungen und aus dem Zimmer gelaufen.

»Und wenn ich mich weigere?«, fragte Sonya.

Sie waren auf dem Weg zum Inselarzt. Franzi hatte mit ihm telefoniert und darum gebeten, dass Sonya ohne Termin vorgelassen wurde.

»Dann haben wir beide ein Problem«, antwortete Franzi. »Tut mir leid, Sonya. Es sah alles danach aus, als wenn er dich vergewaltigen wollte. Und das ist ja wohl kein Kavaliersdelikt, das man mal eben so vergessen kann.«

»Wer sagt denn, dass er das getan hätte?«

»Ich! Der Reißverschluss deiner Hose war geöffnet, und es sah danach aus, als wenn er schon versucht hätte, dir die Hose runterzuziehen. Mal ganz davon abgesehen, dass dein T-Shirt sicher nicht von alleine hochgerutscht war.«

»Wie hoch?«

Franzi zögerte. »Ziemlich hoch.«

»Wie hoch?«

»Fast der ganze Oberkörper war frei. Es war mehr als offensichtlich, Sonya. Ein paar Minuten später und …« Franzi schluckte die letzten Worte herunter.

»Dieses verdammte Arschloch!«, zischte Sonya. »Miese kleine rothaarige Ratte.« Sonya war stehen geblieben und kickte wutentbrannt ein Steinchen über den Weg.

»Hätte ich es dir lieber verschweigen sollen?«, fragte Franzi. »Ich glaube kaum, dass du dich in dem Zustand freiwillig ausziehen wolltest.«

»Warum auch? Ich hatte nicht vor, mit Julian zu vögeln. Und das habe ich ihm auch klargemacht.«

Franzi hielt Sonya die Hand hin. »Lass uns weitergehen. Der Arzt wartet.«

Der Inselpolizist Andreas Berger nahm ihre Anzeige auf und versprach, sich bei Franzi und Sonya zu melden, sobald er Julian befragt hätte.

»Es war richtig, dass du das gemacht hast«, sagte Franzi, nachdem sie die kleine Polizeistation verlassen hatten.

Sonya hatte nur wortkarg auf die Fragen des Polizisten geantwortet und lange gezögert, bevor sie das Protokoll unterschrieben hatte.

»Das bringt doch sowieso alles nichts«, sagte sie. »Der Typ wird alles abstreiten und mich beschuldigen. Du sagst doch selbst, dass sich hier auf der Insel alles schnell rumspricht. Alle werden mich angaffen und …«

»Nein, Sonya, das wird nicht passieren. Du bist das Opfer und sonst niemand.«

»Träum weiter.«

Sie gingen schweigend nebeneinanderher, bis sie das Haus erreichten.

»Wollen wir was zusammen kochen?«, schlug Franzi vor. »Wie wäre es mit einem schönen Nudelauflauf?« Sie schloss die Tür auf und ließ Sonya den Vortritt.

Sonya drehte sich zu ihr um. »Kein Hunger. Und du musst jetzt nicht hinter mir herlaufen wie bei einem kleinen Kind. Es ist nichts passiert.«

»Ach, Sonya. Darum geht es doch gar nicht.«

»Worum denn? Ich bin nicht dein Ersatzkind. Du bist nicht meine Mutter und Tamme ist schon gar nicht mein Vater. Bekommt selber ein Kind. Das ist es doch, was ihr wollt, oder?«

Sie wandte sich ab und lief über den Flur zum Gästezimmer. Franzi stand wie vor den Kopf geschlagen da, unfähig, etwas zu entgegnen. Fassungslos starrte sie auf den leeren Flur. Wie konnte Sonya so mit ihr sprechen? Es war ein Fehler gewesen, sie auch nur einen einzigen Tag im Haus aufzunehmen. Sollte sie sehen, wo sie blieb. Sonya hatte recht, sie war nicht ihre Tochter, Franzi musste sich nicht um sie kümmern. Langsam erwachte sie aus der Schockstarre und ging wütend auf das Gästezimmer zu. Ohne anzuklopfen, riss sie die Tür auf und holte tief Luft, um Sonya die Meinung zu sagen und ihr zu sagen, dass sie ihre Sachen packen könne. Doch als sie das offene Fenster sah, wurde ihr klar, dass Sonya sich davongestohlen hatte.

Franzi warf mit aller Kraft die Tür zu und griff nach ihrem Handy, um Sonya etwas auf die Mailbox zu sprechen. In diesem Augenblick klingelte es an der Tür.

»Hallo, Frau Moosbrugger«, sagte der Inselpolizist. »Ich bin gleich auf dem Rückweg hier vorbeigekommen. Darf ich kurz eintreten?«

»Ja, natürlich.« Franzi trat zur Seite. »Die erste rechts, bitte.«

»Den von Ihnen und Ihrer Cousine beschriebenen Mann habe ich nicht mehr auf dem Zeltplatz angetroffen. Ich vermute, dass er mit der ersten Fähre die Insel verlassen hat.«

»Und jetzt?«

»Der Platzwart hat mir die Daten gegeben, die der Mann bei ihm hinterlegt hat. Ich werde kontrollieren, ob er unter der

Adresse gemeldet ist, und wenn, dann werden sich Kollegen vor Ort mit ihm beschäftigen. Ich wollte Sie nur informieren. Soweit ich das beurteilen kann, besteht im Moment keine Gefahr mehr für Ihre Cousine.« Der Polizist stand auf. »Sagen Sie ihr bitte, dass sie trotzdem vorsichtig sein soll.«

Franzi brachte ihn zur Tür und verabschiedete sich. Zurück in der Küche klingelte das Handy. »Tamme! Wo bist du?«

»Was ist los? Du klingst so merkwürdig.«

Franzi seufzte leise. »Das erzähle ich dir später. Wann kommst du zurück?«

»Deshalb rufe ich an. Hauke hat mich gebeten, auch morgen noch mitzufahren. Der neue Mann hat einen Tag Verspätung. Kann ich ihm zusagen?«

»Muss das sein?«, antwortete sie und bemühte sich, ihre Enttäuschung nicht durchklingen zu lassen.

»Ich kann natürlich absagen. Die Fähre fährt erst in einer Stunde. Das wäre nicht das Problem.«

»Hauke hat sonst niemanden?«

»Nein, und Jacob allein schafft das nicht.«

Jacob Böhmer fuhr seit Jahren mit Hauke zum Fischen, war aber schon weit über sechzig und konnte ohne Haukes tatkräftige Unterstützung die Netze nicht einholen.

»Aber du kommst morgen? Ganz sicher?«

»Definitiv! Das habe ich Hauke auch schon gesagt.«

»Wenn es unbedingt sein muss.«

»Danke, Franzi!« Er hielt kurz inne. »Und was wolltest du mir noch erzählen?«

»Nicht so wichtig, Tamme. Wir sprechen morgen darüber.«

»Okay. Ist mit Meta alles in Ordnung? Ich konnte sie nicht erreichen.«

»Ich war gestern bei ihr. Wenn ich Zeit habe, gehe ich nachher noch einmal kurz vorbei. Karla kommt übrigens schon heute. Wahrscheinlich ist Meta deshalb einkaufen gegangen.«

Sie unterhielten sich noch eine Weile, bevor Tamme das Gespräch beendete, als der Kutter in den Hafen von Neuharlingersiel einlief.

Franzi brühte sich einen frischen Kaffee auf und setzte sich in den kleinen Garten des Hauses. Sie lehnte sich auf dem Stuhl zurück und ließ sich die Sonne ins Gesicht scheinen. Der erste große Ärger über Sonyas Ausbruch war abgeklungen, aber nicht vergessen. Hätte der Inselpolizist nicht an der Tür geklingelt und hätte anschließend nicht Tamme angerufen, stünden Sonyas Koffer schon gepackt vor der Tür. Hatte Franzi unterschätzt, wie schwierig der Umgang mit einer Sechzehnjährigen sein konnte? Hatte sie jetzt endgültig den Draht zu Sonya verloren? Vielleicht war es an der Zeit, einen Schlussstrich zu ziehen. Sonya hatte eine rote Linie überschritten und schien nicht bereit zu sein, sich einzufügen.

Franzi trank den letzten Schluck aus der Tasse und stemmte sich hoch. Es lagen noch einige Stunden Arbeit vor ihr.

Acht

Am späten Nachmittag klappte Franzi den Laptop zu und reckte sich. Ihr Rücken schmerzte und ihr Magen knurrte schon seit über einer Stunde vor sich hin. Sonya hatte sich bisher nicht gemeldet und Franzi überlegte, ob sie sie anrufen sollte.

Sie ging in die Küche, um im Kühlschrank nach etwas Essbarem zu suchen. Lustlos ging sie die Fächer durch und schmierte sich schließlich ein Brot mit Käse.

»Hallo.«

Franzi drehte sich erschrocken um. Vor ihr stand Sonya. Franzi hatte nicht bemerkt, dass sie nach Hause gekommen war.

»Wieder da?«

Sonya trat zu Franzi an den Tisch. »Darf ich mich zu dir setzen?«

»Warum nicht«, antwortete Franzi tonlos.

»Du bist sauer, oder?«

»Wenn du jetzt wieder diese Kleinkind-Entschuldigung abziehen willst, lass es sein. Das zieht nicht mehr bei mir.«

Langsam zog Sonya den Stuhl vor und setzte sich. »Ich weiß auch nicht, was mit mir los ist. Dieser ganze Mist mit der Schule hat mich so durcheinandergebracht. Ich weiß: Was ich gesagt habe, ist nicht zu entschuldigen. Es tut mir aber trotzdem leid.«

»Was stellst du dir vor, wie es weitergehen soll?«

Sonya zuckte mit den Schultern und senkte den Kopf. »Wahrscheinlich ist es am besten, wenn ich wieder zurückfahre. Ich nerve dich und Tamme doch nur.«

Sie schwiegen eine Weile. Franzi erhob sich und setzte Tee auf. Zurück am Tisch reichte sie Sonya eine Tasse. »Trink erst mal.« Sie lächelte matt. »Tee hilft immer.«

Sonya erwiderte ihr Lächeln. »Wenn du meinst.«

»Was ist tatsächlich passiert in deiner Schule?«, fragte Franzi in die entstandene Stille hinein.

»Willst du das wirklich wissen?«

»Sonst würde ich nicht fragen.«

Sonya ließ sich Zeit. Schließlich begann sie stockend zu sprechen. »Ich bin da irgendwie reingerutscht. Alex und ich … Du weißt doch, wie so etwas anfängt. Hier und da ein Lächeln, man spricht miteinander, redet sich ein, dass da doch nichts ist. Er ist ja schließlich ein Lehrer und fünfzehn Jahre älter. Und so geht es dann weiter. Er bietet dir an, dir Nachhilfe zu geben. Du siehst … quatsch, ich sehe, dass er alleine wohnt, aber ich sage mir, dass das nichts zu heißen hat. Er berührt meinen Arm, ganz zufällig, unsere Blicke treffen sich. Und so weiter und so fort. Ja, ich dumme Kuh habe mich darauf eingelassen. Was dachte ich denn, was passiert?« Ein sichtlicher Ruck ging durch Sonyas Körper. Sie richtete sich auf. »Und bevor du fragst, ja, wir waren in der Kiste. Ich wollte es eigentlich nicht, aber Alex meinte … ach, Scheiße, ich habe keine Ahnung, was er von mir wollte. Nur vögeln. Steht er auf kleine Mädchen oder was?«

»Wie lange ist das gelaufen?«, wollte Franzi wissen, die ahnte, dass die Geschichte noch nicht zu Ende war.

»Ein paar Wochen. Zwei, drei Monate oder so. Wir haben uns immer bei ihm getroffen, nachmittags, und ich bin auch mal die ganze Nacht geblieben. Habe Mama gesagt, dass ich bei einer Freundin schlafe. Sie hat es geglaubt.«

»Und dann? Du wolltest nicht mehr?«

»Woher weißt du das?«, fragte Sonya mit erstaunter Miene. »Ja, es stimmt. Es war nur am Anfang … schön. Oder aufregend. Ich weiß es nicht. Ich wollte diese ganze Heimlichtuerei nicht mehr. Wir konnten uns nur bei ihm treffen, und auch dabei musste ich so vorsichtig sein, damit niemand sieht, dass ich da ins Haus gehe. Da sind zwar noch mehr Wohnungen, aber Alex meinte, es dürfte niemand weit und breit sein, wenn ich ihn besuche. Und wenn ich bei ihm war, ging es nur um Sex, nur um ihn. Er wollte … das war alles nur Bullshit. Ich bin doch keine Hure, die man dafür bezahlt, diesen ganzen krassen Scheiß mitzumachen.«

»Und was passierte, als du Schluss gemacht hast?«

»Er hat Fotos von mir.« Sie senkte den Kopf. »Du kannst dir ja vielleicht denken, was das für welche sind. Er unterrichtet doch auch Informatik und weiß, wie man die anonym ins Netz stellt.«

»Er hat dir gedroht?«

»Was sonst? So sind doch alle Typen. Wenn sie nicht bekommen, was sie wollen, drehen sie durch.«

»Und was hast du gemacht?« Franzi ahnte zwar, was passiert war, wollte es aber von Sonya hören.

»Ich bin wieder hingegangen, was sonst.« Sie hob beide Hände. »Was sollte ich denn machen? Niemand hätte mir geglaubt. Es wusste doch keiner von uns beiden. Woher auch? Ich habe mich schon fast wie eine Geheimagentin gefühlt.«

»Sonya! Dein Lehrer hat dich zum Sex gezwungen. Er hat dich erpresst. Du bist das Opfer. Es ist vollkommen egal, was du mal für ihn empfunden hast und ob du vorher eine Beziehung mit ihm hattest.« Franzi verschwieg, dass sich Alexander Meier auch in der frühen Phase schon strafbar gemacht hatte, um Sonya nicht weiter zu verunsichern. »Du warst also überhaupt nicht beim Schulleiter?«

»Natürlich nicht! Weißt du, was dann passiert wäre? Das Netz ist nicht nur auf unser Kaff begrenzt. Ich könnte dann nur noch von der Brücke springen. Verstehst du das denn nicht?«

»Die Polizei wür…«

»Lass die Bullen aus dem Spiel!« Sonya sprang auf. »Ich hätte dir niemals etwas davon erzählen sollen. Es ist doch immer das Gleiche.«

»Setz dich doch bitte wieder, Sonya. Wenn du nicht zur Polizei gehen willst, werde ich dich nicht dazu zwingen. Mit der Sache gestern Nacht war das was anderes. Ich musste es einfach machen. Dieser Typ war noch auf der Insel und …« Sie hielt Sonya die Hand entgegen. »Setz dich doch wieder. Bitte! Ich weiß doch, wie schrecklich das alles für dich ist. Ich will dir helfen, ehrlich.«

Sonya sank langsam wieder auf den Stuhl zurück. »Versprichst du mir, niemandem etwas davon zu erzählen?«

Franzi zögerte. Würde sie so ein Versprechen halten können? Konnte sie es verantworten, Sonyas Mutter nicht einzuweihen? Konnte sie verantworten, dass der Lehrer nicht zur Rechenschaft gezogen und eventuell weitere Schülerinnen missbrauchen würde?

»Versprichst du's mir?«

»Sonya, ich kann …«

»Versprichst du es mir? Ja oder nein?«

Franzi sah, wie entschlossen Sonya sie anstarrte. Sie würde nie wieder ein Wort mit ihr wechseln, wenn sie darauf bestehen würde, eine Anzeige zu machen.

»Gut, ich gehe nicht zur Polizei. Aber nur so lange, wie dieser Lehrer dich in Ruhe lässt. Wenn er wieder aktiv wird, werde ich etwas dagegen unternehmen.«

Sonya atmete auf. »Das mache ich dann schon selbst, keine Angst. Das passiert mir nicht noch einmal.«

»Du weißt aber, dass du dich nicht ewig vor ihm verstecken kannst?«

»Ich versteck mich nicht! Ich gehe ihm nur aus dem Weg. Das ist ganz was anderes.«

Franzi warf ihr einen fragenden Blick zu. »Er hat also keinen Kontakt mehr zu dir gesucht, seit du hier auf Spiekeroog bist?«

»Er läuft nicht hier herum, wenn du das meinst.«

»Davon bin ich mal ausgegangen. Woher soll er auch wissen, dass du hier bist. Aber er hat dir geschrieben, oder?«

»Und wenn schon. Ich lese das gar nicht und lösche es gleich. Dieser Loser soll sich ein anderes Opfer suchen.« Sonya stutzte. »Nein, so meine ich das natürlich nicht. Er soll einfach aufhören mit dem Bullshit.«

»Und du meinst wirklich, er hört auf? Bei dir und auch bei anderen?«

»Ich geh da einfach nicht wieder hin. Was soll er da schon groß machen? Und die anderen sind mir egal.«

Franzi legte den Kopf in den Nacken und atmete tief durch. »Lass uns da später noch mal drüber reden. Ich bin fix und fertig.«

»Darf ich dich zu einem Glas Wein in der Pizzeria einladen?«, fragte Sonya und grinste. »Dafür reicht mein Geld gerade noch. Die Pizza müssen wir uns allerdings teilen.«

Franzi lachte. »Das bekommen wir noch hin.«

Im Restaurant waren gerade noch zwei Plätze frei, sie bestellten Pizza und Wein und umschifften geschickt das Thema Männer und Schule. Sonya schien sichtlich erleichtert zu sein, dass sie Franzi die Wahrheit gesagt hatte. Sie lachte viel und erzählte Geschichten über ihren Onkel Max, Franzis Vater. Er war ihr Taufpate und besuchte sie und ihre Mutter regelmäßig oder lud sie zu sich nach Hamburg ein.

»Hast du eigentlich noch unsere Großmutter kennengelernt?«

»Nicht wirklich. Mama hatte sich mit ihr verkracht und ich habe sie nur ein paarmal gesehen.«

»Habt ihr auch keine Fotos von ihr?«

»Glaub ich nicht. Warum?«

Franzi zog ihr Portemonnaie aus der Tasche und klappte es auf. Auf der Innenseite war neben dem Foto ihrer Mutter und ihres Vaters ein weiteres Foto. »Das ist sie.«

»Quatsch. Das bist du!«

»Nein, schau mal genau hin. Trage ich etwa solche Kleider? Und etwas älter als ich ist unsere Oma da auch schon.«

»Irre! Onkel Max hat mir nie erzählt, dass ihr euch so ähnlich seht.« Sonya betrachtete das Foto von Nahem. »Unglaublich. Sag mal, als du Onkel Max kennengelernt hast, war er dir da gleich irgendwie nahe oder hast du sogar gespürt, dass er dein Vater ist?«

»Es war schon komisch, als ich das erste Mal vor ihm saß. Ich weiß natürlich nicht, ob ich mir das eingebildet habe, aber damals war ich davon überzeugt, dass wir eine besondere Verbindung haben. Heute natürlich auch noch.«

»Verrückt! Ich habe keinen Vater, weil ich ihm egal bin, und du findest einen, als du schon erwachsen bist. Komische Familie, in die wir da reingeboren wurden.«

Franzi beugte sich vor und umarmte ihre Cousine. »Ich bin auf jeden Fall froh, dass ich euch habe: dich und Anja und natürlich Max.«

Franzi klopfte vorsichtig an Eddas Haustür und horchte. Als niemand öffnete, ging sie ums Haus herum. Im Wohnzimmer war Licht. Als sie ans Fenster trat, bemerkte Edda sie und öffnete die Terrassentür.

»So spät noch unterwegs?«

Franzi umarmte ihre Freundin. »Darf ich noch reinkommen?«

»Immer doch!« Edda trat zur Seite und bot Franzi einen Platz auf dem Sofa an. »Tamme ist doch noch in Neuharlingersiel geblieben?«

»Er kommt morgen.«

Edda musterte sie. »Was ist passiert? Etwas mit Tamme?«

»Nein, alles gut. Aber …« Franzi brach ab.

»Ein Glas Wein?«, fragte Edda und stand bereits am Schrank mit den Gläsern. Sie schenkte Franzi ein und setzte sich neben sie. »Also raus damit. Was ist los?«

»Du musst mir versprechen, niemandem davon zu erzählen. Absolut niemanden! Auch nicht Markus.«

»Wenn es dir so wichtig ist, klar. Du machst es ja spannend.«

Franzi begann, von Sonya und ihrem Mathelehrer zu erzählen. »Ich weiß nicht, was ich machen soll. Hätte ich Sonya das nicht versprochen, wäre sie sofort abgereist.«

»Wäre das so schlimm gewesen?«

»Edda, du weißt doch, wie wichtig mir die Familie ist. Sie ist meine Cousine. Wenn ich jetzt nicht zu ihr halte, bricht doch alles auseinander.«

»Franzi, sie ist sechzehn. Bist du sicher, dass *diese* Story jetzt stimmt? Vielleicht wollte sie …«

»Nein!«, unterbrach Franzi ihre Freundin. »Ich bin mir sicher.«

»Sonya hat also erst monatelang eine Beziehung zu ihrem Lehrer gehabt und dann plötzlich gemerkt, dass er doch nicht das Richtige ist? Und dann hat der Lehrer sie erpresst? Ein Mann Anfang dreißig erpresst ein Kind? Franzi, irgendwas kommt mir bei der Geschichte komisch vor.«

»Genau deshalb will Sonya nicht zur Polizei. Niemand würde ihr glauben, sagt sie.«

»Ich bin nicht die Polizei, Franzi. Die müssen ganz andere Maßstäbe anlegen. Ich bin deine Freundin und ich möchte nicht, dass du da in etwas reingezogen wirst, was sich am Schluss nur als Lügengeschichte einer pubertierenden Sechzehnjährigen herausstellt.«

Franzi wurde auf einmal unsicher. Hatte sie sich wieder einmal zu sehr auf ihr Bauchgefühl verlassen? Konnte es sein, dass Sonyas Geschichte von vorne bis hinten erfunden war? War alles eine einzige Lüge? Immerhin hatte Sonya bereits die zweite Version ihrer Geschichte präsentiert und schien kein Problem damit zu haben, selbst Menschen in ihrer unmittelbaren Nähe anzulügen.

»Aber stell dir vor, Sonya sagt die Wahrheit«, sagte Franzi. »Nehmen wir es einfach mal an. Wenn diese Geschichte stimmt, wäre es vollkommen normal, dass sie traumatisiert ist und irrational handelt. Ich habe sie sonst ganz anders erlebt, als einen freundlichen, aufgeschlossenen Teenager, dem ich gerne zugehört habe. Plötzlich ist sie völlig verändert. Allein ihre Flucht hierher war schon ein Akt der Verzweiflung, genau wie ihr Festhalten an dem Plan, nicht mehr nach Hause zurückzugehen. Die zweite Version klang absolut glaubwürdig, Edda. Sie braucht meine Unterstützung. Und das nicht nur, weil wir verwandt sind. Sie ist doch noch ein halbes Kind und sie weiß nicht mehr weiter.«

Franzi war erstaunt, wie impulsiv sie auf Eddas Einwand reagiert hatte. Erinnerte sie Sonyas Geschichte so sehr an ihre eigene, dass sie nicht mehr klar denken konnte? Selbst wenn es so wäre, ihr war im Gespräch mit Edda klar geworden, dass sie nicht anders handeln konnte, als ihre Cousine rückhaltlos zu unterstützen.

»Du hast mich um Rat gefragt«, antwortete Edda. »Und ich habe den Eindruck, dass du dir gerade zu viel Verantwortung auflädst. Wenn Sonyas Lehrer sie tatsächlich zum Sex gezwungen hat, gehört er vor Gericht. Und ich denke, er würde auch eine Gefängnisstrafe bekommen. So was Schwerwiegendes könnt ihr beide nicht entscheiden, und du alleine schon gar nicht. Früher oder später musst du zur Polizei. Zumindest, wenn die Geschichte wahr ist. Und wenn nicht, braucht Sonya professionelle Hilfe. Auch das kannst du nicht leisten.«

»Ich kann nicht anders«, sagte Franzi leise. »Ich muss Sonya helfen.«

Edda nahm Franzi in den Arm und strich ihr über die Schulter. »Ja, ich weiß. Und genau das macht mir gerade Sorgen.«

Neun

Die folgenden zwei Tage verliefen ruhig. Sonya stand früh auf, frühstückte mit Franzi, half ihr in der Küche und übernahm die Einkäufe für sie. Am Nachmittag des ersten Tages holten sie zusammen Tamme von der Fähre ab und kochten anschließend gemeinsam. Als Tamme am Abend fragte, was mit Sonya passiert sei, antwortete Franzi ihm ausweichend. Sie erzählte ihm nur in abgeschwächter Form, was sie von Sonya erfahren hatte, und ließ dabei die entscheidenden Punkte aus. Trotzdem riet Tamme ihr, noch einmal mit Sonya zu sprechen, um sie von einer Anzeige zu überzeugen. Franzi bat ihn, ihr noch etwas Zeit zu geben.

Am Freitagvormittag saß sie allein im Büro, als ihr Handy klingelte.

»Hallo, Franzi!«

»Jan, grüß dich!«

»Britta hat mir von der Sache an meiner alten Schule erzählt. Ich wollte es erst gar nicht glauben, aber offensichtlich handelt es sich bei dem Lehrer um einen meiner Klassenkameraden. Alexander Meier, richtig?«

»Ja, das ist der Mathelehrer meiner Cousine Sonya.«

»Wie gesagt, ich kenne ihn. Nicht, dass ich mit ihm befreundet war. Eher das Gegenteil. Wir sind ein paar Mal aneinandergeraten. Du kannst dir vielleicht denken, womit das zu tun hatte.«

»Ging es um das Thema Frauen?«

»Er war schon früher ein absolutes Arschloch in der Beziehung. Allein wie er über unsere Mitschülerinnen geredet hat, war schon abstoßend. Sie waren für ihn Objekte und keine Menschen. Aber gut, er ist nicht der erste und nicht der letzte Mann, der sich so verhält. Interessanter ist da schon, was es damals für Gerüchte gab.«

»Jetzt bin ich aber gespannt, Jan.«

»Es ging da um ein Mädchen, das zwei Jahrgänge unter uns war. Sie war noch nicht einmal sechzehn und es wurde gemunkelt, dass er etwas mit ihr habe, sie aber nicht so ganz freiwillig mitmachen würde.«

»Weißt du was Genaues?«

»Nein, wie gesagt, das waren nur Gerüchte. Ich hatte nur wenig Kontakt zu dem Mädchen. Okay, hin und wieder haben wir ein paar Worte gewechselt, aber ob sie sich noch an mich erinnert, weiß ich nicht. Ich kenne allerdings noch ihren Namen und habe sie sogar auf Facebook gefunden. Marie Petersen. Sie wohnt übrigens in Oldenburg. Das ist ja von euch aus gut zu erreichen.«

»Du denkst, ich soll mich mit ihr in Verbindung setzen?«

»Ja, warum nicht. Fragen kostet nichts. Vielleicht erfährst du ja was über den Herrn Lehrer.«

»Damals ist das nicht offiziell geworden?«

»Nein, das wüsste ich. Und wenn sie ihn damals angezeigt hätte, wäre er ja wohl kaum Lehrer und schon gar nicht an seiner alten Schule.«

»Ich kann doch nicht einfach eine wildfremde Frau anschreiben und sie fragen … Ja, was eigentlich?«

»Das ist nicht einfach, das stimmt schon. Wenn du möchtest, kannst du dich auf mich berufen. Vielleicht erinnert sie sich ja doch an mich. So hast du wenigstens einen Bezugspunkt zur Schule.«

»Ich überlege es mir.«

»Tut mir leid, wenn ich dir nicht mehr helfen konnte. Ich schick dir gleich die Facebook-Adresse.«

»Danke, Jan. Grüß Britta von mir.«

»Und du Tamme.«

Franzi scrollte durch Marie Petersens Facebook-Account und fand Fotos ihrer Katzen und Aufnahmen von einem Urlaub auf Mallorca. Sie schien nur eine Handvoll Facebook-Freunde zu haben, die hin und wieder eines der Fotos gelikt oder einen Gruß hinterlassen hatten. Im Profil fehlte die Angabe der Schule und ihres Wohnorts.

Franzi öffnete den Messenger und begann, Marie Petersen eine Nachricht zu schreiben. Nach dem zweiten Satz löschte sie alles wieder und fing von vorne an.

> Guten Tag, Frau Petersen, Jan Bürger, ein Mitschüler an Ihrer alten Schule, hat mich an Sie verwiesen. Er meinte, dass Sie mir vielleicht Informationen zu Alexander Meier, einem von Jans Klassenkameraden, geben könnten. Ich würde mich gerne telefonisch bei Ihnen melden. Ist das möglich? Herzliche Grüße, Franzi Moosbrugger

Franzi las den Text durch, fand ihn zu förmlich und änderte ihn.

Liebe Marie, Jan Bürger (er war auf dem Gymnasium zwei Jahrgänge über dir) hat gemeint, dass du mir vielleicht helfen könntest. Meine Cousine Sonya (sie ist sechzehn Jahre alt) ging bis letzte Woche auf die gleiche Schule wie ihr. Sie hatte Schwierigkeiten mit ihrem Mathelehrer, Alexander Meier, die sehr persönlicher Natur sind.

Franzi überflog die Nachricht an Marie Petersen und überlegte, ob sie eine Frau, die sie nicht kannte, eigentlich duzen konnte. Sie änderte den Text noch einmal, aber danach wirkte er fremd und gestelzt. Erneut wechselte sie zum auf Facebook üblichen Du und schrieb weiter.

Es wäre super, wenn wir kurz telefonieren oder auch gerne auf diesem Weg miteinander schreiben könnten.

Liebe Grüße! Franzi

Franzi las den Text ein weiteres Mal durch und zögerte, auf Enter zu drücken. *Was konnte schon passieren?*, fragte sie sich. Im schlimmsten Fall würde Marie Petersen ihre Nachricht löschen. Sie strich Sonyas Namen aus dem Text und die Altersangabe, überflog ihn ein letztes Mal und schickte die Nachricht ab.

Dann stand Franzi auf und öffnete das Fenster. Ihr fiel ein, dass sie in der Hektik vergessen hatte, bei Meta vorbeizuschauen, um Karla zu begrüßen. Sie schloss das Fenster. In ihrem Rücken hörte sie den Ton, der eine eingehende Nachricht ankündigte. Schon aus der Entfernung sah sie, dass Marie Petersen geantwortet hatte. Franzi setzte sich an den Schreibtisch und las:

Um welche Schwierigkeiten handelt es sich?

Sie zog die Tastatur zu sich hin. Was sollte, was konnte sie schreiben? Sie wusste nicht einmal, ob am anderen Ende wirklich Marie Petersen saß oder jemand anders. Sie entschloss sich, das Risiko einzugehen und die Wahrheit preiszugeben.

Es geht um sexuelle Belästigung.

Franzi starrte gebannt auf den Bildschirm. War es die richtige Formulierung gewesen?

Was wollen Sie von mir?

Franzi schluckte. Marie Petersen hatte sie gesiezt.

Entschuldigen Sie bitte, wenn ich mit dem Du so vorgeprescht bin. Meine Cousine stand vor ein paar Tagen vor meiner Tür und bat sozusagen um Asyl. Sie ist Hals über Kopf von zu Hause geflüchtet und will auch nicht zurück.

Nach zwei Minuten, die sich hinzogen wie eine Ewigkeit, kam die Antwort.

Wie alt ist Ihre Cousine?

Franzi überlegte, ob sie Daten von Sonya preisgeben sollte, entschied sich dann aber dafür.

Sie ist sechzehn.

Dieses Mal kam die Antwort schneller.

Wie kann ich wissen, dass ich Ihnen vertrauen kann?

Franzi überlegte fieberhaft, was sie antworten sollte.

Ich könnte Ihnen meinen Personalausweis einscannen und schicken. Sie könnten sich aber auch mit Jan in Verbindung setzen. Erinnern Sie sich an ihn?

Franzi lehnte sich zurück auf dem Stuhl, ohne den Bildschirm aus den Augen zu lassen. Es vergingen mehrere Minuten, bis die Antwort kam.

Ja, ich erinnere mich an Jan Bürger. Geben Sie mir seine Telefonnummer. Ich melde mich morgen wieder bei Ihnen, falls alles in Ordnung ist.

Franzi sandte ihr die Nummer, bedankte sich und verabschiedete sich von ihr. Dann schrieb sie Jan per WhatsApp, dass Marie Petersen sich vermutlich bei ihm melden würde. Er antwortete direkt mit einem: *Okay!*

Franzi betrat Metas Haus durch den Hintereingang und traf die beiden alten Damen in der Küche beim Teetrinken an. Auf dem Tisch lag ein Fotoalbum, in dem Karla blätterte.

»Kind, da bist du ja«, begrüßte sie Meta. »Setz dich zu uns. Karla hat ein wunderschönes Album mitgebracht. Wusstest du, dass sie zwei Jahre in Paris gelebt hat?«

Franzi setzte sich neben Karla. »Hallo, Karla. Entschuldige, dass ich es nicht eher geschafft habe.«

Karla umarmte Franzi. »Das macht doch nichts. Ich weiß doch, wie viel du zu tun hast. Meta hat mir erzählt, dass Sonya bei dir zu Besuch ist. Warum hast du sie nicht gleich mitgebracht? Ich würde die junge Dame so gerne noch einmal sehen.«

»Die siehst du auf jeden Fall übermorgen. Tamme und ich wollten euch beide am Sonntag zu uns zum Essen einladen. Sonya ist dann natürlich auch da.«

»Ihr müsst euch aber nicht so viel Mühe machen. Wir könnten doch auch …«

»Das ist keine Mühe, Karla. Tamme hat schon frischen Fisch bestellt. Ihr beide müsst euch wohl oder übel in euer Schicksal fügen.«

Karla lachte. »Das mache ich doch gerne.«

Franzi rückte den Stuhl näher heran und genoss die Zeit mit den beiden alten Damen. Karla erzählte mit einer Leidenschaft von ihrem Parisaufenthalt, die Franzi in eine fremde Welt entführte. Die Fotos stammten allesamt aus den Jahren 1965 und 1966. Mit fünfundzwanzig, als fertig ausgebildete Lehrerin, hatte sich Karla auf den Weg nach Frankreich gemacht. Sie träumte damals davon, Schriftstellerin zu werden, und nahm sich ein kleines Pensionszimmer im 18. Arrondissement, dem Künstlerviertel Montmartre. Sie arbeitete jeden Tag sechs Stunden lang an ihrem Roman und genoss anschließend das lebhafte Treiben des Viertels.

»Ist das der Roman gewesen, den du mir vor Jahren geschickt hast?«, wollte Franzi wissen.

»Nein, ich habe meinen Erstling nie veröffentlicht.« Sie seufzte leise. »Und den zweiten und letzten Roman auch nicht.«

Franzi hatte vor drei Jahren das erste Drittel von Karlas Roman gelesen und Edda gebeten, für diese Kontakt zu Verlagen herzustellen.

»Aber hast du mir nicht vor einem halben Jahr erzählt, dass du den Roman abgeschlossen hast?«, fragte Franzi weiter.

»Er liegt tief unten in meiner Schublade, wie man so schön sagt. Du weißt doch, dass ich in der Beziehung nicht die Mutigste bin.«

»Was redest du da«, sagte Meta. »Ich kenne keine mutigere Frau als dich. Warum hast du mir nie von dem Roman erzählt?«

Karla schien das Thema sichtlich unangenehm zu sein. Sie errötete leicht und senkte den Kopf. »Das war nur ein Traum. Und jetzt reden wir mal über etwas anderes.« Sie zeigte auf ein Foto, das ein vierstöckiges Haus zeigte. »Da oben unter dem Dach habe ich gewohnt.«

»Und wer ist das?«, fragte Franzi und zeigte auf den Mann, der vor dem Haus stand.

»Ein Freund. Pascal Bonnet. Er wohnte auch dort. Wir waren an dem Tag wohl zusammen essen.«

Franzi horchte auf. Karlas Stimme klang weicher, und wenn sie nicht alles täuschte, waren ihre Augen feucht geworden.

»Warum hast du den Roman nie veröffentlicht?«, erkundigte sich Meta.

»Ach, das ist eine lange Geschichte. Damals gab es noch keine Computer. Ich hatte eine Reiseschreibmaschine der Firma Olympia.« Karla lächelte. »Mein kleiner Schatz.« Karla blätterte das Album durch. »Hier, da ist sie ja.« Sie zeigte auf ein Foto, auf dem eine junge Frau am Schreibtisch saß, vor ihr eine Schreibmaschine.

»Eine wunderschöne Frau. Damals wie heute«, sagte Franzi lächelnd.

»Ach was. Weder damals noch heute.«

Franzi lachte. »Dir sind doch sicher die Männer in Scharen hinterhergelaufen. Zum Beispiel dieser Pascal. Was ist aus ihm geworden? War er auch Schriftsteller?«

»Ja, er hat auch geschrieben.« Karla nickte gedankenversunken. »Ich weiß nicht, ob er überhaupt noch lebt.«

»Das lässt sich sicher herausbekommen. Soll ich mal für dich recherchieren?«

»Nein!« Karla klappte das Album zu. »Das ist lange vorbei und vergessen.« Sie legte das Fotoalbum zurück in die Tasche, in der noch weitere Bücher lagen. »Darf ich denn übermorgen den Wein mitbringen?«

»Natürlich«, sagte Franzi. Sie sagte sich den Namen von Karlas Pariser Freund in Gedanken auf, um ihn nicht zu vergessen. Sollte er noch leben, würde sie ihn mit einer kleinen Recherche im Internet finden und Karla damit überraschen können.

Franzi sah auf die Uhr. »Ich muss dann wieder los. Kommt ihr am Sonntag so um vierzehn Uhr?«

Als sie auf dem Weg durch das Dorf war, meldete sich Jan bei ihr.

»Hallo, Franzi, ich habe jetzt mit Marie Petersen gesprochen. Sie war zwar misstrauisch, aber ich konnte sie überzeugen, mit dir zu reden. Ob sie dir dann etwas von Meier erzählt, weiß ich natürlich nicht.«

»Danke, Jan. Ehrlich gesagt, bin ich mir gar nicht mehr so sicher, ob das eine gute Idee war. Was soll schon dabei herauskommen?«

»Ich kann gerne noch einmal meine Kontakte durchgehen und schauen, ob ich jemanden aus unserem Jahrgang erreiche.«

»Wenn du Zeit dafür findest. Ich bin im Moment etwas ratlos. Vielleicht sollte ich doch zur Polizei gehen und dort mit jemandem sprechen.«

»Das ist eine schwere Entscheidung, Franzi. Ich möchte gerade nicht in deiner Haut stecken. Was ist mit Sonyas Mutter? Wenn es jemand machen sollte, dann doch sie.«

Franzi stöhnte leise. »Anja ist komplett mit der Situation überfordert. Wenn ich ihr erzählen würde, was wirklich passiert ist, würde sie zusammenbrechen. Sonya und sie haben sich in den letzten ein bis zwei Jahren wohl regelmäßig gestritten. Sonya hat mir nicht gesagt, was genau passiert ist, aber es ging wohl so weit, dass Anja zum Jugendamt gehen wollte.«

»Das war dann wohl mehr als nur der übliche Streit zwischen Mutter und Tochter«, sagte Jan.

»So wie es aussieht, ist da einiges kaputtgegangen. Ich weiß ja auch, dass sich eigentlich Anja als Mutter um alles kümmern müsste. Aber wenn ich das Gefühl habe, es würde alles nur noch schlimmer machen, als es jetzt schon ist, kann ich doch Sonya nicht ins Messer laufen lassen.« Sie hielt kurz inne. »Du weißt, ich habe mich mit meiner Mutter auch nicht gut verstanden. Das hatte damals andere Gründe, aber ich weiß, wie hoch eine Mauer zwischen Tochter und Mutter sein kann. Glaub mir.«

»Oh je, Franzi. Wenn ich dir doch nur helfen könnte.«

»Danke, Jan. Da werde ich wohl selbst durchmüssen. Ich schlaf noch mal eine Nacht drüber. Vielleicht kann ich ja Sonya doch überzeugen, sich zur Wehr zu setzen.«

»Tu das, Franzi. Und wenn du Hilfe brauchst, weißt du, wo du mich findest.«

Zehn

Franzi schmiegte sich an Tamme. Nach einem gemeinsamen Abendessen mit Sonya hatten sie sich früh schlafen gelegt.

»Hat sich Andreas Berger eigentlich noch einmal wegen der Sache auf dem Zeltplatz gemeldet?«, fragte Tamme.

»Gemeldet nicht, aber ich habe ihn heute zufällig getroffen.« Franzi richtete sich im Bett auf. »Dieser Julian oder wie immer er heißen mag, hat wohl eine falsche Adresse beim Platzwart hinterlassen.«

»Die Polizei kann ihn also nicht finden?«

»So habe ich es verstanden. Die Anzeige wird wohl ins Leere laufen.«

»Zumindest ist die Gefahr gering, dass er hier wieder auftaucht«, sagte Tamme, der inzwischen neben Franzi aufrecht im Bett saß. »Sag mal, die Angelegenheit in Sonyas Schule war gravierender, als du erzählt hast, oder?«

»Wenn ich das genau wüsste. Ich habe Sonya versprochen, es nicht weiterzuerzählen. Du musst …«

»Franzi, ich schweige wie ein Grab.«

Sie erzählte ihm leise, was sie von Sonya erfahren hatte.

»Sonya sagt, dass er sie mit Fotos unter Druck gesetzt hat. Ob das alles war, weiß ich nicht.« Franzi berichtete ihm von dem Gespräch mit Jan und ihrem Kontakt mit Marie Petersen.

»Verdammt, was ist denn an dieser Schule los? Dieser Mensch muss schleunigst aus dem Verkehr gezogen werden. Warum versteht Sonya das nicht?«

»Sie hat Angst vor ihm, schreckliche Angst, will es aber gleichzeitig nicht zugeben. Deshalb habe ich auch nur scheibchenweise die Wahrheit aus ihr rausgekriegt. Ob da noch mehr kommt, weiß ich nicht.«

Tamme schüttelte verärgert den Kopf. »Der Typ gehört vor Gericht und nicht vor eine Schulklasse.«

»Ich weiß, Tamme. Aber lass mir und vor allem Sonya noch ein paar Tage Zeit. Sie ist noch nicht so weit. Ich bin da in einer schrecklichen Zwickmühle. Egal was ich jetzt mache, ich kann es nicht allen recht machen. Eigentlich hätte ich Anja schon anrufen müssen und vielleicht auch Max. Aber was würde dann passieren?«

»Ja, so langsam wird mir klar, in was für einer Situation du bist. Trotzdem, du kannst das nicht ewig für dich behalten.«

»Das ist mir schon klar. Aber letztlich geht es doch um Sonya. Wenn sie nicht mitzieht, wird aus der Anzeige gar nichts. Ich kann doch nicht jemanden anzeigen, weil ich gehört habe, dass er etwas getan hat. Ich würde letztlich das Gegenteil erreichen. Oder noch schlimmer, ich werde vom Lehrer wegen übler Nachrede verklagt.«

Tamme stöhnte. »Daran habe ich noch gar nicht gedacht. Also muss Sonya reden.«

»Und das kann dauern. Manche Frauen schaffen das erst nach Jahren. Nicht umsonst sind die Gesetze verändert worden. Die Verjährungsfristen sind inzwischen erheblich länger.«

»Ja, davon habe ich gelesen.« Er fuhr sich mit der Hand durch die Haare. »Verdammte Zwickmühle!«

Am nächsten Tag lief Franzi zur Mittagszeit durch das Dorf und kontrollierte die Ferienwohnungen, deren Gäste an diesem Tag gewechselt hatten. Nach der Hälfte des Rundgangs legte sie einen Zwischenstopp in Eddas Buchladen ein. Dort stand ein bequemes Sofa für die Kunden, die einen Blick in die Bücher werfen wollten. Edda brachte ihr einen Kaffee und setzte sich zu ihr.

»Kleine Pause?«

»Ja, eine sehr kleine.« Franzi nahm die Tasse entgegen. »Danke für den Kaffee.«

»Gibt es etwas Neues?«

»Nein.«

»Soll ich mal mit Sonya reden?«

»Auf keinen Fall. Das hieße ja, dass ich mein Versprechen, niemandem etwas zu erzählen, gebrochen hätte. Nein, ich muss das schon selbst machen.«

Franzi lehnte sich auf dem Sofa zurück. Als ihr Blick aus dem Fenster fiel, erschrak sie. Gerade lief Phillip Lahnstein mit seiner Tochter an der Hand auf der Straße vorbei. Sie hatte in der Hektik der letzten Tage vollkommen vergessen, dass er eine ihrer Wohnungen gemietet hatte.

»Was ist mit dir?«, fragte Edda, die Franzis Reaktion bemerkt zu haben schien.

»Ach, nichts! Nur ein Gast, der auch früher schon mal auf Spiekeroog war.«

»Hast du eigentlich schon einen Termin in der Arztpraxis in Oldenburg gemacht? Ich muss dann rechtzeitig eine Betreuung für Jella organisieren. Bisher lässt sich nicht absehen, wann Markus zurückkommt.«

»Nein, im Moment steht mir der Sinn einfach nicht danach. Vielleicht rufe ich ja nächste Woche da an.«

»Schieb es nicht so lange raus. Es kann sein, dass du viele Wochen auf einen Termin warten musst.«

Franzi nickte. Sie trank den Kaffee aus und bedankte sich noch einmal. »Ich melde mich bei dir.«

Die nächsten drei Stunden lief Franzi von einem Haus zum anderen und sah nach, ob alles sauber und in gutem Zustand war. Mehrmals traf sie unterwegs auf Tamme, der defekte Geräte reparierte oder sich um andere Probleme kümmerte, die das Reinigungsteam gemeldet hatte. War ein Haus freigegeben, rief Franzi die Gäste an, für den Fall, dass sie schon vor der vereinbarten Zeit das Haus oder die Wohnung beziehen wollten.

»Franzi!«, rief eine Männerstimme in ihrem Rücken. Sie drehte sich um und sah, wie Phillip und seine Tochter auf sie zukamen.

»Hallo, Franzi!« Seine tiefe Stimme war unverkennbar.

Franzi reichte ihm die Hand. »Hallo, Phillip. Eure Wohnung ist gerade fertig geworden.«

Er zögerte einen Moment, bevor er Franzi die Hand reichte. »Wie geht es dir?«

»Sehr gut. Wie du siehst, bin ich auf der Insel geblieben.«

»Die ganze Zeit?«, fragte Ann-Marie. »Das ist aber lange. Hast du denn so viel Urlaub?«

Franzi lachte und beugte sich zu dem Mädchen hinunter. »Entschuldige, Ann-Marie. Ich habe dich gar nicht richtig begrüßt. Erinnerst du dich noch an mich?«

Das Mädchen nickte. »Papa hat mir Fotos gezeigt. Und ich weiß auch noch, wer du bist. Du hast mit mir am Strand gespielt. Und wir waren auf einem Kutter mit dir.«

»Das stimmt, Ann-Marie. Aber ich habe dir noch gar nicht auf deine Frage geantwortet. Ich wohne jetzt immer hier auf der Insel.«

Franzi richtete sich wieder auf und wandte sich an Phillip. »Herzlich willkommen auf Spiekeroog. Hier sind die Schlüssel zur Wohnung. Sie liegt im letzten Haus in der Reihe.«

Phillip nickte. »Zeigst du uns noch die Wohnung?«

Franzi sah auf die Uhr. »Kurz habe ich noch Zeit. Dann kommt mal mit.«

Sie lief voraus, schloss auf und trat zur Seite. Anschließend ging sie einmal mit Phillip und Ann-Marie durch die Wohnung und legte schließlich den Schlüssel auf den Wohnzimmertisch. »Falls es Probleme gibt, kannst du einfach die Nummer in dem Ordner anrufen. Schöne Tage auf Spiekeroog euch beiden.«

Franzi wandte sich ab und bewegte sich Richtung Wohnungstür.

»Warte kurz!«, rief Phillip, der ihr gefolgt war.

An der Tür drehte sie sich um. Phillip stoppte unmittelbar vor ihr.

»Ja?«, fragte Franzi.

»Darf ich dich vielleicht zu einem Essen einladen?«

»Das ist nett, Phillip. Aber ich habe nicht nur wenig Zeit, sondern ich denke auch, es ist besser, wenn wir uns nicht sehen.«

»Warum?«, fragte er verwundert.

Franzi warf einen Blick über seine Schulter. Ann-Marie schien außer Hörweite zu sein. »Ich bin inzwischen glücklich verheiratet. Das damals zwischen uns war nur ein Augenblick in unserem Leben und ist lange vorbei. Akzeptier das bitte. Hast du mich verstanden?« Franzi wunderte sich, wie viel Kälte sie in ihre Stimme gelegt hatte.

Phillip erstarrte für einen Moment, atmete schließlich tief durch und nickte.

»Papa! Ich kann den Koffer nicht alleine aufmachen!«, rief das kleine Mädchen aus einem der Zimmer.

»Ich komme sofort, Ann-Marie. Einen Augenblick noch.«

Phillip warf Franzi einen fragenden Blick zu. »Vielleicht hast …«

»Nein, Phillip. Geh zu deiner Tochter, sie scheint dich zu brauchen.« Sie drehte sich abrupt um und ging den kleinen Weg am Haus entlang zur Straße.

Am späten Nachmittag sank Franzi erschöpft auf das Wohnzimmersofa.

Sonya, die die Haustür gehört haben musste, schaute bei ihr herein und fragte, ob sie ihr einen Tee machen sollte. »Kaffee bekomme ich allerdings besser hin«, fügte sie schmunzelnd hinzu.

»Kaffee wäre wunderbar. Ich muss nur ein paar Minuten meine Beine hochlegen. Ist Tamme schon zurück?«

»Er war kurz hier und hat irgendein Werkzeug geholt. Und etwas in den Kühlschrank gelegt.«

Sonya verschwand aus der Tür und kam wenige Minuten später mit zwei Tassen zurück. Sie reichte Franzi eine davon. »Nur Milch, oder?«

Franzi richtete sich auf. »Danke!«

»Kein Thema! Wenn ich euch schon auf der Tasche liege, kann ich dir ja wohl einen Kaffee machen. Der Einkauf ist übrigens auch erledigt. Tamme hatte mir eine Liste geschrieben.«

Franzi schmunzelte. »Du entwickelst dich ja gerade zu einem Mustergast.«

»Klar! Nachdem du mir gefühlt hundertmal den Kopf gewaschen hast.« Sonya grinste breit. »Meine Haare sind schon ganz stumpf.«

»Das kriegen wir auch noch hin.« Franzi wurde ernst. »Hast du noch mal über unser Gespräch nachgedacht?«

»Warum sollte ich?«, fragte Sonya zögernd.

»Weil ich dich für eine kluge und verantwortungsvolle junge Frau halte.«

»Du schleimst doch jetzt nur, um mich rumzukriegen.«

»Nein, glaubst du wirklich, ich würde so zu dir stehen, wenn ich in dir ein kleines, dummes Mädchen sehen würde? Und deine Geschichte glauben würde ich dann schon gar nicht.« Franzi klopfte auf die Sitzfläche des Sofas. »Setz dich doch mal.«

Widerwillig ließ Sonya sich aufs Sofa fallen. »Und jetzt?«

»Sonya, ich will dir helfen und dich nicht zu etwas zwingen. Ich bin aber nicht deine Mutter, sondern deine Cousine.«

Sonya verzog ihr Gesicht. »Schon wieder dieser …« Das letzte Wort verschluckte sie.

»Was müsste passieren, damit du diesen Lehrer anzeigst?«, fragte Franzi ganz direkt.

Sonya schlug sich mit der flachen Hand auf die Stirn. »Wie oft denn noch? Ich habe dir doch gesagt, dass mir keiner glauben wird. Tot! Ich bin für alle Zeiten tot, wenn dieser Arsch erst mal loslegt. Du kennst ihn nicht. Der ist ein Psycho!«

»Würdest du noch einmal drüber nachdenken, wenn man dir glauben würde und dieser schreckliche Mensch dir nichts anhaben könnte?«

»Wenn, wenn, wenn. Was soll ich mir Gedanken darüber machen, wenn das doch nicht eintrifft?« Sonya stand auf. »Soll ich deine Tasse mit in die Küche nehmen?«

Franzi schreckte hoch. Klingelte ihr Handy? Sie musste eingeschlafen sein. Langsam kam sie auf dem Sofa zum Sitzen und hielt Ausschau nach dem immer noch läutenden Telefon. Als sie es endlich in der Hand hatte, verstummte der Ton. Franzi sah aufs Display: eine Oldenburger Nummer. Sie drückte auf die Wahlwiederholung.

»Petersen!«

»Hallo, Frau Petersen, ich war leider nicht schnell genug.«

»Guten Tag, Frau Moosbrugger. Danke, dass Sie zurückrufen. Ich habe gestern mit Jan gesprochen.« Sie legte eine kurze Pause ein. »Können Sie mir sagen, was Ihrer Cousine genau passiert ist?«

Franzi war erstaunt, dass Marie Petersen direkt zur Sache kam. Sie holte tief Luft und antwortete: »Das ist nicht ganz so einfach. Sie stand plötzlich vor meiner Tür und wollte nicht wieder nach Hause zu ihrer Mutter. Sie hat mir dann erzählt, dass ihr Mathelehrer sie bedrängt hat. Das klang zunächst nicht so dramatisch, aber nach und nach kam heraus, dass sie über viele Wochen eine, ja, wie soll ich es nennen, eine Liebesbeziehung hatten. Als meine Cousine es beenden wollte, hat ihr Lehrer sie mit Fotos erpresst.«

»Wir sprechen jetzt von Alexander Meier?«

»Ja, das ist oder besser war der Mathelehrer meiner Cousine.«

»Sie ist auf die Erpressung eingegangen?«

»Ja, leider.«

»Ist noch mehr passiert?«

»Was meinen Sie genau?«

»War körperliche Gewalt im Spiel?«

Franzi horchte auf. Entsprachen die Gerüchte, die Jan in seiner Schulzeit gehört hatte, der Wahrheit? War sie wirklich auf ein weiteres Opfer von Alexander Meier gestoßen?

»Meine Cousine will nicht darüber reden. Ich weiß es also nicht, habe aber den Verdacht, dass sie mir nicht alles erzählt hat. Warum fragen Sie?«

»Sie kennen diesen Menschen nicht?«

»Sie meinen den Mathelehrer meiner Cousine? Nein, ich kenne ihn nicht.«

»Und wie kann *ich* Ihnen jetzt weiterhelfen?«, fragte Marie Petersen.

»Meine Cousine will Alexander Meier nicht anzeigen. Sie will nicht einmal darüber reden.«

»Das ist in so einem Fall nicht ungewöhnlich.«

»Darf ich Sie etwas Persönliches fragen?«

»Haben Sie das nicht schon?«

Franzi nahm all ihren Mut zusammen. Sie hatte das Gefühl, als würde Marie Petersen ihr ausweichen. Es sah aus, als hätte sie mit ihrer Vermutung richtig gelegen.

»Sie sind auch betroffen?«

»Und wenn?«

»Ich suche Rat und Hilfe. Ich weiß nicht, wie ich auf das alles reagieren soll. Meine Cousine will nicht zur Polizei gehen, sie will nicht einmal, dass ich die Geschichte weitererzähle.«

»Da hilft nur Zeit«, sagte Marie Petersen. »Lassen Sie ihr viel Zeit und glauben Sie ihr. Das ist das Wichtigste. Sie muss das Gefühl haben, dass sie Ihnen absolut vertrauen kann.«

»Ich denke nicht nur an meine Cousine. Sie ist ja zumindest jetzt in Sicherheit. Aber was ist mit den anderen Schülerinnen dieses Lehrers? Er kann doch nicht ungestraft davonkommen. Und einfach weitermachen.«

»Ich wusste nicht, dass er Lehrer geworden ist«, sagte Marie Petersen so leise, dass Franzi das Handy ans Ohr presste.

»Er hat Sie also auch …?«

»Nicht jetzt! Ich rufe Sie wieder an. Mehr kann ich Ihnen im Moment nicht versprechen.«

Elf

Franzi spürte ein Kribbeln auf der Wange und versuchte, im Halbschlaf mit der Hand die vermeintliche Fliege wegzuscheuchen. Als sie Tammes fröhliches Lachen hörte, öffnete sie die Augen. »Wie spät ist es?«

»Spät genug für ein wunderbares Frühstück im Garten. Das erste in diesem Jahr. Bis aufs Rührei ist alles fertig. Wie lange brauchst du?«

Franzi zog Tamme zu sich ins Bett und küsste ihn zärtlich. »Hast du den Kaffee schon fertig? Oder wird er kalt, wenn du …«

Tamme zog sich sein Shirt aus. »Den Kaffee kann ich später neu machen. Alles andere wird die Zeit wohl überstehen.«

Franzi reckte den Kopf mit geschlossenen Augen Richtung Sonne. »Herrlich, so ein Sonntagmorgen!«

Sie saßen im Garten, der Tisch war reichlich gedeckt, der Kaffee duftete und die Vögel zwitscherten.

»Möchtest du Rührei?«, fragte Tamme.

Franzi öffnete die Augen und nickte. »Gerne! Wo ist eigentlich Sonya?«

»Sie war früh auf und wollte einen langen Spaziergang machen.« Er schmunzelte. »Ich habe ihr ein paar Euro für ein Frühstück mitgegeben.«

Franzi schmierte sich Butter aufs Brötchen. »Zum Mittagessen ist sie aber wieder da?«

»Ja, das habe ich ihr noch mit auf den Weg gegeben.«

»Gut.« Franzi biss in ihr mit Rührei belegtes Brötchen.

»Noch Krabben dazu?« Tamme reichte ihr den Teller. »Frisch gepult.«

Franzi legte sich ein paar aufs Rührei. »Danke!«

Sie aßen eine Weile schweigend, tranken ihren Kaffee und genossen die Ruhe.

»Ist Haukes neuer Mann fürs Boot jetzt gekommen?«

Tamme zuckte mit den Schultern. »Nicht wirklich.«

Franzi warf ihm einen erstaunten Blick zu. »Wie geht das denn?«

»Er war zwei Tage da und musste dann gleich wieder nach Hause zurück. Seine Mutter ist gestorben. Er fällt für eine Woche aus.«

Franzi stockte der Atem. Wollte Tamme ihr gerade etwa sagen, dass er wieder einspringen musste? Sie starrte ihn an. »Aber jetzt musst nicht du wieder ran, oder?«

»Heute ja sowieso nicht. Aber …«

»Nein!«, fiel Franzi ihm ins Wort. »Wir hatten abgemacht, dass es bei den zwei Tagen bleibt. Hauke muss sich jemand anders suchen.«

»Franzi, lass mich doch ausreden.« Als Franzi nicht antwortete, fuhr er fort. »Das sind vier Tage, um die mich Hauke gebeten hat. Ich kann ihn doch nicht …«

»Hängen lassen? Warum denn nicht? Aber mich kannst du hier alleine lassen mit der ganzen Arbeit, mit Sonya und was weiß ich nicht alles.« Franzi sprang auf, ihr Stuhl kippte nach hinten.

»Das will ich aber doch gar nicht«, sagte Tamme. »Es ist nur so, dass Hauke kurz vor dem Bankrott steht und es sich nicht leisten kann, den Kutter im Haf…«

»Hauke, Hauke, Hauke! Mit wem bist du eigentlich verheiratet?«

Tamme stand auf, stellte den Stuhl wieder auf und sah Franzi flehend an. »Können wir nicht in Ruhe darüber sprechen?«

»Nein! Ich muss jetzt raus hier. Kommst du alleine zurecht mit dem Mittagessen?«

Als Tamme nickte, war Franzi bereits aufgestanden und ins Haus gelaufen. Sie griff im Flur nach ihrer Jacke und stürmte nach draußen.

Franzi rannte wütend Richtung Strand. Sie wusste nicht, über wen sie sich mehr ärgerte: über sich selbst oder über Tamme. Wieso war sie so aus der Haut gefahren? Sollte Tamme weitere vier Tage auf See verbringen, würde sie bei der Arbeit auch ohne ihn zurechtkommen. Im Notfall würde sie jemand anders für eine notwendige Reparatur finden. Trotzdem war sie wutentbrannt aus dem Haus gelaufen. Warum?

Der Anblick der Nordsee beruhigte Franzi etwas. Am Strand waren trotz der frühen Stunde einige Urlauber unterwegs. Etliche Strandkörbe waren Richtung Sonne ausgerichtet worden. Franzi lief zum Wasser, ohne auf die Urlauber zu achten.

»Franzi!«

Franzi drehte sich um und sah Ann-Marie auf sich zulaufen. Bevor Franzi reagieren konnte, hatte das kleine Mädchen ihre Hand ergriffen und sie einige Meter weit zurückgezogen.

»Da vorne sitzen wir!«

Phillip saß im Strandkorb und las in einem Buch. Er schien von der Begrüßungsszene nichts mitbekommen zu haben.

»Papa!«, rief Ann-Marie. »Franzi ist da!«

Phillip sah auf. »Franzi!« Er stand auf und ging auf sie zu.

»Hallo, Phillip. Ich hätte euch fast übersehen«, sagte Franzi leicht verlegen. Warum hatte sie nicht daran gedacht, dass Phillip und seine Tochter am Strand sein konnten? Beim nächsten Spaziergang würde sie einen weiter entfernten Strandübergang nehmen, an dem keine Strandkörbe standen.

»Spielst du mit mir?«, fragte Ann-Marie und zeigte auf ihren Ball.

»Jetzt lass Franzi doch mal kurz in Ruhe.«

In diesem Augenblick kam ein Junge in Ann-Maries Alter mit seinen Eltern auf sie zu. »Guck, da kommt Boris. Frag ihn doch, ob er mit dir spielt.«

»Willst du dich setzen?«, fragte Phillip, als seine Tochter zu ihrem Freund gelaufen war.

»Eigentlich war ich auf dem Weg nach …« *Das weiß ich selbst nicht genau*, fügte sie in Gedanken hinzu.

»Fünf Minuten?«, fragte Phillip. »Bitte!«

Franzi nickte und setzte sich zu ihm. »Wie geht es dir?«

»So weit gut«, antwortete er. »Ich habe mich von meiner Frau getrennt. Aber das hast du dir ja wahrscheinlich schon gedacht.«

»Nein, eigentlich nicht.«

»Das war vor über einem Jahr.« Phillip fuhr sich mit der Hand durch die Haare. »Eigentlich haben wir es gemeinsam beschlossen. Es ging einfach nicht mehr und für Ann-Marie wurde unser ständiges Gestreite auch zur Belastung.«

Franzi sah zu dem spielenden Mädchen hinüber. »Sie kommt mir sehr ausgeglichen vor.«

»Inzwischen geht es wieder. Die ersten Monate nach der Trennung waren schwer für sie. Inzwischen ist sie so oft wie möglich bei mir. Ich habe zwar eine relativ kleine Wohnung, aber Ann-Marie hat darin ein eigenes Zimmer.«

»Klingt doch gut«, sagte Franzi, die ihr leicht vorgebeugt beim Spielen zuschaute.

»Wie man's nimmt. Mein Traum war es, eine intakte Familie zu haben. Leider hat es nicht geklappt.« Er hielt kurz inne und sprach dann weiter. »Und daran war ich nicht ganz unschuldig. Ich hätte mehr für unsere Ehe tun müssen. Aber ich war in Gedanken immer irgendwo anders. In der Firma, beim Sport, bei Freunden.«

»Und Freundinnen«, ergänzte Franzi.

»Ja und nein. Du warst die Einzige, mit der …« Er brach ab.

»… du ins Bett gestiegen bist?«

Phillip schwieg. Franzi hörte, wie er in ihrem Rücken schwer atmete und unruhig auf der Sitzfläche des Strandkorbs hin und her rutschte.

»Was war das mit uns?«, fragte Franzi und erschrak über ihre eigene Frage. In den letzten Jahren hatte sie selten an Phillip gedacht und war sich sicher gewesen, dass die kurze Affäre keine Spuren bei ihr hinterlassen hatte.

»Wenn ich das wüsste … Als wir uns das erste Mal auf der Fähre begegnet sind, hat es mich wie ein Schlag getroffen. Ich hatte sofort das Gefühl, wir würden uns schon ewig kennen. Ist es dir damals nicht genauso gegangen?«

»Darüber mache ich mir schon lange keine Gedanken mehr. Aber ich weiß noch, was du mir damals vorgeschlagen hast.«

Phillip senkte den Kopf. »Ja, das war falsch. Und ich bin froh, dass du dich geweigert hast mitzukommen. Als …« Er schluckte schwer.

»Als deine heimliche Geliebte, versteckt in einer Wohnung. Oder sollte ich sagen als Zweitfrau, von der niemand etwas hätte wissen dürfen?«

Phillip schwieg.

»Ja, ich bin auch froh, dass ich hiergeblieben bin«, fuhr Franzi fort. »Ich bin glücklich hier auf der Insel und vor allem mit meinem Mann.« Sie lächelte. »Du kennst ihn übrigens. Es ist der Fischer, auf dessen Kutter wir damals mit Ann-Marie waren.«

»Das habe ich mir schon gedacht. Versteh mich nicht falsch«, sagte Phillip leise. »Ich freue mich für dich. Ich bin selbst schuld. Ich hätte mich damals für dich entscheiden sollen.« Seine Augen waren feucht. »Aber ich hatte nicht den Mut dazu. Ich wollte niemandem wehtun, dir schon gar nicht.«

»Hast du aber«, flüsterte Franzi.

»Können wir das nicht einfach vergessen und Freunde bleiben?«

»Einfach?«

»Entschuldige, *einfach* passt natürlich nicht. Ich habe es damals verbockt, das ist mir inzwischen klar geworden. Aber ich kann es nicht mehr rückgängig machen. Können wir nicht trotzdem so etwas wie Freunde bleiben?«

Franzi zuckte mit den Schultern. »Freunde? Was bedeutet das? Ich glaube nicht, dass sich die Zeit zurückdrehen lässt.«

»Nein, natürlich nicht. Aber das will ich auch gar nicht. Damals wären wir beinahe ein Paar geworden. Es ist anders gekommen und das hatte seine Gründe. Trotzdem könnten wir doch Freunde bleiben.«

Franzi lehnte sich auf der Bank zurück und sah Phillip an. »Ich weiß nicht, ob das geht. Und ich weiß auch nicht, ob ich das überhaupt will.«

»Verstehe.«

Franzi stand auf. »Mach's gut, Phillip. Ich hoffe, ihr beiden habt hier bei uns ein paar schöne Tage.« Sie lächelte. »Das Wetter scheint auf jeden Fall gut zu werden.«

»Danke, Franzi.«

Im Gehen winkte Franzi Ann-Marie zu und sie winkte zurück. Franzi drehte sich abrupt um und entfernte sich mit schnellen Schritten von dem Strandkorb.

Zwölf

»Darf ich dir Wein einschenken?«, fragte Franzi Karla.

Meta und Karla saßen im Wohnzimmer, während sich Tamme in der Küche ums Essen kümmerte.

»Nein, danke! Ich trinke lieber Mineralwasser.«

»Möchtest du ein Glas Wein, Meta?«

»Ich schließe mich lieber Karla an.«

Franzi stand auf. »Bin gleich wieder da.« Sie lief in die Küche und holte eine Flasche Mineralwasser aus dem Kühlschrank. Tamme stand am Herd und rührte die Soße um. Sie hatten nach Franzis Rückkehr nur ein paar Worte gewechselt, bevor die alten Damen eingetroffen waren.

»Kommst du zurecht oder brauchst du Hilfe?«, fragte Franzi.

»Alles gut.« Tamme wandte sich ihr zu. »Können wir später noch einmal in aller Ruhe über …«

»Ja, später«, unterbrach Franzi ihn. »Ich muss jetzt zurück zu unseren Gästen.« Ohne auf Tammes Antwort zu warten, verließ sie die Küche.

»Was habt ihr beiden in den letzten Tagen unternommen?«, fragte Franzi.

»Meta hat mich über die Insel geführt und mir viele Stunden von dem schweren Leben der Insulaner erzählt. Sie ist eine traumhafte Inselführerin. Vielleicht solltest du das deinen Gästen als Service anbieten.«

»Eine gute Idee. Was sagst du dazu, Meta?«

Die alte Dame schüttelte mit leicht verärgerter Miene den Kopf. »Was für ein Unsinn. Erstens haben wir hier schon historische Inselführungen und zweitens …«

»Wärst du prima geeignet«, beendete Karla den Satz. »Warum bist du nur immer so bescheiden, Meta?«

»Wie weit ist Tamme mit dem Essen?« Für Meta schien das Thema beendet zu sein.

Franzi lächelte. »Wir sollen in zehn Minuten in die Küche kommen.«

»Die Scholle war ausgezeichnet«, sagte Karla. »Ich habe lange nicht mehr so gut gegessen.«

Tamme errötete leicht. »Das liegt daran, dass der Fisch ganz frisch ist. Hat mir ein Freund direkt aus Neuharlingersiel mit der Fähre rübergeschickt.«

»Was hätte ich darum gegeben, einen Mann mit Kochkünsten zu haben. Ich hätte …« Karla brach ab, als wäre ihr gerade etwas eingefallen. »Als ich jung war, habe ich einen wirklichen Gourmet gekannt. Aber das ist lange her.«

Franzi musste unwillkürlich an Pascal Bonnet denken, der auf einem von Karlas Fotos abgebildet gewesen war. Sie hatte vergessen, nach ihm im Netz zu suchen. Sie nahm sich vor, das am nächsten Tag nachzuholen.

»Karla hat als junge Frau zwei Jahre in Paris gelebt«, erklärte Meta.

Sonya sah Karla erstaunt an. »Echt? Du hast mir nie etwas davon erzählt.«

Karla berichtete Sonya und Tamme von ihrer Zeit in Paris, während Franzi und Meta den Tisch abräumten.

»Geht ihr doch schon ins Wohnzimmer«, schlug Franzi vor. »Ich mache hier klar Schiff.«

Franzi wischte ein letztes Mal über die Herdplatte. »Danke für deine Hilfe, Meta.«

»Das habe ich doch gerne gemacht.«

»Wie geht es Karla eigentlich gesundheitlich? Sie sieht blass und erschöpft aus.«

Meta legte das Küchentuch über den Halter. »Das habe ich sie auch gefragt, als sie auf der Insel ankam. Inzwischen hat sie sich schon etwas erholt. Sie hat von einer Grippe gesprochen, die sie gerade überstanden hat.«

Franzi hörte an Metas Stimme, dass sie sich Sorgen um ihre Freundin machte. »Aber du hast es ihr nicht so ganz abgenommen?«

»Ich bin keine Ärztin, Franzi. Aber Karla wird schnell müde und isst viel zu wenig. Manchmal habe ich den Eindruck, dass sie starke Schmerzen hat.«

»Merkwürdig. Max hat mir nichts davon erzählt. Er hat doch einen guten Draht zu ihr. Selbst Anja kennt sie gut. Auch sie hat nichts erwähnt.«

»Sonyas Mutter hat sicher gerade andere Probleme. Wie geht es jetzt eigentlich mit dem Mädchen weiter? Sie schien mir beim Essen wie ausgewechselt.«

»Wenn ich das wüsste, Meta. Ich telefoniere jeden Tag mit Anja. Sie fragt natürlich jedes Mal, wie es weitergehen soll.«

»Sonya will weiterhin nicht zurück zu ihrer Mutter?«

»Nein, um ihre Mutter geht es nicht, sondern um die Schule. Sie hat große Probleme mit einem Lehrer.«

»Aber das muss sich doch regeln lassen, Franzi. Soll sie jetzt bei euch wohnen? Ich verstehe das alles nicht.«

Ich auch nicht, antwortete ihr Franzi in Gedanken. »Es wird sich sicher in den nächsten Tagen klären.«

Der Nachmittag verlief ausgesprochen harmonisch. Meta und Karla erzählten Anekdoten aus ihrer Jugend, Sonya saß staunend daneben und schien sich zwischen den beiden alten Damen wohlzufühlen. Tamme war ungewöhnlich schweigsam, was Franzi auf ihren Streit zurückführte.

Nachdem Meta und Karla sich verabschiedet hatten, verließ auch Sonya das Haus.

»Hast du noch einmal darüber nachgedacht …«, begann Tamme.

»Wegen der Arbeit auf dem Kutter?« Franzi hatte sich vorgenommen, ruhig und sachlich zu bleiben.

»Ja, ich muss Hauke noch etwas antworten.«

»Vier Tage?«

»Ja, es wäre allerdings schon ab morgen und ich müsste …«

»Ich weiß, Tamme. Wann geht die letzte Fähre?«

»In einer Stunde.«

»Dann solltest du schnell deine Tasche packen.«

»Du bist also einverstanden?«

Franzi ließ sich Zeit für ihre Antwort. »Es wäre mir lieber, wenn du hierbleibst. Aber es ist deine Entscheidung. Ich verstehe natürlich auch, dass du Hauke helfen willst.«

»Ist das jetzt ein Ja oder ein Nein?«

»Jetzt geh schon! Pack deine Tasche. Ich bringe dich zur Fähre.«

Franzi stand am Kai und wartete, bis die Fähre nur noch als kleiner Punkt am Horizont zu sehen war. Tamme hatte sich mit ihrer indirekten Zustimmung zufriedengegeben, für Franzi war es ein Kompromiss gewesen. Zwar hatte sie gehofft, dass Tamme sich gegen die Arbeit auf dem Kutter entscheiden würde, wollte aber jeden weiteren Streit vermeiden. Inzwischen zweifelte Franzi daran, dass es die richtige Strategie gewesen war. Vielleicht wäre es besser gewesen, Tamme klipp und klar zu sagen, dass er hier auf der Insel gebraucht wurde und Hauke ihn zum gefühlt hundertsten Mal als Lückenbüßer benutzte. Nicht nur, dass sein Freund ihm viel zu wenig bezahlte, er schien sich nicht im Mindesten darum zu scheren, in welcher Situation Tamme gerade steckte.

Franzi wandte sich von der Hafeneinfahrt ab und ging langsam Richtung Dorf. Auf halber Strecke machte sich ihr Handy bemerkbar. Nach dem Blick aufs Display nahm sie das Gespräch an.

»Anja, entschuldige, dass ich mich heute noch nicht bei dir gemeldet habe. Wir hatten Gäste zum Essen da und gerade habe ich Tamme zur Fähre gebracht. Hast du schon mit Sonya gesprochen?«

»Hallo, Franzi! Meine liebe Tochter habe ich gerade erreicht. Viel Zeit hatte sie aber wieder mal nicht.«

»Es fällt ihr nicht leicht, über die Angelegenheit zu reden.«

»Aber es muss doch etwas passieren, Franzi. So geht das nicht weiter. Ich habe schon überlegt, ob ich zum Jugendamt gehe.«

»Sonya ist sechzehn. Sie ist weder kriminell noch irgendwie anders auffällig. Wie soll dir das Jugendamt da weiterhelfen?«

»Franzi, ich weiß doch auch nicht. Es war nur so ein Gedanke.«

Um ein Haar hätte Franzi ihr die ganze Geschichte erzählt. Aber sie befürchtete, dass Anja in den nächsten Zug steigen würde, um Sonya abzuholen. Oder sie würde direkt zum Schulleiter laufen oder, noch schlimmer, sich an die Polizei wenden.

»Kannst du ihr nicht noch ein paar Tage geben?«, fragte Franzi schließlich.

»Ein paar Tage, ein paar Tage. Wie häufig habe ich das jetzt schon gehört? Was ist übermorgen anders? Ich drehe durch vor Sorge, Franzi. Verstehst du das denn nicht?«

Franzi hatte sich inzwischen auf eine Bank gesetzt. »Natürlich verstehe ich das. Mir würde es genauso gehen. Und glaub mir, ich versuche jeden Tag, Sonya zur Rückkehr zu bewegen. Aber im Moment ist das vollkommen unmöglich. Auf der anderen Seite sehe ich, dass sie langsam auftaut.« Franzi erzählte ihr von dem gemeinsamen Mittagessen mit Karla Blohm und ihrem anschließenden gemütlichen Beisammensein.

»Das kann morgen schon wieder ganz anders aussehen. Ich kenne doch meine Tochter.«

»Gut, ich rede heute Abend noch einmal mit Sonya. Danach melde ich mich bei dir.«

»Heute noch?«

»Ja, heute noch.«

Franzi hörte, wie sich die Tür öffnete. Sie ging in den Flur und begrüßte Sonya. »Wieder da?«

»Ist hier eigentlich immer so gutes Wetter?«

Franzi lachte. »Nein, das ist eine absolute Ausnahme. In den letzten Jahren habe ich schon so manchen verregneten Frühsommer erlebt.«

»Da habe ich ja Glück gehabt.«

»Willst du mit mir zu Abend essen?«

»Klar, warum nicht.«

»In einer Viertelstunde?«

Sonya nickte. »Soll ich was helfen?«

»Geht schon. Ruh dich einfach etwas aus. Ich rufe dich dann.«

Franzi reichte Sonya die Krabben, die vom Frühstück übrig geblieben waren. »Hat Tamme selbst gepult.«

»Ich liebe Krabben«, sagte Sonya. »Zu Hause gab es nie welche.«

»Habe ich dir eigentlich mal erzählt, wie ich hier nach Spiekeroog gekommen bin?«

Sonya zuckte mit den Schultern. »Wegen der Arbeit und dann bist du geblieben. Hat Mama, glaube ich, mal gesagt.«

Franzi schmierte Butter auf ihr Brot und belegte es mit Käse. »Im Prinzip war es so. Allerdings habe ich die Stelle nur versehentlich angeboten bekommen. Eigentlich bin ich Zahnarzthelferin und die Arbeit hier war in einem vornehmen Restaurant. Ich hatte nicht die geringste Ahnung von dem Job.«

Sonya sah sie mit großen Augen an. »Krass! Warum hast du es denn gemacht?«

»Es war meine einzige Chance, schnell zu verschwinden. Ich hatte lange Zeit einen Freund, der chronisch eifersüchtig war. Leider habe ich das erst zu spät festgestellt. Nachdem wir zusammengezogen sind, wurde es immer schlimmer. Er hat mich auf Tritt und Schritt überwacht und mir gedroht, wenn ich nicht das tat, was er wollte.«

»Hat er dich geschlagen?«, fragte Sonya mit entsetzter Miene.

»Nein, aber er war einige Mal kurz davor. Nur weil ich immer wieder nachgegeben habe, ist es nicht zum Äußersten gekommen.«

»Hat er dich auch …« Sonya brach ab.

»Du meinst, ob er mich zum Sex gezwungen hat?«

»Hat er?«

»Nicht direkt. Aber wenn ich nicht mit ihm schlafen wollte, wurde seine Laune noch schlechter und er hat die wildesten Vermutungen angestellt. Also habe ich wieder nachgegeben.«

»Und dann bist du geflüchtet? Genau wie ich?«

Franzi lächelte. »Ich hatte Glück, dass es zu der Verwechslung kam. Und noch mehr Glück, als ich Meta hier getroffen habe. Sie hat mir in der ersten Woche einen Crashkurs im Servieren gegeben. So konnte ich mich im Restaurant halbwegs durchwursteln.«

»Und dein Typ hat dich nicht gefunden?«

»Zuerst nicht. Ich hatte Zeit, Abstand zu gewinnen, durchzuatmen und neue Kraft zu schöpfen.«

»Aber er ist dann doch aufgetaucht?«

»Ja. Durch einen Zufall hat er rausbekommen, wo ich bin, und ist nach Spiekeroog gekommen.«

»Und dann? Du bist doch immer noch hier. Er weiß also, wo er dich finden könnte.«

»Ich habe all meinen Mut zusammengenommen und habe ihm die Stirn geboten. Ich habe ihm mit der Polizei gedroht und ihm alles an den Kopf geworfen, was ich in den vielen Monaten davor in mich reingefressen hatte.«

»Wow! Er war bestimmt größer und kräftiger als du, oder?«

Franzi nickte. »Mehr als einen Kopf größer. Von seiner Statur ganz zu schweigen. Ich hatte panische Angst, aber es gab keinen anderen Ausweg. Ich musste es machen, mir blieb einfach keine andere Wahl.«

Sonya warf ihr einen nachdenklichen Blick zu. »Du erzählst mir das nicht einfach so, oder?«

»Das stimmt, Sonya. Deine Mutter hat mich heute Nachmittag angerufen.«

Sonya rollte mit den Augen. »War ja klar. Sie kann mich einfach nicht in Ruhe lassen. Jeden Tag ruft sie zehn Mal bei mir an. Ich wollte das Handy schon am Strand entsorgen.« Mit jedem weiteren Wort war Sonya wütender geworden und schien kurz davor zu sein, vom Tisch aufzuspringen.

»Wir müssen da jetzt in Ruhe drüber sprechen, Sonya.« Franzi sah ihr fest in die Augen. »Schaffen wir das?«

»Keine Ahnung«, murmelte Sonya.

»Ich habe wirklich alles versucht, aber deine Mutter will jetzt eine Entscheidung. Und ein wenig verstehe ich sie auch.«

»War ja klar.«

»Sonya! Ich habe dich hier aufgenommen und ich bin auch bereit, dich noch weiter zu unterstützen. Aber nur, wenn du mitspielst. Du kannst nicht alles auf mich abwälzen und einfach abtauchen, wenn es schwierig wird.«

Sofort bereute Franzi ihren letzten Satz, denn Sonya sah sie mit weit aufgerissenen Augen an, und Franzi befürchtete, dass sie jeden Augenblick explodieren würde.

»Ich will das nicht auf dich abwälzen«, sagte Sonya leise. »Aber ich weiß nicht, wohin ich sonst soll.«

»Was ist wirklich passiert, Sonya?«

Tränen flossen über Sonyas Wangen, sie schluchzte laut auf. Franzi schob ihren Stuhl neben Sonyas und legte den Arm um sie.

»Was ist passiert? Du kannst es mir sagen.«

Dreizehn

Sonya begann stockend zu erzählen. Nachdem sie das erste Mal mit Alexander Meier intim gewesen war, kamen ihr Zweifel. Der Mathelehrer drängte sie zu weiteren Treffen, sie gab nach. Als sie drei Wochen später das geplante Treffen immer wieder hinausschob, schickte er ihr eines der Fotos, die er von ihr aufgenommen hatte. Er drohte damit, sie anonym im Internet zu veröffentlichen, und zwang sie, sich mit ihm zu treffen. Sonya konnte nicht genau sagen, wie häufig sie bei ihm gewesen war, erinnerte sich aber an das letzte Mal. Unter Tränen erzählte sie Franzi, wie ihr Lehrer sie vergewaltigt hatte. Sie war mit dem festen Vorsatz zu ihm gegangen, sich nicht weiter von ihm erpressen zu lassen. Als sie sich weigerte, sich auszuziehen, hatte er sie auf sein Bett gedrückt und ihr die Hose heruntergerissen.

Franzi hielt Sonya lange in den Armen und tröstete sie. Sie sprach beruhigend auf sie ein und versprach ihr, dass sie weiter bei ihr wohnen könnte und sie eine Lösung finden würden. Als das Gespräch wieder auf Alexander Meier kam, fragte Franzi vorsichtig, ob Sonya die WhatsApp-Nachrichten noch auf ihrem Handy gespeichert habe.

»Gelöscht. Alles.«

»Auch die Fotos, die er dir geschickt hat?«

»Alles!«

Franzi stand auf und lief eine Weile in der Küche herum. Sie sah keinen anderen Ausweg als eine Anzeige bei der Polizei. Aber das war genau das, was Sonya am meisten fürchtete.

Der Lehrer würde bis zur Klärung der Anschuldigungen suspendiert werden und es würde zu einem Prozess kommen. Dort stünde Aussage gegen Aussage. Franzi war sich sicher, dass Sonya das im Moment nicht durchstehen würde.

»Was machen wir jetzt?«, fragte Sonya mit flehendem Blick.

Franzi blieb stehen. Ihr war klar geworden, dass sie eine Entscheidung treffen musste. Nicht morgen oder übermorgen, sondern heute. »Deine Mutter muss dich von der Schule abmelden. Bis zu den Sommerferien sind es nur noch sechs Wochen, anschließend hast du weitere sechs Wochen Zeit. Das sind drei Monate. Danach musst du wieder zur Schule gehen, sei es auf ein Gymnasium oder eine Berufsschule. Das wird sich zeigen. Und wo du das machen wirst, werden wir dann sehen.«

»Drei Monate«, wiederholte Sonya.

»Wir haben Zeit, alles genau zu planen. Egal, wofür du dich am Ende entscheidest. Du machst jetzt erst mal drei oder vier Wochen frei, danach wirst du ein Praktikum machen. Irgendetwas Sinnvolles werden wir hier auf Spiekeroog schon für dich finden.«

Sonya nickte. »Und was sagt Tamme dazu?«

»Tamme ist nicht hier. Das ist sein Problem. Es müssen *jetzt* Entscheidungen getroffen werden. Außerdem gehörst du zur Familie. Er wird das verstehen.«

»Und Mama?«

»Das ist das größte Problem. Wenn wir ihr sagen, was wirklich passiert ist …«

»Geht sie zur Polizei«, beendete Sonya den Satz.

»Das befürchte ich auch. Und wenn ich deine Mutter wäre, würde ich wahrscheinlich genauso reagieren. Sei froh, dass du so eine Mutter hast.« *Ich hätte meine in deinem Alter sofort gegen deine eingetauscht*, fügte Franzi in Gedanken hinzu.

»Aber was sagen wir Mama?«

»Wir bleiben bei dem, was sie schon weiß. Der Lehrer hat dich belästigt. Das ist ja nicht einmal gelogen. Du hast schreckliche Angst, ihm wieder unter die Augen zu treten. Auch das ist wahr. Du brauchst eine Auszeit, um zu überlegen, ob du wirklich Abitur machen willst oder eine Ausbildung. Dir muss nur klar sein, dass du das ganze Schuljahr wiederholen musst, wenn du weiter aufs Gymnasium gehen willst.«

»Ja, das weiß ich.«

Franzi sah noch eine andere Möglichkeit, die sie Sonya im Moment nicht sagen konnte. Wenn sie sich entschließen würde, den Lehrer anzuzeigen, konnte sie sich vorstellen, dass man für sie eine Ausnahme machen und ihr ein Abschlusszeugnis ausstellen würde.

»Ich schaffe es nicht alleine, deine Mutter zu überzeugen«, fuhr Franzi fort. »Du wirst mir helfen müssen.«

»Und wie?« Sonya hatte inzwischen aufgehört zu weinen, aber ihre Körperhaltung verriet deutlich ihre Verfassung. Sie saß leicht nach vorne gebeugt und zusammengesunken auf dem Stuhl, die Arme hingen schlaff hinab.

»Du wirst morgen mit ihr sprechen müssen, und zwar ausführlich, und ihr erklären, dass du aus den genannten Gründen nicht mehr zur Schule zurückgehst, egal was deine Mutter davon hält. Auch das ist keine Lüge. Und sag ihr, dass sie eine gute Mutter ist und es nichts mit ihr zu tun hat. Sag ihr, dass du sie liebst.«

»Das tue ich doch auch«, murmelte Sonya.

»Ja, ich weiß, aber wann hast du ihr das zum letzten Mal gesagt?«

Sonya zuckte mit den Schultern.

»Sei ehrlich, wann?«

»Vor ein paar Jahren? Ich erinnere mich nicht.«

»Ich rufe Anja nachher an und erzähle ihr, dass wir ein langes und gutes Gespräch geführt haben, du aber deine Meinung nicht geändert hast. Und ich sage ihr, dass ich das verstehe und dich unterstütze. Das mit der Abmeldung bei der Schule wirst du ihr selbst beibringen müssen.«

»Okay.«

Franzi sah, dass ihre Cousine am Ende ihrer Kräfte zu sein schien. »Willst du vielleicht ein Bad nehmen und dich danach schlafen legen?«

Gegen neun Uhr verließ Franzi das Haus, als Sonya noch schlafend im Bett lag. Das Telefongespräch mit Anja war anstrengend gewesen und Tammes kurzer Anruf danach hatte Franzis Laune auch nicht verbessert. Ihre Entscheidung, Sonya bis Anfang September zu beherbergen, hatte sie Tamme noch nicht mitgeteilt.

Während sie Richtung Strand lief, dachte sie über den verrückten Tag nach. Wie lange war es her, dass sie sich mit Tamme gestritten hatte? Sie konnte sich nicht mal mehr daran erinnern. Der heutige Anlass war nichtig gewesen. Ob er weitere vier Tage auf Haukes Kutter arbeitete oder nicht, war letztlich nebensächlich, aber Franzi fühlte sich alleingelassen mit ihren Problemen. Oder war es Tammes Weigerung, sich ärztlich untersuchen zu lassen, die sie dermaßen unter Druck setzte?

Franzi sah auf die Uhr und beschloss, in der Strandbar etwas zu trinken. Sie hatte vorsorglich einen zusätzlichen Pullover dabei und würde so im Außenbereich der Bar sitzen können, um auf den Sonnenuntergang zu warten.

Mit einem Glas Wein in der Hand suchte sich Franzi einen Platz auf der Terrasse, die nur von wenigen Gästen genutzt wurde. Sie trank einen kräftigen Schluck und zwang sich, weder an Sonya noch an Tamme zu denken. Morgen und in den nächsten Tagen würde ausreichend Zeit sein, die Dinge anzugehen.

»Ist hier noch ein Platz frei?«, hörte sie eine vertraute Stimme im Rücken.

Sie wandte sich zu Phillip um. »Wo ist Ann-Marie? Du lässt sie doch nicht etwa allein in der Wohnung?«

Phillip deutete auf den Stuhl neben ihr. »Darf ich?«

»Er ist frei, wie du siehst«, antwortete Franzi kühl.

Phillip setzte sich und stellte ein Glas Wein auf den Tisch. »Ann-Marie ist bei Boris. Sie wollte unbedingt bei ihm übernachten. Seine Eltern sind zwei Häuser weiter untergekommen.« Er legte sein Handy auf den Tisch. »Sie rufen mich an, wenn etwas ist. Die letzte Meldung war, dass beide tief und fest schlafen.«

Franzi trank den letzten Schluck Wein.

»Darf ich dir noch ein Glas holen?«, fragte Phillip. »Grauburgunder, richtig?«

Als sie nickte, stand er auf und kam kurz darauf mit einem vollen Glas zurück.

»Danke!«

»Gerne. Anstrengenden Tag gehabt?«

»Das Übliche«, antwortete Franzi ausweichend.

»Ich wollte dich heute am Strand nicht irgendwie … wie soll ich sagen, belästigen oder so.«

»Schon gut. Ich war auch etwas schroff zu dir.« Franzi nippte an ihrem Glas.

»Nein, warst du nicht«, antwortete Phillip. »Was ich mir da vor drei Jahren erlaubt habe, ist nicht zu entschuldigen. Ich bin froh, dass du überhaupt noch mit mir sprichst.«

»Es ist viel Zeit vergangen. Und im Grunde genommen bin ich froh, dass du mir damals keine Wahl gelassen hast.«

»Ja, da hast du sicher recht. Selbst wenn ich mich für dich entschieden hätte, wäre ich nicht der Richtige für dich gewesen.«

»Wieso sagst du das?«

»Na ja, ich war egoistisch und selbstverliebt. Ich hätte dich nur mit in den Abgrund gezogen und am Schluss hätte ich dir die Schuld dafür gegeben. So, wie ich es immer gemacht habe. Ich habe mich nie für die Probleme um mich herum verantwortlich gefühlt. Das waren immer die anderen. Zu Hause wie im Beruf. Selbst mit meinen Freunden bin ich so umgesprungen.«

»Es gab aber auch einen anderen Phillip. Und in den hatte ich mich verliebt.«

»Meinst du wirklich? Habe ich dir das nicht nur vorgespielt?« Er lächelte matt. »Darin war ich ein Experte.«

»Nein, das war nicht gespielt.«

»Das ist schön, dass du das sagst. Vielleicht gibt es ja noch einen Funken Hoffnung.«

»Jetzt ist aber Schluss mit dem Selbstmitleid. Du hast eine wunderbare Tochter, die dich braucht. Und eine neue Liebe wirst du auch finden.« Sie schmunzelte. »Du siehst doch immer noch ganz passabel aus.«

Phillip grinste. »Meinst du? Stehen Gebrauchtmänner denn momentan hoch im Kurs?«

Franzi lachte. »Lass dich überraschen!«

»Im Moment bin ich nicht auf der Suche, aber wer weiß …«

Franzi sah auf die Uhr.

»Musst du zurück?«, fragte Phillip.

»Nicht wirklich.« Sie schaute in den Himmel. »Aber in spätestens einer Stunde wird es dunkel und ich wollte noch zum Strand.«

»Darf ich mitkommen?«

Franzi lächelte. »Da ich dir heute schon einen Korb gegeben habe, will ich mal nicht so sein.«

»Ich hatte ganz vergessen, wie schön der Sonnenuntergang hier sein kann«, sagte Phillip.

Sie standen am Strand und sahen der Sonne zu, wie sie sich langsam dem Horizont näherte.

»Romantisch!«, bemerkte er. »Haben wir vor drei Jahren auch hier gestanden?«

»Nein, ich glaube nicht. Du hattest nur selten Zeit. Deine Frau wartete im Ferienhaus auf dich.«

Sie schwiegen.

»Du bist glücklich hier?«, fragte Phillip in die entstandene Stille hinein.

»Ja, glücklicher als jemals in meinem Leben zuvor.«

»Das ist gut. Ich wünsche dir, dass es so bleibt.« Phillip sah sie an. »Wollt ihr eigentlich Kinder haben?«

Franzi zögerte. Sie sprach nur selten über ihren Kinderwunsch und noch seltener darüber, dass sie schon seit Jahren erfolglos versuchte, schwanger zu werden. »Ja. Das wollen wir.«

»Du wirst sicher eine wunderbare Mutter.«

»Warum macht ihr ausgerechnet Urlaub auf Spiekeroog?«

»Das war reiner Zufall. Ich habe immer mal wieder geschaut, ob etwas kurzfristig frei ist, aber du weißt ja am besten, wie lange man im Voraus buchen muss. An dem Tag, als ich die Wohnung dann online gebucht habe, war Ann-Marie bei mir und wir haben uns alte Fotos angeschaut. Dabei waren auch welche, die wir auf Spiekeroog gemacht haben. Ann-Marie hat gefragt, ob wir nicht noch einmal hinfahren könnten, und ich wollte ihr im Internet zeigen, dass auf der Insel nichts mehr frei ist. Na ja, da haben wir dein Angebot gefunden und ich habe ganz spontan zugegriffen. Allerdings wusste ich da weder, dass die Buchung bei dir landet, noch dass du jetzt dauerhaft hier lebst.«

»Wirklich, ein Zufall?«

»Ich schwöre. Und ehrlich, ich weiß nicht, ob ich mich zu buchen getraut hätte, wenn ich gewusst hätte, wer die Wohnung verwaltet.«

»Jetzt seid ihr ja hier«, sagte Franzi und wandte sich von dem Naturschauspiel der untergehenden Sonne ab. »Es wird Zeit zurückzugehen.«

Vierzehn

Franzi weckte Sonya am nächsten Morgen gegen neun Uhr. Ihre Mutter würde erst am Nachmittag zur Arbeit fahren und erwartete Sonyas Anruf.

»Und wenn Mama mir nicht glaubt?«, fragte ihre Cousine, die lustlos in ihrem Müsli herumstocherte. »Wir haben uns am Schluss nur noch angeschrien. Mama hat alles angezweifelt, was ich gesagt habe. Egal was es war.«

»Sonya, es geht hier nicht mehr um Lappalien. Was dir passiert ist, wird Anja nicht anzweifeln. Sie ist deine Mutter. Sie wird dir glauben.«

»Du kennst Mama nicht«, murmelte Sonya. »Wäre ich nicht gerade bei dir, wäre sie schon längst hier aufgelaufen, um mich zurückzuholen. Sie versteht einfach nicht, dass ich nicht mehr sechs Jahre alt bin.«

»Ja, das könnte sein. Aber willst du ihr das wirklich zum Vorwurf machen? Wenn sich eine Mutter über so viele Jahre um ihr Kind sorgt, Tag aus, Tag ein, dann ist es schwierig, sich umzustellen. Und du bist auch noch nicht erwachsen.«

»War es bei dir auch so? Hat deine Mutter …«

»Nein«, fiel Franzi ihr ins Wort. »Meine Mutter war anders. Und ich habe sie lange Zeit dafür gehasst. Sie hat getrunken und ich musste sie so manches Mal aus der Kneipe abholen. Von anderen Dingen mal ganz abgesehen. Sie ist gestorben, als ich neunzehn war.«

»Das tut mir leid, Franzi. Das war bestimmt schwer für dich.«

»Zuerst war ich erleichtert, dass es endlich vorbei war, aber irgendwann habe ich verstanden, wie schwer meine Mutter es im Leben hatte. Und ich weiß inzwischen, wie sehr sie mich trotz allem geliebt hat.«

Sonya schielte zur Küchenuhr. »Ich muss bald mal anrufen.«

»Soll ich hierbleiben?«

»Ist vielleicht besser, oder?«

Gemeinsam räumten sie den Tisch ab, bevor Sonya ihr Handy aus der Tasche zog.

»Siehst du, das lief doch sehr gut«, sagte Franzi, als Sonya das Handy auf den Tisch legte. Das Gespräch hatte über eine halbe Stunde gedauert. Nicht nur einmal hatte Franzi gedacht, dass es zum Streit kommen würde, aber Sonya hatte sich an Franzis Ratschläge gehalten, und Anja schien froh gewesen zu sein, dass ihre Tochter überhaupt mit ihr gesprochen hatte.

»Sechs Wochen hat sie mir nur gegeben, um mich zu entscheiden«, antwortete Sonya. »Und ich soll sie am übernächsten Wochenende besuchen kommen.«

»Wie lange du hierbleibst, werden wir dann sehen. Max kommt heute aus London zurück. Ich spreche mit ihm, vielleicht kann er deine Mutter überzeugen, dass du länger bleiben kannst. Irgendwie kriegen wir das schon hin.«

Sonya stand auf und umarmte Franzi. »Danke! Du bist meine Rettung. Das vergesse ich dir nie.«

»Wir sind doch eine Familie. Da hilft man sich.«

»Trotzdem danke!«

»Ich habe mir übrigens überlegt, wo du ein Praktikum machen könntest.«

»Muss das denn sein?«

»Das war unser Deal.«

Sonya rollte mit den Augen. »Seit wann redest du so? Deal!«

Franzi lachte. »Ich muss mich doch etwas anpassen. Aber im Ernst. Was hältst du von dem Buchladen hier auf der Insel? Meine Freundin Edda würde dich bestimmt bei sich aufnehmen, sie kann gerade ein bisschen Unterstützung gebrauchen.«

»Bücher? Ja, vielleicht.«

»Was interessiert dich sonst noch? Umweltschutz?«

»Klar, das Thema ist cool.«

»Bei der Hermann-Lietz-Schule gibt es ein Nationalpark-Haus. Die haben da eine Ausstellung und organisieren jede Menge Veranstaltungen, gerade jetzt in der Sommersaison.«

»Ich habe kurz in die Ausstellung reingeschaut, als ich bei der Schule war. Meinst du wirklich, dass ich da arbeiten könnte?«

»Ich kenne die Leiterin. Soll ich mal anrufen?«

»Wenn du das für mich machen würdest?«

»Vorstellen musst du dich da aber schon selbst. Ich rufe nur an.«

Sonya drückte ihr einen Kuss auf die Wange. »Danke!«

Am späten Nachmittag klappte Franzi ihren Laptop zu. Bis auf eine kurze Unterbrechung für das von Sonya vorbereitete Mittagessen hatte sie durchgearbeitet. Zwischendurch war sie mit dem Fahrrad zu einem Ferienhaus gefahren, da die Gäste den Schlüssel auf dem Weg zum Strand verloren hatten.

Es klopfte an die Haustür und gleich darauf trat jemand ein. Franzi stand auf und traf im Flur auf Edda.

»Du siehst blass aus«, sagte ihre Freundin. »Und reif für einen kleinen Spaziergang in der Sonne.«

»Eigentlich wollte ich …«

»Mitkommen«, unterbrach Edda sie und zog Franzis Jacke von der Garderobe. »Auf geht's!«

Vor dem Haus hakte sich Edda bei ihr unter. »Tamme ist wieder auf dem Kutter?«

»Die Buschtrommeln?«

»Nein, ich habe Meta getroffen.« Edda grinste. »Dann sind wir jetzt wohl beide Strohwitwen.«

»Nicht für lange«, sagte Franzi. »Geht es bei Markus in der Schweiz voran?«

»Ja, der Eilantrag ist abgelehnt worden. Markus meinte, es sei ein deutliches Zeichen dafür, dass sich das Gericht gegen die Einwände entscheiden wird. Auf jeden Fall bleibt er weitere zwei Wochen dort.«

»Da kann ich ja von Glück reden, dass Tamme nur vier Tage lang weg ist.«

Edda blieb stehen und hielt Franzi zurück. »Habt ihr euch etwa gestritten?«

»Mehr oder weniger.«

»Was jetzt: mehr oder weniger?«, fragte Edda, die Franzi weiter an der Hand festhielt.

»Erst mehr, dann weniger. Ich habe nachgegeben und ihn zur Fähre gebracht. Seitdem ist die Stimmung nicht so gut.«

Edda umarmte Franzi. »Warum bist du nicht bei mir vorbeigekommen?«

»Keine Zeit. Ich musste die Sache mit meiner Cousine klären.« Franzi zögerte. Konnte sie Edda in alles einweihen oder wäre das ein Wortbruch gegenüber Sonya? Sie hatte ihr nur versprochen, nicht zur Polizei zu gehen. Aber Edda war ihre beste Freundin, und das Geheimnis wäre bei ihr gut aufgehoben. Stockend begann Franzi zu erzählen.

»Das ist ja fürchterlich. Die arme Sonya. Aber so etwas Ähnliches habe ich mir schon gedacht.« Edda zog Franzi mit. »Lass uns weitergehen.« Sie setzten ihren Weg Richtung Strand schweigend fort.

Als sie am Strandübergang standen, wehte ihnen ein frischer Wind von der Nordsee entgegen.

»Und was sagt Tamme dazu, dass du deine Cousine jetzt für längere Zeit aufnimmst?«, fragte Edda.

»Bisher noch nichts. Er weiß es nämlich noch nicht.«

»Ups! Ist das eure nächste Baustelle? Wäre es nicht besser gewesen, wenn du zuerst mit ihm …«

»Nein!«, unterbrach Franzi ihre Freundin. »Und jetzt lass uns das Thema wechseln. Wo ist übrigens Jella?«

»Bei ihrer Oma. Sie schläft heute bei ihr. Wir können einen schönen Frauenabend machen. Wir könnten ins Laramie gehen oder in den Sir George's Pub.«

»Ich weiß noch nicht. Erst mal will ich nur einen offenen Strandkorb finden.«

Edda hielt einen kleinen Schlüssel hoch. »Nicht nötig. Siehst du irgendwo die Nummer 43?«

Franzi und Edda hatten den Strandkorb in die Richtung der letzten Sonnenstrahlen des Tages gedreht und saßen jetzt nebeneinander im Korb.

»Sag mal, Edda. Du kennst dich doch mit französischer Literatur so gut aus. Hast du schon mal von einem Pascal Bonnet gehört? Er müsste ungefähr im Alter von Karla Blohm sein.«

»Gelesen habe ich noch nichts von ihm, da bin ich mir sicher. Wie kommst du darauf?«

Franzi erzählte von Karlas Zeit in Paris und ihrer Vermutung, dass die beiden ein Liebespaar gewesen waren. »Was er schreibt und ob er überhaupt noch lebt, weiß ich nicht.«

»Wenn ich zu Hause bin, kann ich gerne mal schauen, ob ich was im Netz finde.« Edda warf Franzi einen ungläubigen Blick zu. »Und du willst ihn kontaktieren? Warum?«

»Du weißt doch von Karlas Manuskript.« Edda hatte das erste Drittel von Karlas Roman vor drei Jahren gelesen und ihr empfohlen weiterzuschreiben. »Wenn ich das richtig verstanden habe, ist Karlas Roman jetzt fertig, aber sie will ihn nicht veröffentlichen. Ich dachte mir, wenn sie wieder Kontakt zu diesem Bonnet haben würde, dann könnte sie das motivieren.«

Edda seufzte leise. »Typisch Franzi! Immer für alle da. Sprichst du denn Französisch?«

»Ich habe es ein paar Jahre in der Schule gehabt. Ob ich mich damit verständigen kann, weiß ich nicht. Schriftlich wird es wohl irgendwie gehen.«

»Wenn es nicht klappt, kann ich dir gerne helfen. Erst mal suche ich nach deinem Phantom und dann sehen wir weiter.«

»Danke!«

»Hallo, Tamme! Wie war dein Tag?«

»Anstrengend. Hauke kann ja quasi gar nichts machen, aber ohne ihn und sein Kapitänspatent dürfen wir nun mal nicht raus.«

Franzi saß auf dem Sofa im Wohnzimmer. Nach dem Spaziergang hatte sie sich kurz mit Sonya unterhalten und wollte gerade ihren Vater anrufen, als Tamme sich gemeldet hatte.

»Wann fahrt ihr morgen raus?«

»Wieder früh. So gegen fünf wollen wir starten.«

Tammes Stimmung schien gut zu sein. Franzi entschloss sich, ihm von den neuen Entwicklungen bei Sonya zu erzählen.

»Bis September?«, fragte Tamme. »Und was für ein Praktikum?«

»Ich habe heute bei Marion im Nationalpark-Haus angerufen. Sonya kann sich da bewerben und es ist wahrscheinlich, dass sie Sonya nehmen werden.«

Franzi hatte Tamme verschwiegen, dass sie inzwischen wusste, dass Sonya von ihrem Lehrer vergewaltigt worden war.

Sie befürchtete, dass er jetzt endgültig darauf bestehen würde, dass Sonya zur Polizei ging.

»Schön und gut, aber warum hast du mich nicht vorher gefragt?«

»Das habe ich dir doch erklärt. Ich musste schnell eine Entscheidung treffen, sonst hätte Anja …«

»Was ja vielleicht besser gewesen wäre«, fiel Tamme ihr ins Wort.

»Das glaube ich nicht, Tamme. Wir haben doch darüber gesprochen, dass wir Sonya helfen wollen. Ich habe noch einmal lange mit ihr geredet und glaub mir, sie geht im Moment auf keinen Fall zurück nach Hause und schon gar nicht an die Schule.«

»Ich bin mir da nicht so sicher. Warum lässt du nicht einfach Anja entscheiden und richtest dich dann danach?«

»Tamme, bitte! Ich stehe jetzt bei Sonya im Wort. Ich weiß, ich hätte dich vorher fragen sollen, aber irgendwie war nie Zeit und du bist auf dem Festland. Es war eine Situation, in der ich mich sofort entscheiden musste. Glaub mir doch bitte.«

»Aber warum konntest du nicht warten?«

Tamme klang verärgert. Franzi bereute, dass sie ihm am Telefon von ihrer Entscheidung erzählt hatte. Sie hätte warten sollen, bis er wieder auf Spiekeroog gewesen wäre.

»Wollen wir das nicht besprechen, wenn du wieder da bist?«, schlug Franzi vor. Sie hatte sich bemüht, ruhig und sachlich zu klingen, war sich aber nicht sicher, ob es ihr gelungen war.

»Ja, vielleicht wäre das besser«, sagte Tamme.

Franzi wusste nicht, wie sie darauf reagieren sollte. Zwar hatte ihr Tamme zugestimmt, aber sein Tonfall sagte etwas anderes.

»Was machst du heute Abend?«, fragte Franzi schließlich, um dem Gespräch eine andere Richtung zu geben.

»Ich gehe noch mit Hauke ein Bier trinken. Und danach werde ich mich wohl schlafen legen.«

»Edda war heute Nachmittag hier. Sie will mich heute Abend unbedingt mit ins Laramie oder in den Pub schleppen. Ich habe ihr noch nicht zugesagt.«

Tamme reagierte gleichgültig und schien das Interesse am weiteren Gespräch verloren zu haben. Sie unterhielten sich noch eine Weile über das Wetter, bevor Tamme aufhören musste, weil Hauke auf ihn wartete.

Als Franzis Handy sich wenige Minuten später bemerkbar machte, hatte sie die Hoffnung, dass Tamme sich noch einmal melden würde.

»Hallo!«

»Ich bin's. Max.«

»Ach so, ich dachte, es wäre Tamme.«

»Erwartest du seinen Anruf? Dann melde ich mich später noch einmal.«

»Nein, alles gut. Du hast bestimmt mit Anja gesprochen, oder?«

»Ja, wir haben über eine Stunde lang telefoniert. Wie du dir denken kannst, geht es um Sonya. Kannst du mir noch einmal sagen, was wirklich los ist? Anja war so aufgelöst, dass ich nur die Hälfte begriffen habe.«

Franzi begann zu erzählen, verschwieg aber, was Sonya ihr als Letztes anvertraut hatte.

»Verstehe ich das richtig? Dieser Lehrer hatte mit Sonya, einer sechzehnjährigen Schülerin, ein Liebesverhältnis? Er hatte Sex mit meiner Nichte?«

»Ja, das hast du richtig verstanden.«

»Und warum warst du nicht längst mit ihr bei der Polizei? Dieses Miststück von Lehrer gehört ins Ge…«

»Max! Ich habe dir doch gerade erklärt, warum Sonya auf gar keinen Fall zur Polizei will. Das ist auch keine ungewöhnliche

Reaktion von Opfern sexueller Gewalt. Sie hat panische Angst, dass man ihr nicht glaubt. Es gibt weder Beweise noch Zeugen für die Sache.«

»Und wenn schon. In einem solchen Fall wird man ihr immer glauben. Sie ist das Opfer!«

»Das ist nicht gesagt. Im Prozess kommt es darauf an, welche Schilderung glaubwürdiger klingt. Der Lehrer ist doch nicht per se schuldig, nur weil eine Schülerin ihn anklagt.«

»Dann muss Sonya eben glaubwürdig klingen. Das kann ja wohl nicht das Problem sein, wenn sie das alles wirklich erlebt hat.«

Franzi zwang sich dazu, ruhig zu bleiben. Ihr Vater schien genauso zu reagieren, wie Franzi es befürchtet hatte. Seine Stimme klang von Satz zu Satz wütender, er hatte lauter gesprochen, als es seine Art war, und sein hektischer Atem war selbst durchs Telefon zu hören.

»Ich bin mir nicht mal sicher, dass sie, falls wir sie zwingen, zur Polizei zu gehen, die Vorfälle dort bestätigen würde. Ganz zu schweigen von einer Aussage vor Gericht. Sie braucht erst mal Abstand und Ruhe und die Sicherheit, dass ihr nichts mehr passieren kann.«

»Kannst du es verantworten, dass dieser Lehrer auch nur eine Minute länger an der Schule ist?«

»Was meinst du, wie schlecht ich in den letzten Nächten geschlafen habe. Mir wird schon schlecht, wenn ich nur daran denke. Aber was ist die Alternative? Dass wir Sonya zwingen, durch die Hölle zu gehen? Genau das nimmt sie im Moment an. Selbst wenn wir es tun, werden wir unter Umständen nur das Gegenteil erreichen. Ich will doch auch, dass dieser Mensch ins Gefängnis kommt. Und zwar so schnell wie möglich.«

Ihr Vater schwieg.

»Du kennst mich doch«, fuhr Franzi fort. »Ich bin die Letzte, die Gewalt gegen Frauen, in welcher Form auch immer, tolerieren würde. Aber zuallererst geht es jetzt um Sonya. Wir haben als Familie die Pflicht, ihr beizustehen und ihre Bedürfnisse ernst zu nehmen.«

»Aber wie lange willst du warten?«

»Es gibt Frauen, die gehen erst nach zehn oder zwanzig Jahren zur Polizei. Genau deshalb ist das Gesetz auch immer wieder verändert worden und die Verjährung setzt erst nach ziemlich vielen Jahren ein.«

»Ja, davon habe ich gehört. Trotzdem, wie lange willst du warten, wie lange wollen wir warten? Sonya scheint ja alles nur vergessen zu wollen. Es fühlt sich nicht richtig an, dass dieser Typ davonkommen könnte.«

»Zunächst mal ist Sonya hier in Sicherheit. Und wie lange es dauern wird, weiß ich nicht. Ich spreche immer wieder mit ihr über das Thema, und sie fährt in zwei Wochen kurz nach Hause und auch da wird sie sich noch mal mit Anja unterhalten müssen. Weiter kann ich im Moment noch nicht planen.«

Ihr Vater verfiel erneut für eine Weile in Schweigen.

»Franzi, Franzi! Hoffentlich hast du dir da nicht zu viel aufgeladen. Du bist keine Psychologin und auch viel zu nah dran, um objektiv sein zu können.«

»Das weiß ich doch beides. Aber im Moment kann ich nicht anders und es fühlt sich richtig an. Wenn ich merke, dass es Sonya schlechter geht, rufe ich dich und Anja sofort an. Dann muss etwas passieren, das ist mir klar. Und vermutlich kommt Sonya auch nicht um eine Therapie herum. Aber auch das muss sie selbst wollen und das sehe ich im Moment noch nicht.«

»Ja, vielleicht hast du wirklich recht. Ich spreche morgen noch einmal mit Anja und versuche, etwas die Wogen zu glätten. Wenn ich es irgendwie einrichten kann, komme ich bei euch vorbei. Oder meinst du …«

»Nein, alles gut. Komm ruhig. Wenn du vorsichtig mit Sonya umgehst, kann sie das nur stärken.«

Fünfzehn

»Hallo! Jemand da?«

»Bin gleich so weit, Edda«, rief Franzi ihrer Freundin zu. »Setz dich doch noch eben in die Küche.«

Franzi band die Haare zusammen und legte ein dezentes Make-up auf. Das Gespräch mit ihrem Vater hatte lange gedauert. Erst kurz vor zwanzig Uhr hatten sie sich verabschiedet. Gleich darauf war Franzi ins Bad gelaufen, um sich für den Abend fertig zu machen.

»Da bist du ja«, sagte Edda lächelnd. »Ich dachte schon, du kneifst.«

»Ich doch nicht! Ich bin die härteste Franzi unter der Spiekerooger Sonne.«

Edda lachte. »Vermutlich auch die einzige, oder?«

»Du nimmst doch auch ein Guinness?«, fragte Edda, als sie im Pub einen Tisch gefunden hatten.

»Wenn wir schon hier sind«, meinte Franzi.

Edda lachte. »Genau! Einen halben Liter oder weniger?«

»Keine Ahnung«, sagte Franzi und setzte sich an den Tisch. Edda nickte und lief zum Tresen, um das Bier zu bestellen.

»Hast du jetzt mit Tamme ge…«

»Ja!«, fiel Franzi ihr ins Wort. »Aber das ist kein Thema für heute Abend.«

»War es sehr schlimm?«

Franzi rollte mit den Augen. »Wie geht es Jella? Vermisst sie ihren Vater?«

Edda schien den Wink verstanden zu haben. »Geht so. Sie telefoniert jeden Tag mit ihm. Aber wie die Kinder in dem Alter so sind, für mehr als ein paar Sätze fehlt ihr die Konzentration.«

»Versuch es mal mit Facetime oder so. Wenn Jella Markus auf dem Bildschirm sehen kann, hält sie bestimmt länger durch.«

»Gute Idee! Werde ich gleich morgen mal probieren. Hoffentlich ist Markus' Internetverbindung im Hotel gut genug.«

Eine junge Frau stellte die Halblitergläser Guinness auf dem Tisch ab und fragte, ob Franzi und Edda etwas essen wollten. Edda bejahte und bestellte sich einen Salat mit Putenbruststreifen.

»Für mich nichts, danke«, sagte Franzi.

»Wann fahren wir jetzt nach Oldenburg?«, fragte Edda, als die junge Frau zum nächsten Tisch weitergegangen war.

»Ich habe noch keinen Termin beim Arzt gemacht.«

»Dann fahren wir einfach so hin.« Edda hob ihr Glas, Franzi stieß mit ihr an. »Auf was trinken wir?«, fragte Edda.

Franzi zuckte mit den Schultern.

»Auf unsere Oldenburg-Tour.« Edda trank einen kräftigen Schluck. »Du brauchst mal einen Tapetenwechsel«, fuhr sie fort. »Ich kenne in Oldenburg ein kleines Hotel. Da nehmen wir uns ein Doppelzimmer, ja?«

»Mit Übernachtung?«

»Klar, sonst sind es gerade mal drei oder vier Stunden, die wir in der Stadt bleiben können. Wir machen einen Ausflug durch die Gemeinde. Oldenburg hat richtig was zu bieten. Wir können natürlich auch ins Theater gehen. Oder in irgendein Konzert. Soll ich mal nachschauen, was so läuft?«

Franzi musste unwillkürlich an Marie Petersen denken, mit der sie über Alexander Meier gesprochen hatte.

»Und wir machen eine ausgiebige Shoppingtour, durch alle Boutiquen, die wir finden. Was meinst du?« Edda sah sie an. »Hallo, jemand da?«

»Ja, was hast du gefragt?« Franzi war so vertieft in ihre Gedanken gewesen, dass sie Edda nur mit halbem Ohr zugehört hatte.

»Shoppingtour, Hotel, Theater oder Ausflug durch die Gemeinde.«

»Ich muss warten, bis Tamme zurück ist. Und ja, einen Tag oder zwei hier rauszukommen, wäre nicht schlecht.«

»Sag ich doch! Gut, am Wochenende geht es bei dir nicht, aber wie wäre es mit nächste Woche Montag und Dienstag?«

»Ja, warum nicht«, antwortete Franzi, damit Edda Ruhe gab. Im Moment konnte sie sich schwer vorstellen, zwei Tage in Oldenburg zu verbringen. Sie würde den ganzen Tag an Sonya und die kommenden Wochen denken und sich kaum auf etwas anderes konzentrieren können.

»Das ist doch bei euch keine ernsthafte Krise, oder? Ich meine zwischen Tamme und dir?«

»Alles gut, Edda. Aber vielleicht ist es ganz gut, dass Tamme für ein paar Tage unterwegs ist. Wir hocken schon sehr viel aufeinander. Bei der Arbeit und zu Hause.«

Edda warf ihr einen besorgten Blick zu.

»Jetzt lass schon gut sein, Edda. Es ist schön, dass du dir Sorgen um mich machst. Wirklich! Aber Tamme und ich kriegen das hin. Wir haben schon ganz andere Sachen überstanden.«

Edda strich Franzi über den Arm. »Aber du versprichst mir, nichts vor mir zu verheimlichen, wenn wirklich mal was ist?«

»Ja! Und jetzt Schluss damit, ja? Erzähl mir lieber, wohin ihr dieses Jahr in den Urlaub fahrt.« Sie schmunzelte. »Hoffentlich nicht in die Schweiz.«

»Auf keinen Fall!«, sagte Edda lachend. »Ich mag keine Berge. Wir wollen nach Frankreich an die Atlantikküste. Markus hat von einem Freund ein Wohnmobil angeboten bekommen. Ein richtig tolles Teil. Wir werden schön langsam fahren, viel sehen und an nichts anderes denken als an uns.« Sie hielt inne. »Apropos Frankreich. Das hätte ich jetzt fast vergessen. Ich habe deinen Schriftsteller ausfindig gemacht. War gar nicht so schwer. Er lebt in Paris und hat das passende Alter.«

»Pascal Bonnet?«

»Ja, genau der. Schreibt Romane über das Leben und die Liebe.«

»Weißt du auch, wie ich ihn erreichen kann?«

»Ich habe keine Telefonnummer, wenn du das meinst. Und auf Facebook wirst du ihn auch kaum finden, allerdings habe ich dir den Verlag aufgeschrieben. Die können dir ganz sicher weiterhelfen.« Edda schob ihr einen Zettel über den Tisch. »Oder soll ich da für dich anrufen? Ich kann ja sagen, dass ich eine Lesung mit ihm plane. Selbst wenn sie mich an seine Agentur verweisen, werde ich schon irgendwie die Telefonnummer herausbekommen.«

»Wenn du das für mich machen könntest?«

»Klar! Gleich morgen früh.«

»Danke dir! Und jetzt erzähl mal genau, was ihr im Urlaub vorhabt. Frankreich, Atlantikküste, wo da genau? Meinst du, das geht mit einem kleinen Kind?«

Sie saßen noch über zwei Stunden im Pub, Edda trank ein weiteres Glas Guinness und sprach von ihrer Liebe zu Frankreich, der Kultur und der Sprache. Franzi war froh, dass sie Eddas Einladung angenommen hatte, und nahm sich vor, ihren eigenen Urlaub im Spätherbst zu planen. Kurz vor Mitternacht verließen sie den Pub.

Als Franzi das Haus betrat, stutzte sie. Was waren das für Geräusche? Sie blieb im Flur stehen und lauschte. Das leise Schluchzen kam aus dem Gästezimmer. Leise lief sie zur Tür und öffnete sie. Sonya lag zu ihr gewandt und schien im Schlaf zu weinen. Franzi trat an ihr Bett und strich ihrer Cousine vorsichtig über die Schulter. Sie öffnete für einen Moment die Augen, um sich gleich darauf umzudrehen. Franzi wartete an ihrem Bett, bis sie die gleichmäßigen Atemzüge einer Schlafenden hörte. Sie ließ die Tür einen Spaltbreit auf und ging ins Bad.

Zum wiederholten Male drehte sich Franzi im Bett herum. Obwohl sie müde war, konnte sie nicht in den Schlaf finden. Hatte sie ihre Aufgabe, sich um Sonya zu kümmern, unterschätzt? Was hatte ihr Vater gesagt? Sie sei keine Psychologin und viel zu nah am Geschehen.

Als sie einen lauten Schrei hörte, sprang sie aus dem Bett. Im Gästezimmer fand sie Sonya im Bett sitzend vor. Sie zitterte am ganzen Körper und starrte auf die Wand. Franzi beugte sich zu ihr hinunter und nahm sie in den Arm.

»Hast du schlecht geträumt?«

Sonya nickte benommen.

»Soll ich dir einen Kräutertee machen?«

Sonya klammerte sich an Franzi und schüttelte heftig den Kopf.

»Was hältst du davon, bei mir zu schlafen? Platz genug ist da.«

Wieder nickte Sonya. Franzi half ihr aus dem Bett und führte sie in ihr Schlafzimmer.

»Erinnerst du dich an den Traum?«, fragte Franzi am nächsten Morgen. Sie saßen am Frühstückstisch, Sonya war etwas blass, aber ansonsten gut gelaunt.

»Nein. Irgendwas Schlimmes. Habe ich laut geschrien?«

»Es geht. Ich war noch wach, deshalb habe ich es gleich gehört.«

Sonya sah verlegen zur Seite. »Das ist mir jetzt etwas peinlich. Gut, dass Tamme nicht da war.«

»Das muss dir ganz und gar nicht peinlich sein. Du hast viel erlebt in den letzten Monaten, bist plötzlich nicht mehr in deiner gewohnten Umgebung und brauchst sicher noch eine ganze Weile, bis du wieder ganz die Alte bist.«

Sonya sah Franzi ängstlich an. »Wenn ich es überhaupt jemals wieder werde. Das meinst du doch, oder?«

»Wenn ich dir das mit Sicherheit sagen könnte, würde ich es tun. Aber ich bin keine Expertin, Sonya. Es kann sein, dass du …«

»Nein! Ich will nicht zu so einem Psychoquatscher.« Sonya hatte laut gesprochen und schien kurz davor, aufzuspringen und wegzulaufen.

»Ist gut, Sonya. Ich wollte auch nur sagen, dass ich dich jederzeit unterstütze, wenn du mit …«, Franzi wiegte den Kopf hin und her und schmunzelte, »so einem Psychoquatscher reden willst.«

Sonya lächelte matt. »Entschuldige, ich wollte nicht so aufbrausen.«

»Alles gut, Sonya. Wir bekommen das hin. Und zwar so, dass du damit leben kannst.«

Sonya sah auf ihre linke Hand, die leicht zitterte. Sie legte ihre andere Hand darauf und hielt sie fest. »Ich habe Angst, Franzi. Was ist, wenn *er* hier auftaucht? Du weißt nicht, wie er ist.«

»Das wird dieser Mensch niemals wagen. Glaub mir, er hat mindestens genauso viel Angst wie du. Er weiß doch genau, was für ihn auf dem Spiel steht.«

»Meinst du?«, fragte Sonya. Sie atmete schwer, ließ aber ihre Hand wieder los. Das Zittern hatte aufgehört. »Du willst, dass ich zur Polizei gehe. Habe ich recht?«

»Wenn überhaupt, gehen wir zusammen dahin. Und bevor du es nicht selbst willst, werde ich dich nicht dazu drängen.«

Sonya fiel Franzi um den Hals, die sie fest an sich drückte und inständig hoffte, dass sie ihr Versprechen würde halten können.

Sechzehn

Sonya lachte. »Ist das wirklich wahr?«

Franzi hatte ihr eine Anekdote aus ihrem Alltag als Zahnarzthelferin erzählt. Ein junger Mann, der panische Angst vor der Behandlung hatte, war über Wochen jeden Tag in die Praxis gekommen und immer kurz vor seinem Termin verschwunden. Schließlich hatte Franzi ihn, als er die Praxis betrat, direkt ins Behandlungszimmer geführt, wo bereits ihr Chef auf ihn wartete. Letztendlich stellte sich heraus, dass der junge Mann vor lauter Angst seine Zähne so gut gepflegt hatte, dass keinerlei Behandlung notwendig war.

»Und das Beste war: Nach einem halben Jahr kam er wieder und setzte sich ins Wartezimmer, als sei nie etwas gewesen.«

Franzi stand auf und deckte den Frühstückstisch ab. Sonya half ihr.

»Ich dachte mir«, sagte Franzi, »dass du vielleicht eine kleine Inselführung haben möchtest. Ich nehme mir heute Vormittag frei und spiele die Reiseleitung.«

»Klasse!«, rief Sonya. »Ich bin dabei.«

Franzi begann bei der alten Inselkirche, die Ende des 17. Jahrhunderts erbaut wurde und die älteste Kirche auf den Ostfriesischen Inseln war.

Sonya bestaunte die Inneneinrichtung.

»Angeblich stammen Teile der Kanzel und auch die Gemälde hier an der Wand von einem Schiff der spanischen Armada, das 1586 vor Spiekeroog gestrandet ist«, erklärte Franzi.

»Und das durften die Insulaner einfach so verwenden?«

Franzi schmunzelte. »Man munkelt, dass das damals nicht so genau genommen wurde, und die Waren der gestrandeten oder gesunkenen Schiffe waren für viele Spiekerooger wohl wichtig zum Überleben.«

»Das war bestimmt nicht so leicht zu der Zeit.«

»Ganz sicher nicht. Viele der Dächer, das von dieser Kirche übrigens auch, waren damals als Schwimmdächer konzipiert. Weißt du, was das heißt?«

Sonya schüttelte den Kopf.

»Bei schweren Sturmfluten ist es schon vorgekommen, dass die Insel überflutet wurde. Die Bewohner der Häuser konnten sich dann aufs Dach retten. Das wiederum ließ sich vom eigentlichen Haus leicht ablösen und konnte schwimmen.«

»Ist das wirklich so passiert?«

»Das weiß keiner. So genau lässt sich das den Überlieferungen nicht entnehmen. Und ob man es tatsächlich mit so einem Schwimmdach bis zum Festland geschafft hätte, ist auch ungewiss.«

Sie verließen die Kirche und gingen langsam durch den Ort. Franzi erzählte etwas zu den alten Gebäuden und beantwortete Sonyas Fragen. Gegen Ende des Vormittags besuchten sie das kleine Inselmuseum.

»Dass die Insel schon so lange bewohnt ist, war mir gar nicht klar«, sagte Sonya. »Das muss ja damals ein verdammt hartes Leben gewesen sein.«

»Frag mal Meta. Die hat noch ganz andere Zeiten erlebt.«

»Das mache ich doch glatt. Geschichte hat mich schon immer interessiert.«

»Was meinst du, holen wir uns ein Fischbrötchen als Mittagessen? Ich habe überhaupt keine Lust, etwas zu kochen.«

Wenige Minuten später saßen sie vor dem Fischrestaurant auf einer Bank.

»Das schmeckt«, sagte Sonya mit vollem Mund.

»Stimmt! Vor allem nach drei Stunden Inselführung.«

Sonya nickte und biss ein großes Stück von ihrem Fischbrötchen ab.

Franzi hob den Kopf und ließ sich die Sonne ins Gesicht scheinen. Sie war froh, dass Sonya zum ersten Mal so unbeschwert zu sein schien wie zu der Zeit, als sie sie kennengelernt hatte. Franzi nahm sich vor, in den nächsten Tagen häufiger etwas mit ihrer Cousine zu unternehmen.

»Gehen wir gleich noch bei der Buchhandlung meiner Freundin vorbei?«, fragte Franzi. »Sie hat mir einen Roman bestellt, der heute ankommen sollte.«

Franzi winkte ihrer Freundin zu, die sich mit einer Kundin unterhielt. Sie warteten, bis Edda Zeit für sie hatte. Franzi stellte Sonya vor und fragte nach ihrer Bestellung.

»Ist heute gekommen. Ich hole es mal gleich.«

Während sie warteten, stöberte Sonya in den Romanen und entschied sich für eine historische Geschichte aus Frankreich.

»So, hier ist es.« Edda reichte Franzi das Buch und wandte sich an Sonya. »Franzi hat mich schon gefragt, ob du hier ein Praktikum machen könntest. Von mir aus gerne.«

»Oh, das ist sehr nett«, antwortete Sonya. »Ich versuche es aber erst mal im Nationalpark-Haus. Da habe ich heute Nachmittag einen Termin. Wenn es nicht klappt, komme ich gerne auf Ihr Angebot zurück.«

»Wollen wir uns nicht duzen? Ich bin Edda.«

»Und ich Sonya.«

Edda lächelte. »Gut, dann wäre das ja geklärt.« Sie sah Franzi an. »Wie wäre es heute mit einem kleinen Frauenabend bei mir? Ich kann wegen Jella nicht aus dem Haus.«

»Ich bin dabei«, sagte Sonya.

»Klar, warum nicht«, fügte Franzi nicht ganz so überzeugt hinzu.

Franzi arbeitete am Nachmittag sechs Stunden ohne Pause, um den freien Vormittag wieder aufzuholen. Gegen neunzehn Uhr klappte sie den Laptop zu und warf zum wiederholten Male einen Blick aufs Handy. Tamme musste seit Stunden zurück im Hafen sein. Normalerweise klingelte er kurz danach bei ihr durch oder schrieb zumindest eine Textnachricht. Sie griff nach dem Handy. Sollte sie Tamme anrufen oder lieber warten, bis er sich meldete? Sie drehte eine Runde im Büro und entschloss sich dann zu dem Anruf.

»Hallo! Gut zurückgekommen?«

»Klar! Das Wetter war gut, die Nordsee ruhig«, antwortete Tamme.

»Und sonst?«

»Was meinst du?«

»Unseren kleinen Streit verdaut?«

»Mehr oder weniger«, brummte Tamme.

»Ich habe gestern mit meinem Vater telefoniert. Er wird noch einmal mit Anja reden.«

»Gut.«

»Ich gehe später zusammen mit Sonya zu Edda. Sie hat uns eingeladen.«

»Ist Markus wieder da?«

»Nein, das Projekt in der Schweiz ist jetzt wohl mehr oder weniger durch und er bleibt noch eine Weile vor Ort.«

»Dann grüß mal Edda von mir. Und Jella.«

»Ja, natürlich. Und was hast du so vor?«

»Nichts. Bisschen vorn Fernseher und dann ab ins Bett.«

Tamme schien keine Lust zu haben, weiter mit ihr zu sprechen. Franzi spürte, wie ihre Augen feucht wurden. Schweren Herzens verabschiedete sie sich schließlich von ihm.

»Schlaf gut, Tamme«, waren ihre letzten Worte, worauf er nur mit einem Brummen antwortete.

Edda hatte eine Kleinigkeit zum Essen vorbereitet. Sie saßen in der Küche, tranken Wein und aßen spanische Tapas.

»Und du hast die Schule geschmissen?«, fragte Edda.

Franzi hielt für einen Moment den Atem an. Hatte Edda vergessen, dass sie das Thema Schule meiden sollte?

»Ich habe auch nach der Zehnten aufgehört. Lernen war nicht so mein Ding«, fuhr ihre Freundin fort.

Franzi atmete auf.

»Das mit dem Lernen hätte ich geschafft«, antwortete Sonya. Sie warf Franzi einen verstohlenen Blick zu. Franzi schüttelte kaum merklich den Kopf. »Ich hatte halt Stress mit den Lehrern.«

»Da bin ich zumindest drum herumgekommen«, sagte Edda. »Aber es gibt schon ziemlich unfähige Lehrer.«

»Nicht nur unfähige«, murmelte Sonya.

Edda schenkte Wein nach. »Du meinst fachlich?«

»Menschlich, meine ich. Arschlöcher und Verbrecher.«

»Na, ich weiß nicht«, antwortete Edda. »Dumme Menschen gibt es überall, aber sind sie dann gleich Verbrecher?«

Franzi verstand nicht, warum Edda sich unbedingt auf so dünnem Eis bewegen musste. Sie hatte ihr doch ausdrücklich gesagt, dass Sonya nicht über ihren Lehrer sprechen wollte. Außerdem hatte Franzi ihr alles über Sonyas Probleme unter dem Siegel der Verschwiegenheit erzählt.

»Ausnahmen bestätigen die Regel«, mischte sich Franzi in das Gespräch ein. »Sag mal, wo hast du den Wein her? Der schmeckt ausgezeichnet.«

»Im Internet bestellt. Wenn du gleich drei oder vier Kisten kaufst, ist das mit den Versandkosten halb so schlimm.«

»Die Adresse musst du mir mal geben.«

»Klar, kein Thema.«

Aus dem Augenwinkel hatte Franzi Sonya beobachtet. Sie hatte schwer atmend vor sich hin gestarrt. Jetzt richtete sie sich auf. »Mein Lehrer wollte was von mir. Er hat mich erpresst.«

Franzi erstarrte. Hatte Edda den Bogen überspannt? Hätte sie vorher eingreifen müssen?

»Und deshalb bist du weg?«, fragte Edda leise.

»Er ist ein Schwein und ein Verbrecher.«

»Verdammt!«, sagte Edda. »Das klingt überhaupt nicht gut.«

»Deshalb bin ich hier. Deshalb hat Franzi mich aufgenommen.«

»Verstehe«, gab Edda zurück. »Wenn ich irgendwas tun kann, egal was, dann sag es mir. Lehrer, die sich an Schülerinnen ranmachen, sind das Allerletzte. Menschlicher Abschaum!«

Sonya atmete tief durch. »Danke, Edda. Aber Franzi hilft mir schon.« Sie beugte sich zu Franzi hinüber und lehnte kurz den Kopf an ihre Schulter. »Familie hält zusammen!«

»Du hast eine wirklich tolle Freundin«, sagte Sonya, als sie sich auf dem Rückweg befanden.

»Ja, das stimmt. Ich kann mich hundertprozentig auf sie verlassen.«

»Mir ist das so rausgerutscht mit dem Verbrecher und so. Was sie jetzt wohl von mir denkt?«

»Ich kenne Edda jetzt schon einige Jahre und weiß, wann ihr jemand sympathisch ist und wann nicht. Also, Edda mag dich, und das würde sich selbst dann nicht ändern, wenn du ihr die ganze Geschichte erzählen würdest.«

»Meinst du? Immerhin habe ich mit einem Lehrer gevögelt. Vielleicht denkt sie ja, dass ich eine Schlam…«

»Sonya!«, fiel Franzi ihr ins Wort. »Denk nicht mal dran. Das würde Edda nie denken, das denke ich nicht und auch niemand anders.«

»Alex schon.«

»Wer ist das?«

»Das weißt du doch.«

»Ich kenne keinen Alex und auch keinen Alexander Meier. Ich weiß nur von einem Lehrer, der ein mieses Schwein ist. Also: Wer ist das?«

»Ein Niemand! Ein Nichts«, sagte Sonya mit fester Stimme.

Siebzehn

Franzi wählte die französische Nummer. Eine Stunde zuvor hatte sie mit Pascal Bonnets Verlag gesprochen und vorgegeben, dass sie für ihre Mutter, die mit Bonnet zwei Jahre zusammengelebt habe, den Kontakt herstellen wollte. Der Mann am Telefon weigerte sich, die Daten herauszugeben, und verwies auf Bonnets Agentur. Im Gespräch mit der Agentur erzählte Franzi die gleiche Geschichte und erhielt die Telefonnummer von dem Schriftsteller.

»Allô«, sagte eine männliche Stimme.

»Je parle avec Pascal Bonnet?«

»Oui, bien sûr, et quel est votre nom, Madame?« Der Mann in Paris bestätigte, dass er Pascal Bonnet war, und fragte nach ihrem Namen.

»Franzi Moosbrugger d'Allemagne.«

»Sie sind aus Deutschland?«, erkundigte sich der Mann auf Deutsch mit einem deutlich französischen Akzent.

»Ja. Spreche ich mit Pascal Bonnet?«

»Das ist richtig, liebe Frau.«

»Ich rufe an wegen Karla Blohm. Sie müssen sie vor vielen Jahren in Paris kennengelernt haben.«

Am anderen Ende der Leitung blieb es still.

»Warum fragen Sie das?«, wollte Pascal Bonnet schließlich wissen.

»Meine Freundin Karla hat mir von Ihnen erzählt. Ich hatte den Eindruck, dass sie Sie gerne wiedersehen würde. Sie kennen Sie also?«

»Ja, ich kenne Karla.«

»Darf ich fragen, ob Sie beide ein Paar waren?«

»Das ist lange her.«

»Und vergessen?«, fragte Franzi.

»Nein, vergessen ist es sicher nicht.«

»Karla lebt in Hamburg. Vielleicht sind Sie ja mal in Deutschland oder ich überrede Karla, nach Paris zu fahren.«

Pascal Bonnet antwortete nicht.

»Entschuldigen Sie, wenn ich Ihnen mit meiner Frage zu nahe getreten bin«, sagte Franzi. »Ich wollte Karla damit überraschen, dass ich Sie gefunden habe. Darf ich Ihre Telefonnummer an Karla weitergeben?«

»Hat Karla von mir gesprochen?«

»Nicht direkt und auch nicht sehr viel, aber ich habe gespürt, dass sie Sie gerne wiedersehen würde. Und da ist noch etwas. Sie hat einen Roman geschrieben. Es ist drei Jahre her, dass ich den ersten Teil davon gelesen habe. Meine Freundin ist Buchhändlerin und sie hat Karla damals darin bestätigt, den Text zu Ende zu schreiben. Und sie hat Kontakte zu Verlagen hergestellt. Jetzt ist der Roman fertig, aber Karla will ihn nicht veröffentlichen. Und da dachte ich mir, dass es helfen könnte, wenn Sie sie darin unterstützen.« Franzi hatte langsam und akzentuiert gesprochen und hoffte, dass ihr Gesprächspartner sie verstanden hatte.

»Darf ich fragen, wie alt Sie sind?«

»Ich werde in diesem Jahr dreiunddreißig.«

»Sie sind eine mutige junge Frau.« Er machte eine Pause. »Ich weiß allerdings nicht, ob Karla überhaupt mit mir sprechen will. Vielleicht sollten Sie sie vorher fragen.«

»Dann wäre es ja keine Überraschung mehr.«

Pascal Bonnet ließ sich Zeit mit seiner Antwort. »Sie sind sich eigentlich nicht so sicher, dass Karla mich sehen will?«

Der Schriftsteller schien Franzis Zweifel bemerkt zu haben. War ihre Aktion, Pascal Bonnet ausfindig zu machen, übereilt gewesen? Durfte sie sich überhaupt in Karlas persönliche Angelegenheit einmischen? Wenn es so einfach für Edda und sie gewesen war, Bonnet zu finden, hätte Karla mit ihrem alten Freund längst selbst wieder in Kontakt treten können.

»Wie kann man sich bei einem Gefühl sicher sein, Herr Bonnet?«

»Da haben Sie vollkommen recht. Wollen wir uns nicht duzen? Ich bin Pascal.«

»Gerne! Mein Name ist Franzi.«

»Hallo, Franzi! Sagt man das nicht so in Deutschland?«

»Ja, das ist richtig. Du sprichst gut Deutsch. Wie kommt das?«

»Durch meine Mutter. Sie kam aus dem Elsass.«

»Darf ich dir eine persönliche Frage stellen?«

»Ja, natürlich. Was möchtest du wissen?«

»Wie lange wart ihr ein Liebespaar, Karla und du?«

»Wir sind uns zum ersten Mal begegnet, als Karla zwei Monate in Paris war. In einem Café, meinem Lieblingscafé, in dem ich damals viele Stunden des Tages verbracht habe. Ein Freund hat uns vorgestellt und wir haben uns an diesem Tag lange miteinander unterhalten. Eine Woche später ist sie bei mir eingezogen.«

»Warum ist Karla nicht in Paris geblieben?« Franzi biss sich auf die Lippe. Hatte sie eine so persönliche Frage stellen dürfen?

Pascal Bonnet schwieg eine Weile, bevor er etwas sagte.

»Das ist eine sehr persönliche Frage und ich weiß nicht, ob es Karla recht wäre, wenn ich darauf antworte. Ich habe damals viele Fehler gemacht. Wenn man jung ist, weiß man noch wenig vom Leben, meint aber, man würde alles wissen. Frage doch bitte Karla.«

»Entschuldigung. Ich wollte nicht zu persönlich werden.«

»Du musst dich nicht entschuldigen. Deine Frage war schon richtig. Und ich würde Karla sehr gerne wiedersehen. Sie hat in meinem Leben eine sehr große Rolle gespielt.«

Franzi musste unwillkürlich schmunzeln. Sie schien mit ihrer Vermutung richtig gelegen zu haben. Jetzt würde sie noch Karla miteinbeziehen müssen und die Überraschung war gelungen. »Das klingt sehr romantisch.«

»War es auch, aber mehr will und kann ich nicht erzählen. Ich denke, du verstehst das.«

»Ja, natürlich. Ich bin froh, dass ich … dich gefunden habe. Wie ich das Karla jetzt sagen soll, muss ich noch überlegen. Darf ich dich wieder anrufen?«

»Aber natürlich! Das würde mich sogar freuen. Wohnst du denn auch in Hamburg?«

»Nein, auf Spiekeroog. Das ist eine kleine ostfriesische Nordseeinsel. Mein Vater ist Karlas Nachbar. So habe ich sie kennengelernt. Seitdem ist sie jedes Jahr mehrmals hier auf Spiekeroog gewesen. Im Moment ist sie wieder für ein paar Tage da.«

»Oh, auf einer Insel wohnst du. Interessant. Ich werde mir das im Atlas anschauen.«

Sie verabschiedeten sich. Pascal Bonnet betonte noch einmal, dass er Karla gerne wiedersehen würde, und wünschte Franzi alles Gute.

In den folgenden Stunden hatte Franzi alle Hände voll zu tun. Neben der Beantwortung der neuen Buchungsanfragen und der Durchsicht der Zahlungseingänge besuchte sie drei Ferienwohnungen. Bei einer funktionierte das Internet nicht mehr, bei der nächsten gab es Probleme mit den Nachbarn, deren Kinder zu laut waren, und bei der dritten Familie war der Bollerwagen gestohlen worden.

Als sie gegen fünfzehn Uhr das Haus betrat, stand Sonya in der Küchentür und teilte ihr mit, dass das Essen bald fertig sei. Franzi ging ins Büro, kontrollierte die E-Mails und beantwortete zwei von ihnen, bevor sie in die Küche ging.

»Du entwickelst dich ja zu einer regelrechten Küchenfee«, sagte Franzi bewundernd.

Sonya stand am Herd und zeigte auf den Tisch. »Hinsetzen und abwarten.« Sie stellte die Schüssel mit den dampfenden Kartoffeln auf den Tisch. Der Spargel und die Soße folgten. »Ist heute ganz frisch mit der Fähre rübergekommen. Da dachte ich, wir können uns mal etwas Besonderes gönnen.« Sonya reichte ihr die Schüssel mit den Kartoffeln. »Bitte!«

Franzi goss sich die Soße über den Spargel. »Die hast du aber jetzt nicht selbst gemacht?«

»Probieren!«, befahl Sonya schmunzelnd.

Franzi schnitt sich ein Stück Spargel ab und tunkte es in die Soße ein. Sie schmeckte sofort, dass Sonya keine Tütenware genommen hatte. »Wow! Jetzt bin ich baff.«

»Schmeckt dir die Hollandaise?«, fragte Sonya.

»Perfekt! Ich glaube kaum, dass ich das so geschafft hätte.«

Sonya strahlte. »Das habe ich nach einem deiner Kochbücher gemacht.« Sie aß ein Stück Spargel mit der Soße. »Doch, da kann man nicht meckern.«

Franzi lehnte ab, als Sonya ihr Weißwein einschenken wollte.

»Die Küche mache ich aber später sauber«, sagte Franzi.

»Kommt gar nicht infrage. Du gehst zurück ins Büro, arbeitest schön und wartest darauf, dass ich dir einen Kaffee bringe.«

Franzi hob beide Hände. »Wenn du mich so nett bittest, muss ich das wohl machen.« Sie hielt ihr den Teller hin. »Bekomme ich noch ein paar Spargel?«

»Zimmerservice!«, rief Sonya und trat ein. »Ihr Kaffee, meine Dame.«

Franzi lachte. »Danke, Sonya. Das wäre jetzt wirklich nicht auch noch nötig gewesen.«

»Sehe ich anders, du bleibst schön hier. Ich war übrigens heute Vormittag im Nationalpark-Haus. In einem Monat kann ich anfangen.«

»Super!« Franzi war aufgestanden und umarmte Sonya. »Warum hast du mir das nicht schon beim Essen erzählt?«

»Da wusste ich es noch nicht. Die Zusage kam gerade erst per Mail.«

»Das finde ich richtig gut. Die Arbeit wird dir ganz bestimmt Spaß machen.«

»Ich wollte gleich noch in Eddas Buchhandlung. Meinst du, sie nimmt mich auch für ein paar Wochen? Ich hätte ja noch Zeit, bis ich im Nationalpark-Haus anfange. Interessieren würde mich das auch.«

»Da bin ich mir ganz sicher.«

»Gut! Dann gehe ich schnell mal hin. Edda hatte gestern doch gesagt, dass sie heute den ganzen Tag im Laden ist, oder?«

»Ja, das hat sie. Kannst du ihr sagen, dass ich in Frankreich fündig geworden bin?«

Sonya sah sie fragend an.

»Ist noch ein Geheimnis. Du erfährst es früh genug.«

Gegen Spätnachmittag schrieb Tamme über WhatsApp, dass er gerade im Hafen angekommen sei und sich später melden würde. Franzi schrieb zurück, sie würde am Abend zu Hause sein.

Dann durchsuchte sie den Kühlschrank nach etwas Essbaren, konnte sich aber nicht entscheiden. Seufzend schloss sie die Tür und griff nach einem Apfel, der zusammen mit anderem Obst auf dem Tisch lag.

Als sie ihr Handy klingeln hörte, eilte sie zurück ins Büro und nahm das Gespräch an.

»Moosbrugger!«

»Guten Abend, Franzi!«

»Hallo, Karla. Alles gut bei euch beiden?«

»Meta hat sich kurz hingelegt. Ich wecke sie aber gleich, weil wir noch einen Abendspaziergang machen wollten.«

»Gute Idee. Wer weiß, wie lange das sommerliche Wetter anhält.«

»Hast du morgen Nachmittag etwas Zeit für mich, Franzi?«

»Das kann ich einrichten. Um was geht es denn?«

»Ich wollte etwas Privates mit dir besprechen. Du bist doch alleine?«

»Tamme ist auf dem Festland, aber Sonya ist vielleicht im Haus. Sie hält sich aber meistens in ihrem Zimmer auf.«

»Wir können ja auch ein paar Schritte gehen. Was hältst du denn von sechzehn Uhr?«

»Eine gute Zeit. Soll ich für nach dem Spaziergang Kuchen besorgen?«

»Nein, das musst du nicht. Ich bringe welchen mit.«

Franzi zögerte. »Gibt es denn etwas Besonderes? Es ist doch alles in Ordnung mit Meta?«

»Mach dir keine Sorgen. Meta geht es gut. Ich komme dann morgen Nachmittag bei dir vorbei. Grüß deinen jungen Gast von mir. Sie ist wirklich ein entzückendes Mädchen.«

Bevor Franzi noch etwas sagen konnte, hatte Karla das Gespräch beendet. Franzi sah verwirrt auf ihr Handy. Warum beschlich sie gerade ein ungutes Gefühl?

Achtzehn

»Und du willst wirklich schon heute bei Edda im Laden anfangen?«, fragte Franzi, als sie morgens zusammen am Frühstückstisch saßen.

»Klar, warum nicht? Ich finde, Edda ist eine tolle Frau, und ihr Laden ist auch klasse. Bei ihr kann ich richtig was lernen.«

»Ich sehe schon, da haben sich zwei gefunden«, sagte Franzi schmunzelnd. »Hast du es schon deiner Mutter erzählt?«

»Ja, ich habe sie gestern Abend noch angerufen.«

»Und?«

»Wenn es nach ihr ginge, muss ich unbedingt studieren. Aber sie war immerhin einverstanden. Ich soll mir ruhig die Arbeitswelt anschauen, hat sie gesagt. Sie denkt wohl, dass mir das schnell zu stressig wird und ich dann lieber weiter zur Schule gehe.«

»Das glaube ich nicht. Und du wirst schon rausfinden, was dir liegt. Ein Anfang ist das auf jeden Fall. Sogar ein guter Anfang, würde ich mal sagen.«

»Logo!«

»Hast du sonst noch was mit Edda besprochen?«

»Du meinst …«

»Nein, ich meine nicht wegen deiner Schule und diesem Lehrer.«

Sonya atmete auf.

»Meldet sie dich an? Wegen der Versicherung und so.«

»Ja, das regelt Edda alles, hat sie gesagt.« Sonya grinste. »Hast du Angst, dass mir ein Buch auf den Kopf fällt?«

»Zum Beispiel!«

Sonya knuffte sie spielerisch in die Seite. »Jetzt hör aber mal auf. Ich bin ein großes Mädchen und schaff das schon.«

»Das glaube ich auch.« Franzi sah auf die Uhr. »Dann mach dich schnell fertig. Du willst ja nicht gleich am ersten Tag zu spät kommen.«

Sonya stand auf und griff nach dem Teller.

»Lass alles stehen. Ich mach das schon.«

Die Arbeit ging Franzi an diesem Vormittag leicht von der Hand. Am Abend zuvor hatte sie mit Tamme telefoniert. Sein Ärger über Franzis Entscheidung schien verflogen zu sein. Sie sprachen über ihren Urlaub im Herbst und überlegten, ob sie nicht lieber in eine warme Region fliegen wollten, anstatt nach Schweden zu fahren. Eine Entscheidung hatten sie noch nicht getroffen.

Gegen Mittag legte Franzi eine Pause ein und beschloss, sich ein Fischbrötchen zu kaufen. Auf dem Weg zum Lokal traf sie auf Phillip und Ann-Marie, die sich ihr anschlossen. Kurz darauf saßen sie zusammen am Tisch vor dem Restaurant, Ann-Marie aß Pommes frites, Phillip und Franzi hatten sich unterschiedliche Fischbrötchen geholt.

»Kommst du uns noch mal besuchen?«, fragte Ann-Marie.

»Ich habe viel zu arbeiten, Ann-Marie. Aber vielleicht schaffe ich es ja noch, bevor ihr wieder fahrt.«

»Oh, ja! Dann spielen wir ›Lotti Karotti‹. Kennst du das?«

»Das kenne ich nicht nur, ich habe es auch für die Wohnung gekauft.«

»Aber du wusstest doch gar nicht, dass ich komme.«

Franzi nickte. »Nein, das wusste ich nicht. Das Spiel ist ja auch für alle Kinder da, die da während ihres Urlaubs wohnen.«

»Ach so!«, sagte das Mädchen und beschäftigte sich wieder mit seinen Pommes frites.

»Alles gut bei dir?«, erkundigte sich Phillip.

»Warum fragst du?«

»Du siehst etwas … überarbeitet aus.«

»Eigentlich geht es mir heute seit Tagen das erste Mal wieder gut.« Sie klopfte sich mit beiden Händen auf die Wangen. »So, jetzt habe ich etwas mehr Farbe.«

Phillip lachte. »Zumindest für ein paar Minuten.«

»Wirke ich wirklich so geschafft auf dich?«

Phillip warf ihr einen erschrockenen Blick zu. »Ich weiß, so etwas sollte man zu einer Frau nicht sagen. Aber ich dachte …«

Franzi lachte. »Schon gut. Wir sind doch befreundet. Da darf man das.«

»Du siehst nicht nur blass aus, Franzi. Das Strahlen in deinen Augen ist … Wie soll ich das jetzt sagen? Auf jeden Fall ist es nicht mehr so wie vor drei Jahren.« Er hielt kurz inne. »Was ist passiert?«

Franzi ließ sich nicht anmerken, dass Phillip einen wunden Punkt getroffen hatte. »Etwas Stress! Und das jetzt, wo die Saison gerade richtig losgeht. Ich war schon eine Weile nicht mehr im Urlaub, um mal so richtig abzuschalten. Dann kommt noch das eine oder andere dazu. Wie das so ist im Leben.«

»Wovon redet ihr?«, fragte Ann-Marie, die ihrem Vater die fettigen Hände hinhielt.

Phillip wischte ihr mit einer Serviette die Hände sauber. »Was Franzi und ich besprochen haben, verstehst du noch nicht, Ann-Marie.«

»Warum nicht?«

Franzi strich dem kleinen Mädchen über die Haare. »Weil du noch zu klein bist. Und jetzt reden wir auch über was anderes. Was habt ihr beide denn heute noch vor?«

Zurück im Haus setzte sich Franzi wieder an ihre Arbeit. Kurz vor sechzehn Uhr schreckte sie hoch. Wollte Karla nicht vorbeikommen? Fast im gleichen Augenblick klingelte es an der Tür. Seufzend klappte sie den Laptop zu und stand auf.

»Komme ich ungelegen?«, fragte Karla, als Franzi die Tür öffnete.

»Nein, komm rein. Ich habe vor lauter Arbeit fast unseren Termin vergessen.«

Karla sah sie verwundert an. »Termin?«

»Entschuldige! Natürlich bist du kein Termin. Und ich brauche auch dringend eine Pause. Soll ich gleich meine Jacke holen und wir gehen ein paar Schritte?«

Sie stellten den von Karla mitgebrachten Kuchen in den Kühlschrank und verließen das Haus.

Die beiden Frauen hatten den Weg nach Osten gewählt. Auf den Wegen waren kaum Touristen unterwegs, und kurz nachdem sie die Internatsschule hinter sich gelassen hatten, war es menschenleer.

»Du wolltest mir etwas Bestimmtes erzählen?«, erkundigte sich Franzi, nachdem sie eine Weile über das Wetter und die anlaufende Saison gesprochen hatten.

Karla zeigte auf eine Holzbank am Rande des Weges. »Wollen wir uns vielleicht setzen?«

»Klar, warum nicht.«

Franzi wischte mit einem Papiertaschentuch über die Sitzfläche und wartete, bis Karla sich gesetzt hatte.

»Jetzt bin ich aber gespannt«, sagte Franzi lächelnd. »Was gibt es für Neuigkeiten?«

Karla atmete tief durch. »Es ist nicht so leicht, darüber zu sprechen, aber ich habe es mir fest vorgenommen. Meta weiß noch nichts, ich wollte zuerst mit dir reden. Es könnte ja sein …« Sie brach ab.

»Was könnte sein?«, wollte Franzi wissen.

»Dass Meta sich vielleicht zu sehr aufregt, und da wäre es mir lieb, wenn du schon vorher Bescheid weißt.«

Karlas Stimme hatte sich verändert. Sie klang ernster und es hörte sich an, als wählte sie jedes Wort ganz bewusst.

»Es ist also doch etwas passiert?«, fragte Franzi.

»Ja, so könnte man es nennen. Ich hoffe, du bist jetzt nicht zu sehr erschrocken, aber ich sage es am besten direkt.« Sie schloss kurz die Augen. »Vor über einem halben Jahr wurde bei mir ein Tumor im Kopf festgestellt. Ich habe alle möglichen Untersuchungen gemacht, auch bei verschiedenen Ärzten. Alle sagen das Gleiche. Er ist inoperabel.«

Franzi sah sie entsetzt an. »Und was heißt das jetzt?«

Karla legte ihre Hand auf Franzis. »Ich habe nicht mehr lange zu leben. Der Tumor wächst und wird mir bald sehr zu schaffen machen. Vermutlich kann ich dann nicht mehr sprechen, vielleicht werde ich epileptische Anfälle bekommen oder mein gesamtes Wesen kann sich verändern. Es gibt Fälle, da werden die Menschen aggressiv und sind kaum noch wiederzuerkennen. Ich habe lange Jahre ehrenamtlich im Hospiz gearbeitet und weiß, wovon ich spreche.«

Franzi schluckte schwer. »Oh Gott, Karla. Kann man denn gar nichts mehr machen?«

»Nein, aus medizinischer Sicht gibt es keine Hoffnung auf Heilung.«

»Warum hast du denn nicht vorher etwas gesagt? Über ein halbes Jahr weißt du schon davon?«

»Ja, vor sieben Monaten habe ich die Diagnose bekommen. Ich wollte kein Mitleid und ich musste mir auch erst mal klar werden, wie ich mit der Krankheit umgehe. Das hat eine Weile gedauert.«

»Und jetzt weißt du es?«, fragte Franzi, die zu ahnen begann, worauf das Gespräch hinauslief.

»Ja, ich habe lange mit mir und meinem Leben gehadert. Warum musste ausgerechnet ich dieses Ding im Kopf haben? Ich habe das Leben verflucht und wäre am liebsten mit dem Kopf gegen die Wand gelaufen. Ich habe geheult und Gott angefleht. Ich habe es wochenlang ignoriert und bin von einer Fehldiagnose ausgegangen. Es war eine schreckliche Zeit, Franzi. Inzwischen weiß ich, dass ich mein Schicksal wieder in die eigene Hand nehmen muss.«

»Du willst doch nicht etwa …«

»Doch, ich werde nicht warten, bis ich nicht mehr selbst entscheiden kann. Ich habe bereits alle Unterlagen zusammengestellt und sie in die Schweiz geschickt. In den nächsten Tagen werde ich sicher eine Antwort bekommen.«

»Sterbehilfe?« Franzi starrte die alte Dame fassungslos an. Hatte sie sich verhört oder etwas Falsches in Karlas Worte hineininterpretiert?

»Ja, so nennt man das wohl. Ich möchte selbst bestimmen, wann und wie ich sterbe. Und ich habe mich dazu entschlossen, diesen Schritt zu gehen. Verstehst du das, Franzi?«

Franzi schüttelte schweigend den Kopf. Sie war entsetzt. Wie konnte Karla von ihr verlangen, das zu unterstützen oder auch nur zu billigen? Und Meta? Sie würde ihrer Freundin ganz sicher nicht dabei helfen, wenn sie Suizid begehen wollte. Meta war eine gläubige Christin und ging regelmäßig zur Kirche.

»Ich habe mir das lange und gut überlegt, Franzi. Und mir ist es wichtig, dass meine Freunde wissen, warum ich diesen Schritt gehen will.«

»Weiß mein Vater davon?«, flüsterte Franzi.

»Ja, ich habe es ihm vor seiner Abreise nach London erzählt.«

»Was hat er gesagt?«

»Er hat ähnlich entsetzt reagiert wie du, aber nachdem wir uns lange unterhalten haben, hat er meine Beweggründe akzeptiert.«

Franzi war unfähig, einen klaren Gedanken zu fassen. Was wollte Karla von ihr? Warum saß sie hier mit ihr?

»Du fragst dich jetzt sicher, warum ich zuerst mit dir gesprochen habe und nicht mit Meta. Zuallererst gehörst auch du zu meinen engen Freunden, denen ich meinen letzten Schritt nicht verheimlichen will. Ich möchte Abschied nehmen, Danke sagen und euch alle ein letztes Mal umarmen.«

»Du möchtest, dass ich es Meta sage?«

»Nein, das muss ich schon selbst machen. Aber ich habe Angst vor ihrer Reaktion. Und daher wollte ich dich bitten, mich zu unterstützen.«

Franzi war in den letzten Minuten kalt geworden. Sie stand auf. »Gehen wir zurück?«

Die Hälfte der Strecke ins Dorf gingen sie schweigend nebeneinanderher. In Franzis Kopf ordneten sich langsam die Gedanken. Karla war todkrank und wollte ihrem Leben ein Ende setzen. Die Tage auf Spiekeroog waren ein Abschiedsbesuch. Sie wagte nicht zu fragen, wann Karla in die Schweiz reisen wollte. Eine Reise in den Tod. Ihre letzte Reise. Und jetzt verlangte sie von Franzi, dass sie sie unterstützte. Franzi kam ihre Mutter in den Sinn. Hatte sie nicht auch den freiwilligen Tod gewählt?

Einen langsamen und schmerzhaften Tod. Nein, Franzi konnte Karla nicht helfen. Sie war die Falsche für diese Aufgabe. Sie würde Meta nicht überreden, Karlas Schritt zu akzeptieren.

»Ich möchte Meta fragen, ob sie mich auf meinem letzten Weg begleitet«, sagte Karla in die entstandene Stille hinein.

Franzi blieb abrupt stehen. »Das darfst du nicht. Auf gar keinen Fall.«

Neunzehn

Franzi saß in ihrem Garten, eingehüllt in eine Wolldecke, und starrte in den dunklen Himmel. Die Sterne der letzten Tage waren verschwunden. Die dichte Wolkendecke hatte sie geschluckt. Es war absolut still, selbst der Wind schien eine Pause eingelegt zu haben.

Das Weinglas auf dem Gartentisch war leer. Franzi beugte sich nach vorne und goss den Rest aus der Flasche ins Glas, trank einen kräftigen Schluck und ließ sich wieder zurück in den Gartenstuhl fallen.

Wie spät war es? Zehn oder elf oder schon Mitternacht? Das kurze Gespräch mit Tamme hatte ihre Stimmung nicht verbessert, Edda war nicht ans Telefon gegangen und mit Meta wollte Franzi nicht sprechen.

Franzi stand auf und ging leicht schwankend ins Haus. Hatte sie mehr als eine Flasche Wein getrunken? Sie erinnerte sich nicht mehr. Im Küchenschrank fand sie die angebrochene Whiskyflasche. Sie schenkte sich ein halbes Glas ein und lief damit im Haus herum.

Sonya war früh ins Bett gegangen. Nach dem Tag in Eddas Buchladen war sie müde nach Hause gekommen, hatte mit

Franzi zu Abend gegessen und sich anschließend ein Bad einlaufen lassen.

»Ich muss hier raus«, murmelte Franzi vor sich hin, als sie wieder einmal auf dem Flur angekommen war. Sie riss die Schublade im Flurschrank auf und suchte nach der Taschenlampe. Wo hatte sie sie hingelegt? Wann hatte sie die Lampe das letzte Mal benutzt? Als sie Sonya aus dem Zelt des rothaarigen Ungeheuers befreit hatte? Franzi ging in die Küche zurück und kramte im Schrank herum. Schließlich stieß sie wütend mit dem Fuß gegen einen Stuhl. Er fiel krachend um. Sie ließ ihn achtlos liegen und flüchtete aus dem Haus.

Die frische Luft tat gut. Franzi legte den Kopf in den Nacken und schloss die Augen. Was hatte Karla von ihr gewollt? Sollte sie Meta überreden, sie in die Schweiz zu begleiten? Wie konnte Karla nur so rücksichtlos sein? Sie wusste doch, dass Meta sich wegen ihres hohen Blutdrucks nicht aufregen durfte und eine lange Fahrt wie die in die Schweiz für sie viel zu anstrengend war. Von den schwierigen Umständen einmal ganz zu schweigen. Hatte Karla etwa gedacht, Franzi würde als Metas Krankenschwester mitreisen?

Sterbehilfe! Franzi zog den Reißverschluss ihrer Jacke hoch und sah sich um. Sie stand vor dem Rathaus des Dorfes. Das Licht der Straßenlaternen leuchtete den kleinen Platz aus, in dessen Mitte ein Pavillon aus Holz stand. Franzi konnte sich nicht erinnern, jemals eine so stille Nacht auf Spiekeroog erlebt zu haben. Kein Wind, der um die Ecken fegte, keine lauten Touristen, die auf dem Weg ins Ferienhaus waren, kein Fenster, das geschlossen wurde. Totenstille.

Franzi lief weiter, an der Pizzeria vorbei, die bereits geschlossen war. *Wo willst du hin, Franzi Moosbrugger? Geh nach Hause und schlaf deinen Rausch aus.* Sie drehte sich mehrmals im Kreis und ging weiter.

Gab es ein Leben nach dem Tod? »Wo sollte das sein?«, fragte Franzi halblaut und verharrte einen Moment. War da das Geräusch eines Fensters, das geöffnet wurde? Nein, sie musste sich geirrt haben. Aber vielleicht standen die Leute schon hinter den dunklen Fenstern und beobachteten sie. Würde morgen ein Gerücht auf der Insel herumgehen, dass Franzi vollkommen betrunken durch die Straßen getaumelt wäre? Und wenn schon! Sollten die Leute doch reden. Es war ihr egal.

Franzi ging weiter und stand irgendwann vor dem Haus, in dem Phillip und Ann-Marie wohnten. Sie trat näher und sah, dass noch Licht in der Wohnung war. Ihre Beine machten sich selbstständig und schon klopfte ihre Hand an die Tür, obwohl Franzi ihr einen anderen Befehl gegeben hatte. Sie rührte sich nicht vom Fleck, bis die Tür sich öffnete.

»Franzi! Was machst du hier?«

»Ich war gerade auf dem Weg …«

Phillip warf ihr einen erstaunten Blick zu.

»Kann ich mich bei dir in der Wohnung etwas aufwärmen?«

Phillip trat zur Seite. »Komm rein.«

Franzi zögerte. War es richtig, zu Phillip in die Ferienwohnung zu gehen? Schließlich wandte sie sich wieder ab, ging ein paar Schritte Richtung Straße, bevor sie abrupt kehrtmachte und an Phillip vorbei in die Wohnung eilte.

Im kleinen Wohnzimmer spielte leise Musik. Auf dem Tisch stand eine flackernde Kerze.

»Setz dich doch. Möchtest du etwas trinken?«

Franzi zog ihre Jacke aus und ließ sich aufs Sofa fallen. »Hast du ein Glas Wein?«

»Ja, natürlich.« Phillip lief in die angrenzende Küche und kam gleich darauf mit zwei Gläsern und einer Flasche zurück. Franzi griff nach dem Glas, nachdem Phillip ihr eingeschenkt hatte.

»Warum bist du noch wach?«

Phillip setzte sich zu ihr aufs Sofa. »Ich war noch nicht müde. Und du?«

»Scheißtag.« Franzi trank ihr Glas leer.

»Was ist passiert?«

»Das willst du nicht wissen. Und ich will nicht darüber reden.« Sie lächelte bemüht. »Und bei euch? Alles in Ordnung?«

»Ja, so weit. Wir hatten einen schönen Nachmittag am Strand.«

»Wenigstens einer von uns.« Franzi hielt ihm das Glas hin. Phillip schenkte nach. Als sie seinen Blick bemerkte, stöhnte sie leise. »Du brauchst dir keine Gedanken zu machen. Ich bin weder schwanger noch ist meine Leber hinüber.«

»Ich mache mir aber Sorgen.«

»Ach, da sind wir schon zu zweit. Franzi, die Kummertante.« Sie stellte das Glas ab, ohne daraus getrunken zu haben. »Weißt du was, ich habe es satt, so was von satt. Da telefoniere ich hinter diesem Franzosen her, fragte ihn aus und versuche, ihn herzuholen. Und dann? Kommt sie und will …«

»Ich verstehe nicht ganz«, sagte Phillip.

»Ist auch nicht so wichtig. Und eine tolle Cousine habe ich. Lässt sich mit ihrem Lehrer ein und steht hier bei mir vor der Tür. Wo sonst. Zwischen Münster und Spiekeroog findet sich halt niemand, der das alles mitmacht. Und mein lieber Ehemann? Tuckert auf der Nordsee herum und fängt Fische. Ja schön weit weg von allem Unheil. Klasse!«

»Ich wusste gar nicht, dass du eine Cousine hast.« Phillip hatte leise gesprochen.

»Nicht nur das! Stell dir vor, ich habe sogar einen Vater. Meine liebe Mutter hat damals zielgenau danebengegriffen und selbstverständlich auf das falsche Pferd gesetzt. Schöne Familie!«

»Du hast deinen Vater wiedergefunden?«

»Puff, plötzlich war er da. Max Wander. Eigentlich ein viel schönerer Nachname als meiner. Vielleicht sollte ich ihn fragen, ob ich mich umbenennen darf. Franzi Wander. Wie klingt das?«

Phillip zuckte mit den Schultern.

»War auch keine ernst gemeinte Frage. Und dein Name? Franzi Lahnstein. Klingt auch nicht gut. Aber ich hätte mir in dem Fall vielleicht gleich einen neuen Vornamen ausgesucht. Franziska Lahnstein.« Franzi grinste. »Doch, das wäre es gewesen.«

»Franzi!«

Sie rollte mit den Augen. »Wo ist dein Humor geblieben? Ein wenig rumspinnen kann man doch noch, oder?«

Phillip schwieg.

»Gut, ich höre auf damit«, fuhr Franzi fort. »Und nein, ich bin nicht verrückt geworden. Nur, falls du dich das gerade fragst. Mit mir ist alles in Ordnung. Der berühmte Tropfen halt.«

»Verstehe!« Er sah sie ernst an. »Und wie kam es dazu, dass das Fass so vollgelaufen ist?«

Franzi klopfte rhythmisch mit dem Finger auf die Platte des kleinen Tisches. »Tropf, tropf, tropf. Und das über Jahre. Habe wohl die falsche Tonne, die unten keinen Ablauf hat.«

Phillip schmunzelte. »Gutes Bild. Du brauchst also dringend einen Holzbohrer, damit du ein Lo…«

»Und wenn mein Fass aus Metall ist?«

»Kein Problem. Dann wechselst du einfach den Bohrer.«

»Kleines oder großes Loch?«

»Weiß ich nicht. Das hängt davon ab, was alles in der Tonne ist.«

»Viel, sehr viel«, antwortete Franzi leise.

»Vielleicht scheint es dir nur so, Franzi. Es gibt Tage, an denen alles schiefläuft. Und am nächsten Morgen sieht die Welt schon wieder ganz anders aus.«

Franzi lachte. »Kalenderspruch Nummer 35?«

»Nein, ganz sicher nicht. Eher Erfahrung.«

Franzi wurde schlagartig ernst. »Deine Trennung?«

»Ja, schon, aber eigentlich ging es mehr um mich, um mein bisheriges Leben. Ich musste entscheiden, wie es weitergehen soll. Hatte ich dir erzählt, dass ich gewandert bin?«

»Du? Wo denn?«

»Zuerst wollte ich nach Spanien, auf den Jakobsweg. Aber dann habe ich mich anders entschieden. Der Jakobsweg soll ja zu einer Art Wandererautobahn geworden sein. Ich bin dann einmal an Baden-Württembergs Grenze zu Bayern entlangmarschiert. Fast vier Wochen lang. Von Würzburg bis zum Bodensee. Hauptwanderweg 4. Über Ellwangen, Ulm und Bad Waldsee nach Friedrichshafen.«

»Verrückt!«

»Ja, das dachte ich erst auch. Aber dann, mit jedem weiteren Tag, den ich geschafft hatte, ging es mir besser. Laufen, essen, schlafen. Mehr habe ich nicht gemacht. Der Rest kam von alleine.«

»Der Rest?«

»Mein gesamtes Leben lief quasi vor meinem inneren Auge ab. Die Gedanken machten sich einfach selbstständig. Ich weiß noch, dass ich am zehnten Tag mitten in der Wildnis angefangen habe zu weinen. Lauthals. Ich weiß nicht, wie lange, aber es fühlte sich an wie mehrere Stunden. Aber es wird wohl kürzer gewesen sein.« Phillip nickte nachdenklich. »Es ging nicht nur darum, den teilweise schlecht ausgeschilderten Weg zu finden, ich musste meinen eigenen Weg finden. Das war verdammt schwer. Ich habe mich bestimmt zehnmal verlaufen. Zweimal so schlimm, dass ich einen halben Tag brauchte, um wieder an den Ausgangspunkt zu kommen. Trotz Karte und Handy.«

Phillip griff nach einem iPad, das auf dem Tisch lag. »Schau mal. Ich habe Fotos gemacht.«

Franzi rückte an seine Seite. Phillip zeigte ihr eine Reihe von Fotos, zu denen er kleine Anekdoten erzählte. Beim letzten Foto hatte er seine nackten Füße fotografiert, die im Bodensee standen.

»Das war wirklich ein berauschendes Gefühl. Ich habe meinen Rucksack fallen lassen, die Wanderschuhe ausgezogen und bin an dem kleinen Strand auf das Wasser zugelaufen.«

»Und du meinst, ich sollte mich auch auf den Weg machen?«

»Das weiß ich nicht. Ich habe mir abgewöhnt, Ratschläge zu geben. Jeder muss seinen eigenen Weg finden. Sei es wie bei mir auf der Wanderung oder vielleicht vollkommen anders. Manche meditieren, andere schreiben ein Buch und wieder andere machen eine Weltreise.«

Franzi schwieg eine Weile.

»Eigentlich komme ich sehr gut klar», sagte sie schließlich. »Die letzten drei Jahre waren die glücklichsten meines Lebens. Mit Abstand.«

»Aber?«

»Wenn ich das wüsste. Heute hat mir eine Freundin in Metas Alter gesagt, dass sie bald sterben wird. Krebs.«

»Und das hat dich so mitgenommen?«

»Nicht nur. Sie will in die Schweiz fahren und …« Franzi brach ab.

»Sterbehilfe?«

»Ja. Sie will selbst bestimmen, wann ihr Leben zu Ende geht und vor allem wie. Aber sie möchte, dass ich ihr beistehe, wenn sie es Meta erzählt. Die beiden sind eng befreundet.«

»Verstehe.«

»Nein, tust du nicht. Sie will Meta bitten, sie zu begleiten. Und wahrscheinlich hofft sie auch, dass ich mitkomme. Allein, um mich um Meta zu kümmern. Sie hat viel zu hohen Blutdruck und manchmal starke Rückenschmerzen.«

»Das ist …« Phillip raufte sich die Haare. »Das ist eine schwierige Entscheidung.«

Sie sah Karla auf der Bank sitzen, spürte regelrecht ihren flehenden Blick. Franzi atmete flach, schon liefen die ersten Tränen über ihre Wangen. Sie wischte sie mit der Hand weg.

»Kannst du mich kurz in den Arm nehmen?«, flüsterte sie und Phillip legte seine Arme um sie. Franzi begann laut zu schluchzen und sank an seine Schulter.

Zwanzig

Franzi öffnete vorsichtig die Augen. Ihr Kopf schien kurz vorm Bersten zu sein, der Mund war trocken und der Rücken tat weh. Sie drehte sich im Bett um. Auf der anderen Seite lag Phillip. Er war wach und sah sie lächelnd an.

»Was ist passiert?«, flüsterte Franzi.

»Du hast es gestern Nacht nicht mehr bis nach Hause geschafft.«

»Haben wir …?«

»Kannst du dich an nichts mehr erinnern?«

»Nein.«

»Du wolltest unbedingt noch etwas trinken. Ich konnte dich nicht davon abhalten. Aber das war dann wohl das eine Glas zu viel.«

Franzi tastete, ob sie ihren Slip noch trug. Sie atmete erleichtert auf. Aber hatte das etwas zu bedeuten? Konnten sie nicht trotzdem mit …

»Ist etwas passiert zwischen uns?«, fragte sie.

»Was genau meinst du?«

»Haben wir uns geküsst?«

»Nicht so richtig.«

Franzi schluckte schwer. Was sollte das wieder heißen?

»Also ja?« Sie richtete sich langsam im Bett auf. Warum konnte sie keinen klaren Gedanken fassen? An die Fotos von Phillips Wanderung erinnerte sie sich noch. Aber was war danach passiert?

»Mach dir keine Gedanken, Franzi. Letztlich ist nichts passiert. Ich habe dich ins Bett getragen und dich ausgezogen.« Er schien über seine eigenen Worte zu erschrecken. »Nur so weit, wie du jetzt bist.«

»Nicht richtig geküsst? Wie soll das gehen?«

Phillip schlug die Bettdecke zur Seite und sprang aus dem Bett. »Ich mache dir mal einen Kaffee. Ist das in Ordnung?«

Als er das Schlafzimmer verlassen hatte, stand Franzi auf und zog sich an. Nach einer Katzenwäsche im Badezimmer ging sie zu Phillip in die Küche. »Wann steht Ann-Marie auf?«

»Wenn ich sie nicht wecke, höchstens in zwei Stunden. Es ist doch gerade mal sechs Uhr.«

Franzi setzte sich an den Tisch und sah zu, wie er Milch aufschäumte und zwei Tassen Kaffee zubereitete.

»Immer noch ohne Zucker?«

Franzi nickte und nahm die Tasse entgegen.

»Ich muss mich wohl entschuldigen«, sagte sie. »Ich habe dich bedrängt, oder?«

»Erinnerst du dich wieder?«

»Etwas«, antwortete Franzi und senkte den Blick.

»Es ist nichts passiert, Franzi. Ganz bestimmt nicht. Ja, du hast mich geküsst und ich …« Er hielt kurz inne und schien zu überlegen, was er sagen wollte. »Ich war im ersten Moment etwas irritiert. Oder sollte ich sagen überrascht? Ja, ich habe den Kuss erwidert. Aber mehr war wirklich nicht.«

Franzi trank einen Schluck aus der Tasse. Die Kopfschmerzen ließen langsam nach, aber die Erinnerung an die gestrige Nacht war immer noch verschwommen. Was hatte sie nur gemacht? Wie konnte sie sich so schamlos in Phillips Arme werfen? Wie würde Tamme reagieren, wenn er davon erführe? War wirklich nicht mehr passiert als ein harmloser Kuss? Harmlos? Was war nur in sie gefahren?

»Es tut mir leid«, sagte Phillip. »Ich hätte mich mehr zurückhalten sollen.«

»Wem sagst du das? Wenn hier jemand vollkommen neben sich stand, dann bin ich das ja wohl.« Sie stand auf und sank gleich wieder zurück auf den Stuhl, als ihr schwindelig wurde.

Ohne ihn anzusehen, fragte sie: »Hättest du gerne …?«

»Du meinst, mit dir geschlafen? Ja und nein. Aber belassen wir es doch dabei. Bitte, Franzi! Das führt zu nichts. Vergessen wir das alles ganz schnell.«

Wenn das so einfach wäre, dachte Franzi. »Ich versuche es. Hast du eine Schmerztablette für mich?«

Phillip stand auf und kam kurz darauf mit einer Schachtel und einem Glas Wasser zurück. »Die wirken ziemlich schnell.«

»Danke!« Franzi schluckte zwei Tabletten.

Sie saßen schweigend am Tisch. Es war still in der Wohnung. Die Wolken der Nacht waren weitergezogen, die ersten Sonnenstrahlen schienen durchs Fenster.

»Dann werde ich mich gleich wohl mal aus dem Haus schleichen«, murmelte Franzi. »Dabei wollte ich doch genau das immer vermeiden.«

»Jetzt hör endlich auf, Franzi. Wie häufig soll ich es noch sagen? Es ist nichts passiert. Du hast bei einem Freund übernachtet, weil du ein Glas zu viel getrunken hast.«

Franzi stand vorsichtig auf. Die Tabletten schienen zu wirken.

Phillip begleitete sie zur Tür. »Bleiben wir in Kontakt?«

Franzi nickte.

»Sehen wir uns noch einmal?«

Franzi umarmte Phillip und küsste ihn auf die Wange. »Danke. Grüß Ann-Marie von mir.«

Er sah sie fragend an.

»Ich versuche es.« Franzi strich über seine Schulter und verließ die Wohnung.

Sie horchte ins Haus hinein. Es war absolut ruhig, Sonya schien noch nicht wach zu sein. Franzi hängte ihre Jacke auf und schlich durchs Haus ins Schlafzimmer. Sie erschrak. Lag da Sonya in ihrem Bett? Nach den nächsten Schritten atmete sie auf. Sie hatte nur am Tag zuvor vergessen, ihr Bett zu machen. Die zusammengeknüllte Decke hatte im ersten Moment ausgesehen, als liege dort jemand. Schnell zog sich Franzi aus und eilte ins Bad.

Das warme Wasser wirkte beruhigend und sie ließ es laufen, bis der Warmwasserspeicher leer war. Als sie nackt vor dem großen Spiegel stand, lief ihr ein Schauer über den Rücken. Warum war sie zu Phillips Wohnung gelaufen? Warum hatte …? Sie unterbrach den Gedankengang und wandte sich vom Spiegel ab.

»Guten Morgen!«, flötete Sonya, als sie in die Küche hineinschneite. »Gut geschlafen?«

Franzi hatte inzwischen Brötchen besorgt und das Frühstück vorbereitet. »Alles gut! Wann musst du im Laden sein?«

»In einer Dreiviertelstunde. Kann ich noch schnell unter die Dusche, bevor wir frühstücken?« Sie umarmte Franzi. »Morgen stehe ich früher auf und bereite alles vor. Okay?«

Franzi lachte. »Nun verschwinde schon! Ich gebe dir zehn Minuten, sonst fange ich alleine an.«

Sonya hauchte ihr einen Kuss auf die Wange und verschwand. Franzi sah ihr hinterher, die Hand auf der Stelle, wo Sonya sie geküsst hatte. Was war passiert in der letzten Nacht? Konnte sie auf Phillips Wort vertrauen, dass sie nicht miteinander geschlafen hatten? Und wenn es doch passiert war?

Nein, daran würde sie sich erinnern. Hatte sie Tamme betrogen? Ein Kuss war kein Seitensprung. Sie hatte zu viel getrunken und war durch die Nachricht von Karlas Krankheit geschockt gewesen. Selbst wenn es zu mehr als einem Kuss gekommen war, würde Phillip niemandem davon erzählen. Franzi erschrak. War es das, was ihr Kopfzerbrechen bereitete? Dass Tamme etwas von der Nacht erfahren könnte?

»Träumerin!«, rief Sonya, als sie mit noch nassen Haaren zurück in die Küche kam.

Franzi reichte ihr die gefüllte Kaffeetasse und stellte das Rührei auf den Tisch. »Heute leider ohne Krabben.«

»Wann kommt Tamme eigentlich wieder?«

Franzi stockte der Atem.

»Weißt du es noch nicht?«, fragte Sonya weiter.

»Doch, morgen Nachmittag mit der letzten Fähre.«

»Cool! Dann sind wir wieder vollzählig. Hast du ihm schon erzählt, dass ich bei Edda ein Praktikum mache?«

Eigentlich war Franzi aufgestanden, um etwas zu holen. Nur was? Wahllos griff sie nach dem Salzstreuer und kam zurück zum Tisch. »Ja, ich glaube schon. Aber wir haben immer nur kurz gesprochen.«

»Stress?«

»Nein, nein. Tammes Arbeit auf dem Kutter ist schwer und da ist er abends nicht mehr so gesprächig.«

Sonya grinste. »Halt ein Ostfriese.« Sie reckte sich. »Genmutation durch jahrhundertelange Isolation.« Sie hatte mit tiefer Stimme gesprochen und dabei starr nach vorne geschaut.

Franzi musste unwillkürlich lachen. »Lass das Tamme nicht hören.«

»Tamme tut doch nur so streng. Er ist doch ein ganz Lieber, oder?«

»Klar.« Franzi griff nach ihrer Tasse und trank. Sie verschluckte sich und hustete. »Noch zu heiß.«

Während des Vormittags arbeitete Franzi ohne Pause durch und klappte ihren Laptop erst zu, als sich ihr Rücken schmerzhaft bemerkbar machte. Sie stand auf und drehte eine Runde im Büro, als ihr Blick aufs Handy fiel. Sie hatte eine Nachricht von Sonya übersehen, in der sie fragte, ob sie sich zu dritt in der Pizzeria treffen könnten. Hastig schloss Franzi den Laptop, griff im Vorbeilaufen nach ihrer Jacke und verließ das Haus.

»Da bist du ja!«, rief Sonya, als Franzi die Pizzeria betrat. »Wir dachten schon, du hast meine Nachricht nicht bekommen.«

Franzi stand außer Atem vor dem Tisch. »Entschuldigt! Ich habe es zu spät gesehen.«

»Eine kleine Joggingrunde ist gut für die Gesundheit«, sagte Edda und zog einen der Stühle vom Tisch. »Jetzt setz dich erst mal.«

Sie bestellten. Sonya schien sich in ihrer neuen Rolle als Praktikantin sichtlich wohlzufühlen. Sie strahlte Edda an und hing an ihren Lippen, als diese von ihrer Ausbildung erzählte.

»Wann kommt Tamme eigentlich?«, fragte Edda nach ihrem kleinen Vortrag.

»Morgen Nachmittag«, antwortete Sonya für sie.

»Wenn Hauke nicht wieder Probleme mit seiner Mannschaft hat«, fügte Franzi hinzu.

»Quatsch! Das würde Tamme nicht wagen«, sagte Edda mit einem Augenzwinkern. »Er weiß doch, was er an dir hat.«

Franzi atmete auf, als ihr Essen serviert wurde. »Guten Appetit!«

»Sag mal, was ist mit dir los?«, fragte Edda, als Sonya zur Toilette gegangen war.

»Schlecht geschlafen und mindestens ein Glas zu viel getrunken.«

»Mehr nicht?«

»Schon. Sag mal, was hältst du von Sterbehilfe?«

Edda riss ihre Augen auf. »Wie kommst du da jetzt drauf? Wer ist krank? Doch nicht Meta?«

»Nein, nur so allgemein. Findest du das richtig? Würdest du das unterstützen, wenn dich eine Freundin um Hilfe bitten würde?«

»Schwere Frage. Und ehrlich gesagt habe ich mir da noch nie richtig viel Gedanken drum gemacht. In Deutschland ist das ja bisher verboten, aber in der Schweiz, und ich glaube in Belgien, ist das möglich.«

»Würdest du ihr helfen? So mal ganz spontan geantwortet.«

»Weiß ich nicht, Franzi. So, wie ich mich kenne, würde ich auf jeden Fall versuchen, sie davon abzubringen. Es gibt inzwischen neue Therapien, mit denen man die Schmerzen gut in den Griff bekommt. Das ist ja in aller Regel das Problem.«

»Und wenn die Person nicht davon abzubringen ist?«

»Du stellst vielleicht Fragen.« Edda sah ihr direkt in die Augen. »Jetzt sei ehrlich: Das ist doch nicht nur so eine allgemeine Frage von dir. Was ist los?«

»Das kann ich dir nicht sagen. Aber mit Meta ist alles in Ordnung. Und mit mir und Tamme auch.«

Aus dem Augenwinkel sah Franzi, dass ihre Cousine zurückkam. »Lass uns ein anderes Mal darüber reden. Sonya muss das nicht unbedingt mitbekommen.«

»Was flüstert ihr da?«, fragte Sonya. Sie setzte sich wieder an den Tisch und trank den letzten Schluck Cola.

»Ich lade euch ein«, sagte Edda und stand auf. »Ich geh mal schnell vorne bezahlen.«

Als sie zu dritt vor der Pizzeria standen, drückte Edda Sonya die Ladenschüssel in die Hand. »Kannst du schon aufschließen?

Ich muss noch kurz nach Hause. Wie die Kasse funktioniert, weißt du ja. Wenn jemand beraten werden will, muss er halt warten.«

»Klar, mache ich doch glatt.« Sonya nickte Franzi zu und verschwand Richtung Buchladen.

»Hast du vorhin von dieser Karla Blohm gesprochen, Metas Freundin? Die ist doch auch gerade auf der Insel, oder?«

Franzi seufzte leise. »Bitte, Edda. Ich hätte da gar nicht von anfangen sollen. Behalt das bitte für dich.«

»Und du hast doch diesen Franzosen ausfindig gemacht. War es deshalb?«

Franzi schüttelte den Kopf. »Nein, ich weiß es erst seit gestern Nachmittag. Das hatte damit nichts zu tun.«

»Meine Güte, Franzi. In was bist du da reingeraten? Und dann auch noch Meta. Weiß sie es schon?«

»Keine Ahnung, Edda. Was soll ich machen? Es vorher Meta schonend beibringen? Aber wie soll ich das anstellen? Außerdem würde das Karla sicher nicht recht sein.«

»Du hast mir doch erzählt, dass du diesen französischen Schriftsteller gefunden hast. Und wenn du ihn bittest herzukommen? Ich weiß ja nicht, woran Karla Blohm erkrankt ist, aber du scheinst nicht der Ansicht zu sein, dass ihr Entschluss richtig ist.«

»Richtig oder falsch – kann und darf ich das beurteilen? Ich kann mich grundsätzlich nicht mit dem Gedanken anfreunden, dass sich jemand das Leben nimmt. Und dass sie Meta damit belastet, finde ich tatsächlich nicht richtig.«

»Verstehe ich alles. Und was hältst du von meiner Franzosen-Idee?«

Franzi seufzte. »Kann ich das wirklich machen? Ich habe da zwar schon dran gedacht, aber ich weiß nicht, ob das in dieser Situation richtig wäre. Kann ich denn wirklich so über Karlas

Kopf hinweg entscheiden? Vielleicht ging schon mein erster Anruf zu weit.«

Edda strich Franzi über die Schulter. »Eine schwere Entscheidung. *Ich* würde es machen, aber ich weiß schon, was du meinst.« Sie seufzte leise. »Ich muss jetzt leider los, Jella abholen.«

»Gib ihr einen Kuss von mir. Und grüß Markus, wenn er dich anruft.«

Wieder im Büro entschloss sich Franzi, eine Reihe von Ferienwohnungen abzugehen, die sie seit dem Gästewechsel noch nicht besucht hatte. Das Laufen tat ihr gut, die trüben Gedanken verflüchtigten sich für eine Weile und die Begegnung mit den freundlichen Gästen tat ihr Übriges. Am Schluss ihrer Runde ging sie auf Metas Haus zu. Mit jedem weiteren Schritt kehrte die Erinnerung an das Gespräch mit Karla zurück. Sie konnte sich nicht länger vor der Verantwortung drücken, Meta war in den letzten Jahren zu einem der wichtigsten Menschen in ihrem Leben geworden, eine Art Großmutter- und Muttereratz in einem.

Sie fand sie im Garten, wo sie in ihren Gemüsebeeten stand.

»Franzi! Warum hast du dich nicht angemeldet?« Meta zog die Gartenhandschuhe aus und kam auf sie zu. »Ich hätte doch Tee machen können. Und Kuchen habe ich auch nicht im Haus.«

»Ich kam gerade vorbei. Ist Karla auch da?«

»Sie hat sich etwas hingelegt. Der Tag war wohl zu anstrengend für sie.«

Meta umarmte Franzi und lud sie in die Küche ein. Sie atmete auf. Karla schien noch nicht mit Meta gesprochen zu haben. Hatte sie nach Franzis Reaktion noch einmal über ihr Vorhaben nachgedacht? Vielleicht, aber ihre Meinung hatte sie sicher nicht geändert. Franzi hatte Karla als ausgesprochen konsequente Frau kennengelernt. Durch einen kleinen Rückschlag ließ sie sich sicher nicht irritieren.

»Hast du mit Tamme gesprochen? Der Junge hat mich die ganze Woche nicht angerufen.«

»Es ist alles in Ordnung bei ihm. Er kommt morgen mit der letzten Fähre zurück.«

»Das reicht nun aber wirklich mit der Hilfe für Hauke. Der Junge übertreibt es wieder einmal. Ich muss wohl ein ernstes Wort mit ihm reden.«

Franzi lachte. »Das musst du nicht, Meta. Ich habe Tamme schon ordentlich zugesetzt. Ich glaube, das war für die nächste Zeit erst mal sein letzter Einsatz.«

Meta goss das kochende Wasser in die Teekanne und stellte sie auf den Tisch. »Musst du heute noch arbeiten? Du siehst etwas übermüdet aus.«

»Ich hoffe nicht. Mal sehen, was heute noch an Anfragen reingekommen ist.«

»Und wenn schon, Franzi, morgen ist doch auch noch ein Tag.«

»Hat Karla eigentlich schon gesagt, wie lange sie bleibt?«

»Eigentlich wollte sie ja bis Samstag bei mir bleiben, aber heute hat sie gefragt, ob ich sie noch eine weitere Woche ertrage. Die Frage war natürlich überflüssig. Ich bin doch froh, wenn ich jemanden im Haus habe. Sie kann auch gerne länger bleiben. Das habe ich ihr auch gesagt.«

Meta schenkte Tee ein und reichte Franzi die Sahne. »Karla ist doch schon fast wie ein Familienmitglied.« Sie lächelte.

Franzi war froh, dass Karla ihren Aufenthalt verlängert hatte. Damit stiegen die Chancen, dass sie noch einmal mit ihr reden konnte. Am Tag zuvor war sie zu geschockt gewesen, um sich länger und intensiver mit Karla zu unterhalten.

»Karla hat mir gar nichts von eurem Spaziergang erzählt«, fuhr Meta fort. »Seid ihr weit gelaufen?«

»Richtung Hermann-Lietz-Schule. Aber wir sind vorher umgekehrt.«

Als Franzis Handy klingelte, nahm sie das Gespräch sofort an. Ein Gast hatte eine Frage zum Internetzugang der Wohnung. Franzi schaute in ihrem Notizheft nach und nannte ihm das Passwort. Der Mann bedankte sich überschwänglich und wünschte Franzi noch einen schönen Abend.

»Du musst das Ding auch mal ausschalten«, sagte Meta, die mit besorgter Miene das Gespräch verfolgt hatte.

»Das ist nun mal mein Job. Solange mich die Gäste nicht um Mitternacht aus dem Bett klingeln, ist das schon in Ordnung.«

Sie unterhielten sich noch eine Weile über das Dorffest, das wie jedes Jahr im Juli stattfinden würde. Meta und Franzi boten seit drei Jahren an einem eigenen Stand Kaffee und Kuchen an. Als Franzi aus dem ersten Stock Geräusche hörte, verabschiedete sie sich von Meta.

Einundzwanzig

Franzi druckte das Angebot eines Hotels in den bayrischen Alpen aus. Die letzten zwei Stunden hatte sie im Internet nach Urlaubsorten gesucht, die mit dem Zug zu erreichen waren. Ein Flug in den Süden hatte zwar etwas Verführerisches, aber da Tamme nur ungern in ein Flugzeug stieg und Flüge aus Umweltgründen kritisch sah, hatte sie nach Alternativen gesucht. Das Hotel lag günstig zwischen mehreren Wanderwegen. Mit etwas Glück gelang es Franzi, Tamme zu einem Wanderurlaub zu überreden.

Sie griff nach dem Handy und wählte seine Nummer.

»Sehnsucht?«, fragte Tamme.

»Was dachtest du denn«, antwortete Franzi lachend.

Tamme stimmte in ihr Lachen ein. »Man kann ja nie wissen.«

»Und du? Hast du bald genug von der rauen Nordsee?«

»Ach, so rau ist sie nun auch wieder nicht. War heute ein herrlicher Tag auf See. Hauke kann sogar schon wieder etwas mithelfen.«

»Er soll es nicht übertreiben. Sonst gibt es gleich das nächste Drama.«

»Ich richte es ihm aus. Bei dir alles okay? Viel Arbeit?«

»Ja, so langsam geht es hier richtig los. Übrigens, Sonya arbeitet seit gestern bei Edda im Laden. Sie macht da ein Praktikum für vier Wochen. Sie ist dabei richtig aufgeblüht. Danach fängt sie ja im Nationalpark-Haus an.«

Tamme schwieg und Franzi hatte schon die Befürchtung, dass sie das falsche Thema angeschnitten hatte.

»Na, Edda wird sie sicher richtig rannehmen. Dann weiß sie wenigstens, was Arbeiten bedeutet.«

»Übrigens habe ich mit Karla gestern einen langen Spaziergang gemacht«, sagte Franzi, um schnell das Thema zu wechseln.

»Geht es ihr gut? Sie ist doch im gleichen Alter wie Meta, oder?«

»Ja, sie sind gleich alt.« Franzi hatte schon vor dem Telefonat beschlossen, Tamme erst von Karlas Krebserkrankung zu erzählen, wenn er zurück auf Spiekeroog war. »Wir sind Richtung Ostplate gegangen. Das Wetter hat zum Glück mitgespielt.«

»Schön. Meta freut sich sicher über den Besuch. Vor ein paar Wochen hat sie mir erzählt, dass sie kaum noch Freunde in ihrem Alter auf der Insel hat. Entweder sind sie tot oder krank.«

»Das ist der Lauf der Zeit.«

»Was machen wir morgen Abend? Keine Pizza und auch kein Fisch.«

Franzi musste unwillkürlich lachen. »Ich verstehe. Irgendetwas wird mir schon einfallen. Ich habe heute übrigens etwas Zeit in die Recherche zu unserem Herbsturlaub gesteckt. Was hältst du von einem Wanderurlaub in den bayrischen Alpen? Ich habe da ein herrliches Hotel gefunden, klein und kuschelig und direkt im Wandergebiet.«

»Wandern? Meinst du, dass ich mich dafür eigne? Da sind doch bestimmt ziemlich hohe Berge, oder?«

»Klar!«, antwortete Franzi lachend. »Dann wäre ich endlich mal im Vorteil.«

»Na denn! Im schlimmsten Fall musst du mich tragen.«

»Von wegen. Ich rufe einfach die Bergrettung. Dann wirst du mit dem Helikopter abgeholt.«

»Können die da überall landen?«

»Natürlich nicht. Die lassen einfach ein Seil herunter, du hältst dich fest und wirst dann durch die Luft ins Tal geflogen.«

Tamme lachte. »Ja, das wäre genau mein Ding.«

Sie alberten noch eine Weile herum, bevor Tamme sich verabschiedete, als Haukes Frau ihn zum Essen rief.

»Was machst du heute noch?«, fragte Franzi, als sie mit Sonya beim Abendessen saß.

»Ich wollte ins Laramie. Und bevor du fragst, ich gehe nicht alleine. Im Buchladen habe ich zwei Mädels kennengelernt. Etwas älter als ich. Sie haben mich gefragt, wo hier was los ist, und wir haben uns dann verabredet.« Sonya schaute auf die Uhr. »In einer halben Stunde.«

»Aber Vors…«

»Logo!«, unterbrach Sonya Franzi. »Ich pass schon auf. Und ewig lange will ich auch nicht bleiben.« Sie grinste. »Edda legt Wert auf Pünktlichkeit.«

»Ihr versteht euch gut?«

»Alles easy! Ich bin schon am Überlegen, ob ich nicht bei Edda eine Ausbildung mache. Sie hätte bestimmt nichts dagegen.«

»Lass dir Zeit. Das ist im Moment das Wichtigste. Entscheidungen kannst du immer noch treffen. Und …«

»Schon klar«, fiel Sonya ihr ins Wort. »Mama muss da ein Wörtchen mitreden und natürlich du und Tamme. Logo! Und ja, Zeit lass ich mir auch. Zufrieden?«

Am frühen Abend gab Franzi auf. Sie hatte fast zwei Stunden im Internet zum Thema Sterbehilfe recherchiert. Das Für und Wider wurde in verschiedenen Foren heiß diskutiert. Dort gab es glühende Befürworter der Sterbehilfe, die auf das Selbstbestimmungsrecht der Menschen pochten, und fanatische Gegner, die den Untergang des Abendlands voraussagten. 2015 war das Verbot für geschäftsmäßige Sterbehilfe erlassen worden. Das Bundesverfassungsgericht beschäftigte sich gerade mit einer Beschwerde von Sterbehilfeorganisationen und Ärzten, aber vor Anfang des nächsten Jahres, 2020, war nicht mit einer Entscheidung zu rechnen. Einzig die reinen Informationsseiten hatten Franzi geholfen, einen klareren Überblick über das Thema zu bekommen. Letztlich schien es eine Gewissensfrage zu sein, welche Position man einnahm. Franzi konnte sich zwar nicht vorstellen, jemandem zu verbieten, sich für den Tod zu entscheiden, aber wenn man mit einem Menschen persönlich verbunden war, schienen sich plötzlich alle sachlichen Argumente zu verflüchtigen. Als Franzi sich vorstellte, dass Karla ein Haus in der Schweiz betrat und in ein Zimmer geführt wurde, um dort wenig später ihren letzten Atemzug zu machen, geriet sie in Panik. Sie wagte nicht, die Szene weiterzudenken und sich auszumalen, wie Meta an ihrer Seite saß.

Nach mehreren Runden durchs Haus griff Franzi nach ihrer Jacke und eilte nach draußen. Die frische Abendluft tat ihr gut. Obwohl sie in der letzten Nacht wenig geschlafen hatte, war sie nicht müde. Sie lief los und stand eine Stunde später an einem der Strandübergänge. Als sie sich gerade abwenden wollte, kam Phillip auf sie zu.

»Schon wieder einen freien Abend?«, fragte Franzi.

»Was soll ich machen?«, gab er zurück. »Meine Tochter hat sich leider für Boris entschieden. Ich hoffe mal, das ist kein schlechtes Vorzeichen. Ich mag gar nicht daran denken, was passiert, wenn sie in die Pubertät kommt.«

»Sie wird schnell merken, wie die Männer wirklich sind«, sagte Franzi lachend. »Und dann lieber bei ihrem Papa bleiben. Da weiß sie, was sie hat.«

»Du willst noch an den Strand?«

»Nein, eigentlich nicht. Und du?«

»Ich war gerade auf dem Rückweg. Gehen wir zusammen?«

»Warum nicht?«

Sie machten kehrt und gingen nebeneinander den gepflasterten Weg Richtung Dorf.

»Wie war dein Tag?«, erkundigte sich Phillip nach wenigen Metern.

»Du meinst, nach meinem Ausrutscher in der letzten Nacht?«

»Wovon sprichst du?«

»Eine verheiratete Frau sollte nicht im Bett eines anderen Mannes …« Franzi brach ab.

»… übernachten?«, ergänzte Phillip.

»Zum Beispiel.«

»Ich dachte, das hätten wir heute Morgen geklärt. Ein für alle Mal.«

»Dachte ich auch«, murmelte Franzi.

Phillip blieb stehen. »Es war nichts zwischen uns, und es wird nichts sein. Ende!«

Wenn es so einfach wäre, ging es Franzi durch den Kopf. »Ja, das wird wohl das Beste sein«, sagte sie laut.

Sie gingen schweigend weiter.

»Ich habe gestern etwas verschwiegen«, sagte Phillip nach einer Weile. Als Franzi ihn entsetzt ansah, hob er entschuldigend die Hände. »Nein, nicht das, was du jetzt denkst. Es geht mehr um damals. Wenn ich ganz ehrlich bin, habe ich gestern und auch in den Tagen zuvor gemerkt, dass ich noch nicht endgültig mit unserer damaligen kurzen Beziehung abgeschlossen habe.« Er sprach leise, Franzi hatte Mühe, ihn zu verstehen.

»Was meinst du damit?« Dieses Mal war Franzi stehen geblieben.

Phillip deutete auf eine etwas abseits stehende Bank. »Wollen wir uns kurz setzen?«

Franzi war zu erstaunt, um etwas zu entgegnen. Sie setzte sich zu Phillip auf die Bank und wartete auf seine Erklärung.

»Wie soll ich das jetzt formulieren? Ich glaube, es war kein Zufall, dass wir nach Spiekeroog gekommen sind. Es war schon spontan, die Anfrage, meine ich. Und dass gerade in dem Augenblick eine Wohnung frei war und du sie auch noch verwaltest, war natürlich Zufall.« Er fuhr sich mit der Hand durch die Haare. »Ich rede etwas wirr, oder?«

Franzi lächelte. »Zumindest weiß ich noch nicht, worauf du hinauswillst.«

»Mir ist klar geworden, dass ich mich damals mehr mit dem Warum hätte beschäftigen sollen. Warum haben wir uns ineinander verliebt? Warum hat es nicht geklappt? Warum habe ich mich nie wieder bei dir gemeldet? Warum war ich so feige? Wahrscheinlich gibt es noch unzählige weitere Fragen.«

»Hast du mir die meisten Fragen nicht schon beantwortet?«

»Ja, vermutlich schon. Aber das alles habe ich nur hier verarbeitet.« Phillip zeigte auf seinen Kopf. »Bin ich deshalb ein anderer Mensch als vor drei Jahren?«

»Hättest du vor drei Jahren auch so reagiert, wenn ich in deinem Bett gelegen hätte und wir uns vorher geküsst hätten?«

»Nein, hätte ich nicht. Ich hätte genommen, was ich kriegen kann. Das stimmt schon.« Er legte den Kopf in den Nacken und schaute in den Himmel. »Ich weiß natürlich, dass es mit uns nichts mehr wird, dass ich meine Chance verpasst habe. Aber tief in mir hat wohl ein Teil meines Unterbewusstseins sich gewünscht, dass es nicht so wäre. Genau deshalb war es wohl kein Zufall, dass ich die Gelegenheit ergriffen habe, hier Urlaub zu machen.«

Franzi schwieg. Was sollte sie darauf antworten? Ging es ihr nicht ähnlich? Hatte sie voll und ganz mit Phillip abgeschlossen? Fühlte sie sich nicht immer noch zu ihm hingezogen?

»Ich hätte meinen Mund halten sollen«, sagte er. »Ich setze gerade zum zweiten Mal unsere Beziehung aufs Spiel. Dieses Mal unsere Freundschaft. Entschuldige.«

»Du bist jetzt aber nicht mehr in mich verliebt, oder?«

»Ich weiß es nicht. Und wenn es so wäre, würde es sinnlos sein, darüber nachzudenken. Es ist etwas anderes: Ich habe Angst, dass ich mich nur oberflächig verändert habe. Ja, ich habe den Job gewechselt …«

»Davon hast du mir ja noch gar nichts erzählt. Was machst du jetzt?«

»Ich arbeite in einer kleinen Firma mit zwanzig Mitarbeitern. Es geht um Recycling. Nicht das, was man in letzter Zeit häufiger hört, wo unser Müll nach China oder Indonesien abgeschoben wird, sondern um Projekte hier in Deutschland. Ich bekomme nicht so viel Geld wie vorher, aber das ist es wert.«

»Wow! Das klingt interessant. Du musst mir das noch mal genauer erklären.« Franzi strich Phillip über die Schulter. »Und nicht nur das. Wovor hast du nur Angst? Ich sehe einen vollkommen anderen Menschen vor mir sitzen. Einen anderen Phillip als vor drei Jahren. Das mit mir, mit uns, das ist vorbei. Es ist nur die gleiche Umgebung wie damals, diese besondere Atmosphäre hier auf der Insel, die dich in die Irre führt. Ich war auch irritiert, als ich dich zusammen mit Ann-Marie sah. Natürlich hat mich das an damals erinnert, da kann man schnell etwas durcheinanderbringen. Sozusagen Erinnerungen, die sich mit den Gefühlen von damals vermischen. Du wirst jemand anders finden, Phillip. Da bin ich mir ganz sicher.« Franzi hatte schnell und laut geredet, als müsse sie sich selbst überzeugen.

Phillip nickte nachdenklich. »Ja, du hast sicher recht. Eine Illusion sozusagen. Vielleicht war unser Ende damals so abrupt, dass ich diesen Abschluss und eigentlich ja auch Neuanfang gebraucht habe.« Er lächelte. »Welcher Mann kann schon von sich behaupten, dass er eine wirkliche Freundin hat?« Er sah sie mit einem Hundeblick an. »Wir bleiben doch in Kontakt?«

Zweiundzwanzig

Franzi drehte sich im Bett auf die andere Seite. Seit über einer Stunde versuchte sie einzuschlafen. Das Gespräch mit Phillip hatte sie aufgewühlt. Hatte er immer noch tiefe Gefühle für sie? Hatte sie die Situation unterschätzt und hätte sich von Anfang an von ihm fernhalten sollen?

Und wie waren ihre eigenen Gefühle für ihn?, fragte sie sich zum wiederholten Mal. Sie schob die Gedanken zur Seite. Morgen Nachmittag würde Tamme zurück sein und die Lage würde sich klären. Die Lage? War Phillip eine Lage? Er war die Vergangenheit und Tamme die Gegenwart und vor allem die Zukunft.

Wieso hatte sie Phillips Auftauchen so durcheinandergebracht? Hatte sie die kurze Affäre vor drei Jahren auch nicht abgeschlossen?

Franzi stand auf und ging in die Küche. Mit einer Tasse warmem Kakao setzte sie sich an den Küchentisch und starrte auf die Uhr. Wenn sie sich nicht bald zum Schlafen zwang, konnte sie den nächsten Tag vergessen.

Ein leises Klopfen an der halb geöffneten Küchentür ließ Franzi aufschrecken. Sonya schaute in die Küche. »Kannst du auch nicht schlafen?« Sie kam näher und setzte sich zu Franzi.

»Nein. Und du?«

»Bin aufgewacht. Wieder so ein idiotischer Traum.«

»Er?« Franzi mied seit dem letzten intensiven Gespräch über Sonyas ehemaligen Lehrer dessen Namen.

»Ja. Als ich wach wurde, dachte ich im ersten Moment, er stünde vor meinem Bett. Ich hätte beinahe losgeschrien. Drehe ich gerade durch?«

»Ich bin keine Psychologin, Sonya, aber ich vermute, dass das ganz normal ist.« Franzi strich ihr über die Hand. »Ich weiß ja, dass du nicht mit einem Psychologen sprechen willst, aber vielleicht überlegst du es dir noch mal. Nicht jetzt sofort, aber wenn die Träume nicht aufhören und vielleicht noch Schlimmeres dazukommt. Wir haben sogar eine Fachfrau hier auf der Insel. Sie ist nicht immer hier, und ob sie Termine frei hat, weiß ich natürlich auch nicht.«

»Im Moment ganz sicher nicht«, antwortete Sonya. »Ich will das alles nur vergessen.«

»Das verstehe ich. Es ist ja auch für den Fall, dass das mit dem Vergessen nicht von alleine klappt.«

Sonya warf ihr einen flehenden Blick zu. »Müssen wir da jetzt drüber reden?«

»Nein, müssen wir nicht.« Franzi lächelte. »Wie war es im Laramie?«

»Klasse! Die beiden Mädels, von denen ich dir erzählt habe, sind übrigens ein Paar. Und bis über beide Ohren ineinander verliebt. Sie leben in Oldenburg und haben mich eingeladen, mal vorbeizukommen.«

»Ohne Übernachtung wird das knapp. Du hast ja schon bemerkt, dass die Fähren immer zu unterschiedlichen Zeiten fahren. Das hängt mit Flut und Ebbe zusammen.«

»Hat Edda mir schon lang und breit erklärt. Tideabhängig und so.«

Franzi lachte. »Dann bist du ja voll informiert.«

»Edda hat gemeint, ich wäre schon eine halbe Insulanerin. Voll übertrieben, aber nett.« Sonya lachte. »Ich und Insulanerin. Da wird die Flut noch Tausende Male kommen und gehen müssen.«

»Bei manchen geht es schnell, bei anderen nie. Und Letztere sind meistens schnell wieder zurück auf dem Festland.«

»Mal schauen, wann mir der Himmel auf den Kopf fällt.« Sonya hielt inne und schien über etwas nachzudenken. »Sag mal, kennst du einen Joke? Er ist etwas älter als ich, vielleicht zwanzig, und wohnt hier auf der Insel. Hat er zumindest behauptet.«

Franzi schmunzelte. »War er auch im Laramie?«

»Ja. Er hat mich angesprochen. Kennst du ihn?«

»Groß, schwarze, leicht gelockte Haare, gut aussehend?«

Sonya nickte.

»Ja, den kenne ich.«

»Und?«

»Was möchtest du wissen?«

»Na, alles. Ist er mit jemandem zusammen? Was macht er? Wo kommt er her? So was halt.«

»Soweit ich weiß, ist er solo. Er ist im letzten Ausbildungsjahr zum Koch, auf Spiekeroog aufgewachsen, aber dann mit seinen Eltern aufs Festland gezogen. Und seit zwei Jahren zurück. Tamme kennt ihn näher.«

»Du sagst Tamme aber nichts, bitte.«

»Warum sollte ich? Du hast dich also mit Joke unterhalten?«

»Sozusagen.«

»Und?«

»Nichts und! Süß ist er. Aber das sind viele. Und was hinter der Fassade steckt, weiß man halt nicht.«

»Nicht alle Männer sind schlecht. Das sind nur wenige, die alle anderen in Verruf bringen.«

»Weiß nicht. Ich flüchte hierher, und auf wen treffe ich? Auf ein rothaariges Monster, das mich betäubt und im

Zelt …« Sonya senkte den Kopf. »Haben das nicht alle Männer irgendwie mit der Muttermilch aufgesogen? Diesen Scheiß, den sie im Kopf haben?«

»Nein, ganz sicher nicht. Und das weißt du auch, Sonya.«

»Ich hätte doch nach dieser Nacht im Zelt nicht einmal gewusst, was dieses Monster mit mir gemacht hätte. Blackout! Hast du das schon mal gehabt? Wenn ich mir das nur vorstelle, wird mir schlecht.«

Franzi zuckte unmerklich zusammen. Hatte Sonya etwas von ihrem nächtlichen Ausflug mitbekommen? Nein, das konnte nicht sein.

Franzi stand auf. »Ich bin müde.« Sie goss den Rest Kakao in die Spüle und wusch die Tasse ab, bevor sie sich wieder ihrer Cousine zuwandte. »Und du solltest auch schlafen. Oder hast du etwa morgen frei?«

Sonya mühte sich auf. »Nein, habe ich nicht. Aber das Wochenende naht, und wer weiß, vielleicht hat Joke ja Zeit.«

Am nächsten Vormittag saß Franzi lustlos vor ihrem Laptop. Eigentlich stand noch eine kurze Runde durch die Ferienwohnungen an, die am Samstag von neuen Gästen bezogen würden, aber Franzi hatte sich dagegen entschieden. Die Gäste fanden auch sämtliche Informationen in der Mappe, die Franzi für alle Wohnungen und Häuser erstellt hatte.

Als ihr Blick auf das Handy fiel, erinnerte sie sich an Eddas Rat, Pascal Bonnet über Karlas Absichten zu informieren. Spontan griff sie nach dem Zettel, auf dem sie die französische Nummer notierte hatte.

»Guten Morgen, Franziska«, meldete sich der Schriftsteller. »Schön, dass du noch einmal anrufst.«

»Guten Morgen.«

»Hast du mit Karla gesprochen?«

»Nein. Oder eigentlich ja, aber nicht über dich.«

»Oh, was ist passiert?« Pascal schien ein gutes Gespür für Zwischentöne zu haben.

»Karla hat mir etwas anvertraut, das ich eigentlich nicht weitersagen darf.«

»Aber du denkst, dass es notwendig ist?«

»Ich bin am Zweifeln. Aber mir fällt im Moment einfach nichts anderes ein.«

»Dann solltest du mir das Geheimnis anvertrauen.«

Franzi zögerte. Hatte Karla sie zum Schweigen verpflichtet? Nein, es betraf nur Meta, der Karla selbst von ihrem Entschluss erzählten wollte.

»Karla ist krank. Sehr krank. Ich habe es erst vor zwei Tagen erfahren.«

Pascal schwieg.

»Es tut mir leid, dass ich keine besseren Nachrichten habe. Karla hat einen Tumor im Kopf, der inoperabel ist.«

»Sie wird sterben? Sehr bald?«

»Karla hat mir nicht gesagt, wie viel Zeit genau die Ärzte ihr noch geben. Es ist auch etwas anderes, weshalb ich anrufe. Karla will nicht erst abwarten, bis die Symptome der Krankheit auftreten. Du verstehst, was ich meine?«

Pascal schwieg so lange, dass Franzi nachfragte, ob er noch in der Leitung sei.

»Ja, ich bin noch hier. Karla möchte selbst bestimmen, wann sie ihr Leben beendet. War es das, was du mir sagen wolltest?«

»Sie hat sich in der Schweiz angemeldet oder ihre Unterlagen dort hingeschickt. Wenn ich das richtig verstanden habe, muss die Zusage jeden Tag kommen.«

»Wie lange ist Karla noch bei dir auf der Insel?«

»Auf jeden Fall noch eine weitere Woche.«

»Wie komme ich zu dir?«

»Ich weiß nicht, was du willst«, sagte Edda. »Deine Entscheidung, Bonnet zu informieren, war absolut richtig.«

Franzi hatte ihre Freundin in der Buchhandlung besucht. Als Sonya kurz aus dem Haus war, berichtete sie ihr von dem Gespräch mit dem Franzosen.

»Meinst du, ich soll Karla vorwarnen?«

»Nein, das würde ich nicht tun. Sie könnte ihre Koffer packen und abreisen.«

»Ach, du meinst also doch, dass sie meine Aktion nicht so gut finden wird?«

Edda zog Franzi mit aufs Kundensofa. »Jetzt beruhige dich doch erst mal. Niemand weiß, wie Karla Blohm reagieren wird. Sie wird schon verstehen, dass du es gut gemeint hast. Und wer weiß, vielleicht bewirkt dieser Pascal ja ein Wunder.«

»Wunder! Die gibt es bei dieser Krankheit wohl nicht.« Sie stöhnte leise. »Ich hätte mich zurückhalten sollen.«

»Zu spät. Und wie gesagt, du hast meiner Meinung nach alles richtig gemacht. Wann kommt er denn?«

»Ich vermute morgen. Ich habe ihm schon ein Zimmer besorgt.«

»Dann heißt es jetzt Daumen drücken.«

Als Sonya in den Laden zurückkehrte, umarmte Franzi ihre Freundin und verabschiedete sich von ihr.

Der Nachmittag zog sich hin, Franzi zwang sich zu arbeiten und warf alle paar Minuten einen Blick auf die Uhr. Tamme würde mit der letzten Fähre kommen. Sie hatte sich vorgenommen, ihn im Hafen zu empfangen.

Je näher der Zeitpunkt rückte, desto mehr quälte Franzi der Gedanke, Tamme von ihrer Nacht bei Phillip erzählen zu müssen. Was würde es ändern, wenn sie es ihm verschwieg? Würde er ihr überhaupt glauben, dass in Phillips Bett nichts passiert war? Würde das nicht Misstrauen zwischen ihnen säen?

Zwanzig Minuten vor Ankunft der Fähre verließ Franzi das Haus. Langsam ging sie Richtung Hafen, während Urlauber mit Rucksäcken auf dem Rücken oder Rollkoffern im Schlepptau an ihr vorbeieilten.

Als der Kai in Sicht kam, rief Tamme an.

»Hey, kannst du es nicht mehr abwarten? Ich bin gleich am Hafen.«

»Franzi, tut mir leid, dass ich mich jetzt erst melde, aber ich hatte keinen Empfang. Wir laufen gerade erst in Neuharlingersiel in den Hafen ein. Es gab einen Notfall.«

»Bei euch auf dem Kutter?«, fragte Franzi, die so abrupt stehen geblieben war, dass der Mann hinter ihr um ein Haar gegen sie prallte.

»Nein, ein Glück nicht, es geht um das Boot eines Kollegen. Der Motor war ausgefallen und wir haben gemeinsam versucht, ihn zu reparieren. Hat leider nicht geklappt. Wir mussten den Kutter abschleppen.«

Franzi atmete auf. »Dann kommst du aber morgen gleich mit der ersten Fähre?«

»Ja, natürlich. Können wir später reden? Wir laufen gerade in den Hafen ein.«

»Ruf einfach an, wenn alles erledigt ist.«

»Franzi!«

»Ja?«

»Ich liebe dich!«

»Ich dich auch, du Brummbär. Bis später.«

Franzi warf einen letzten Blick auf die einlaufende Fähre, wandte sich ab und machte sich auf den Rückweg.

Kurz bevor sie das Rathaus des Ortes erreichte, hörte sie, wie eine helle Stimme ihren Namen rief.

Sie drehte sich um und sah Ann-Marie auf sich zulaufen. Franzi bückte sich und nahm das kleine Mädchen in den Arm. Aus dem Augenwinkel sah sie, wie Phillip auf sie zukam.

»Jetzt lass Franzi mal wieder los«, sagte er.

Ann-Marie drückte Franzi noch einmal fest an sich, bevor sie von ihr abließ.

Franzi stand auf. »Wollt ihr etwa noch zum Strand?«

»Nein!«, rief Ann-Marie. »Wir wollen Kuchen essen.«

»Dann wünsche ich euch mal guten Appetit.«

»Möchtest du nicht mitkommen?«, schlug Phillip vor.

»Tut mir leid. Ich habe keine Zeit. Termine.«

»Schade!«, rief Ann-Marie.

»Vielleicht sehen wir uns ja noch später?«, fragte Phillip.

»Ich will jetzt weiter, Papa.«

Phillip hob entschuldigend die Schulter und nickte Franzi zu. »Bis dann!«

Zu Hause empfing Sonya sie mit einem gedeckten Abendbrottisch.

»Schade!«, sagte ihre Cousine, als sie von Tammes verspäteter Rückkehr erfuhr. »Bist du sehr enttäuscht, dass er erst morgen kommt?«

»Nein, Sonya. Tamme konnte doch nichts dafür. Wenn ein anderer Fischer in Not ist, ist es selbstverständlich, dass er ihm hilft.«

»Verstehe, trotzdem blöd, dass es Tamme getroffen hat.«

Franzi nickte. Wenn sie ehrlich war, kam ihr der Aufschub ganz recht. So würde sie über die Frage, was sie Tamme erzählen sollte oder was nicht, noch eine Nacht schlafen können. Inzwischen kam ihr der Kuss so unwichtig vor. War es nicht albern, sich darüber so viele Gedanken zu machen? Sie hatte getrunken und der Schock von Karlas Nachricht hatte ihr in den Knochen gesessen.

»Du bist so nachdenklich«, sagte Sonya. »Ist etwas passiert?«

»Nein, was sollte passiert sein?« *Nein, alles in Ordnung*, dachte Franzi. Außer dass ihre Cousine plötzlich bei ihr im Haus wohnte und schon für die nächsten Jahre plante und Franzi nicht einmal wusste, wie schwer ihre seelischen Verletzungen waren und was alles noch auf sie zukam. Und dass Karla ihren baldigen Tod angekündigt und sie quasi um Unterstützung gebeten hatte, machte den Kohl auch nicht mehr fett. Obendrein stand Phillip vor ihrer Tür und gestand ihr seine Liebe. Nein, es war alles in wunderbarer Ordnung. Ach ja, sie hatte noch Pascal Bonnet vergessen, der morgen auf die Insel kommen würde. Zumindest das hatte sie sich selbst eingebrockt. Fehlte nur noch, dass Tamme sie verlassen würde, weil sie einen anderen Mann geküsst hatte. Und dummerweise bei ihm im Bett eingeschlafen war.

»Hatte ich gesagt, dass ich mich gleich noch mit Joke treffe?«, fragte Sonya.

»Nein.«

»Du freust dich ja nicht gerade überschwänglich für mich.«

Franzi seufzte. »Doch, natürlich. Aber geh es langsam an.«

»Wieso langsam? Eigentlich wollten wir irgendwo in den Dünen eine schnelle Nummer schieben. Kennst du einen guten Platz dafür?«

Als Franzi sie verwirrt ansah, grinste Sonya breit. »Das war ein Scherz!« Sie lachte. »Hast du mir das wirklich geglaubt?«

»Ich war etwas in Gedanken.« Sie schmunzelte. »Nachts ist es übrigens noch reichlich kalt am Strand. Da kannst du dir schnell eine Blasenentzündung holen. Oder Schlimmeres.«

Sonya rollte mit den Augen. »Ha, ha, ha.«

»Was denn? Darfst nur du Scherze machen? Außerdem stimmt es auch, was ich gesagt habe.«

Sonya stand auf und begann, den Tisch abzuräumen. »Ich pass schon auf, keine Angst.«

Dreiundzwanzig

Franzi schenkte sich ein Glas Wein ein. Vor einer Stunde hatte sie mit Tamme telefoniert, der ihr ausgiebig schilderte, was passiert war. Anschließend hatte sie das Bad geputzt und war einmal mit dem Staubsauger durchs Haus gegangen.

Die Fähre würde um kurz vor elf anlegen. Franzi hatte sich vorgenommen, am Kai auf Tamme zu warten. Sie griff nach dem Glas, stellte es aber gleich wieder ab. Ihr war nicht nach Alkohol zumute. Sie stand auf und öffnete das Küchenfenster. Die kühle Abendluft strömte ihr entgegen. Mit geschlossenen Augen stand Franzi da und überlegte, ob sie heute früh ins Bett gehen sollte. Sie schloss das Fenster wieder und zog ihr Handy aus der Tasche.

»Franzi, so spät noch«, meldete sich Edda. »Wie geht es Tamme nach den Strapazen der letzten Tage?«

»Er hat noch eine Nacht drangehängt«, antwortete Franzi und erklärte ihr den Grund.

»Kann man nichts machen.«

»Kann ich noch bei dir vorbeikommen? Nur kurz. Ich muss mit dir reden.«

»Klar, warum nicht. Jetzt gleich?«

»Ich bin in zehn Minuten da.«

»Ein Glas Wein?«, fragte Edda, nachdem sie Franzi ins Haus gelassen hatte.

»Lieber eine Tasse Tee oder auch einen Kaffee.«

»Was denn jetzt? Kaffee oder Tee?«

Franzi setzte sich an den Küchentisch. »Kaffee!«

»Mit aufgeschäumter Milch?«

Während Edda die Kaffeemaschine bediente, erkundigte sie sich, was so dringend sei, dass ihre Freundin mitten in der Nacht zu ihr käme.

Franzi lachte. »Wir haben doch noch nicht einmal zehn Uhr. Seit wann gehst du so früh schlafen?«

»War ein Scherz.« Edda schäumte die Milch auf und goss sie in eine große Tasse. Anschließend kippte sie den starken Espresso hinzu und reichte Franzi die Tasse.

Dann schenkte Edda sich ein Glas Wein ein und setzte sich zu ihr an den Tisch. »Nun erzähl schon, was ist los?«

Stockend begann Franzi, von Phillip zu sprechen.

»Ist das der verheiratete Mann, mit dem du vor drei Jahren kurz etwas hattest?«, fragte Edda nach.

»Ja, du erinnerst dich?«

»Klar. Und der ist jetzt wieder auf der Insel?«

»Zusammen mit seiner kleinen Tochter. Und er ist nicht mehr verheiratet. Aber darum geht es nicht.« Franzi holte tief Luft und erzählte ihrer Freundin von dem Abend mit ihm und der dort verbrachten Nacht.

»Ein Kuss? Und das bereitet dir jetzt Kopfzerbrechen? Hallo! Wir leben nicht mehr im 19. Jahrhundert. Du denkst jetzt aber nicht darüber nach, es Tamme zu beichten, oder?«

»Eigentlich schon.«

»Da kann ich dir nur abraten. Was sollte das bringen? Tamme käme nur auf blöde Gedanken, dabei ist aber weder etwas passiert noch war es irgendwie wichtig. Stimmt doch, oder?«

»Ich hatte zu viel Wein getrunken oder vielleicht auch noch was anderes. Und nein, das Ganze war ein Ausrutscher und hatte nichts zu bedeuten. Absolut nichts.«

»Sag ich doch. Also abhaken und gut ist es.«

»Ich weiß nicht …«

»Das passiert doch jedem mal. Auch uns Frauen.« Edda hielt kurz inne und schien zu überlegen. »Ich habe dir das nie erzählt, aber mir ist das auch schon passiert. Und nicht nur ein läppischer Kuss.«

Franzi stellte die Tasse ab, die sie zuvor in beiden Händen gehalten hatte. »Und dann?«

»Nichts und dann. Ich habe es Markus nicht erzählt. Er war in der Zeit auf dem Festland. Ich hatte eine Lesung organisiert, mit einem Autor aus Hamburg. Da ich kein Zimmer für ihn bekommen hatte, habe ich ihm das Gästezimmer angeboten. Das war ein Fehler. Er ist dann noch drei weitere Tage geblieben. Keine Ahnung, wie er das seiner Frau erklärt hat.«

»Vier Tage?«, fragte Franzi.

»Eher vier Nächte. Und bevor du fragst, natürlich haben wir etwas herumgesponnen und überlegt, wie es wohl wäre, wenn …«

»Klingt, als war es was Ernsteres.«

»Rumgesponnen, habe ich gesagt. Im Liebestaumel. Er ist dann abgereist und wir haben uns nie wiedergesehen. Auch nicht telefoniert oder sonst was.«

»Wann war das?«

»So vier Jahre nach der Hochzeit, glaube ich.« Edda schmunzelte. »Du hattest jetzt aber nicht an das verflixte siebte Jahr gedacht.«

Franzi schüttelte den Kopf. Sie musste unwillkürlich daran denken, wie Eddas Mann Markus versucht hatte, sie in ihrem ersten Herbst auf Spiekeroog zu küssen. Edda hielt sich auf dem Festland auf und die Beziehung zwischen den Eheleuten war an einem Tiefpunkt gewesen. Franzi hatte Edda nie davon erzählt und sie vermutete, dass Markus es ihr ebenfalls verschwiegen hatte.

»Nimm es nicht so schwer«, fuhr Edda fort. »Und weißt du was, damals, nach dieser kurzen Affäre, lief es mit Markus umso besser. Das soll jetzt kein Rat sein, es mir nachzumachen. Aber so ein kleines Tête-à-Tête kann ganz anregend sein für eine Beziehung.«

Franzi war erstaunt über Eddas Ansichten. War es wirklich so einfach, dem Partner die Affäre zu verschweigen, und alles war gut?

»Jetzt grüble nicht so viel. Du kennst doch Tamme. Willst du wirklich Streit vom Zaun brechen? Das führt doch zu nichts. Wenn du wenigstens etwas mit diesem Phillip gehabt hättest, dann würde ein Geständnis vielleicht ja noch Sinn ergeben. Aber so …«

»Ja, vielleicht hast du recht«, sagte Franzi schließlich. »Ich werde auf jeden Fall nichts überstürzen. Ob er es morgen erfährt oder in zwei Wochen, ist auch egal.«

»Schon mal der richtige Ansatz«, stimmte Edda zu und stieß ihrer Freundin spielerisch in die Seite. »Jetzt vielleicht doch noch ein Glas Wein?«

Eine Stunde später machte sich Franzi auf den Rückweg. Gedankenversunken lief sie die Straße entlang und bemerkte zu spät, dass sie direkt auf Phillips Ferienhaus zulief. Auf dem Hinweg hatte sie einen Umweg gemacht, um Phillip nicht in die Arme zu laufen. Kurz überlegte sie umzukehren, ging aber schließlich weiter. Als sie am Haus vorbeikam, sah sie Phillip mit einer glühenden Zigarette in der Hand davorstehen. Sie blieb erschrocken stehen. In diesem Augenblick sah Phillip auf und lächelte.

»Franzi, wolltest du zu mir?«

Sie ging auf ihn zu und sagte leise: »Nein, ich war bei meiner Freundin und bin auf dem Weg nach Hause.«

»Okay.« Sie konnte Phillip die Enttäuschung ansehen. »Du kannst gerne noch mit reinkommen, wenn du möchtest. Ann-Marie schläft tief und fest.«

»Eigentlich wollte ich …« Franzi brach ab. »Na gut, aber nur kurz.«

»Setz dich doch!« Phillip zeigte aufs Sofa.

»Lass uns lieber in die Küche gehen.«

»Klar, warum nicht. Ein Glas Wein vielleicht?«

»Mineralwasser reicht.«

Phillip holte zwei Gläser aus dem Schrank und dann eine Flasche aus dem Kühlschrank, schenkte ein und setzte sich zu ihr.

»Alles gut bei dir? Du warst so kurz angebunden, als wir uns im Dorf getroffen haben. Ann-Marie war etwas enttäuscht, dass du keine Zeit hattest.«

»Eigentlich wollte ich auch jetzt nicht zu dir reinkommen. Auf dem Hinweg habe ich schon extra einen kleinen Umweg gemacht.«

Phillip schluckte schwer. »Das war jetzt sehr direkt.«

»Sollten wir das nicht sein in unserer Lage?« Franzi hatte geantwortet, ohne darüber nachzudenken.

»Unserer Lage?«

»Hast du nicht gesagt, dass du noch nicht abgeschlossen hast mit dem, was damals zwischen uns passiert ist? Und ich bin mir da auch nicht mehr so ganz sicher. Warum habe ich dich geküsst? Vermutlich war es kein rein freundschaftlicher Kuss auf die Wange, oder?«

»Nein, eher nicht.« Phillip schien über Franzis neue Offenheit genauso erstaunt wie sie selbst.

Franzi schloss die Augen. »Das dachte ich mir schon.«

Sie schwiegen eine Weile, bevor sie zu sprechen begann: »Wir haben es damals verbockt und hatten am Schluss nicht die Zeit, um es vernünftig zu Ende zu bringen.«

»Nein, wohl nicht. Ich habe es damals einfach verdrängt, mich gezwungen, unsere gemeinsame Zeit zu vergessen. Und unsere verrückten Träume. Und du?«

»Was meinst du, warum ich zur Fähre gekommen bin, als du zusammen mit deiner Familie abgereist bist? Ich wollte mich verabschieden, einen Schlussstrich ziehen.«

»Ich wäre beinahe gestorben vor Angst, als du auf uns zugekommen bist«, sagte Phillip. »Ich war vollkommen verwirrt und froh, als wir dann endlich auf der Fähre waren.«

»Das kann ich mir vorstellen. Ich habe es damals für mich getan. Ich musste dich ein letztes Mal sehen, mich bewusst verabschieden. Ich dachte, dass es damit zu Ende wäre.«

»War es aber nicht?«, fragte Phillip.

»Ich habe nur noch selten an dich gedacht in den vergangenen Jahren. Aber wenn, dann war es intensiv. Das ist mir in den letzten zwei Tagen klar geworden. Es tat weh, wenn ich an dich dachte, an uns dachte, und das war kein schönes Gefühl. So, als wären wir gewaltsam getrennt worden und als würde ich dem nachtrauern. Ja, Trauer ist vielleicht das richtige Wort. Und so war es auch bei meiner Beziehung davor. Sie hat viele Jahre gedauert, schließlich bin ich heimlich geflüchtet. Und dann kamst du.«

»Ich erinnere mich. Du hast mir damals von ihm erzählt. Alois, richtig?«

Franzi lächelte. »Dass du das noch weißt.«

»Ich kann mich an vieles erinnern. Nicht an jedes Wort, es ist mehr so ein Gefühl, wenn ich an unsere Treffen denke, an unsere langen Gespräche und die Stunden am Strand.«

»Du weißt, dass es für uns zu spät ist?«, flüsterte Franzi.

»Ja, das ist mir klar geworden. Eigentlich wusste ich es auch vorher, aber tief in mir loderte wohl noch eine kleine Flamme der Hoffnung. Verrückt, oder?«

Sie strich ihm zärtlich über die Hand. »Nein, finde ich nicht.«

Ihre Blicke trafen sich und Franzi stockte für einen Moment der Atem. Was machte sie hier? War das der richtige Weg?

»Und wie schließt man jetzt eine solche abrupt abgebrochene Beziehung vernünftig ab?«, fragte Phillip.

»Haben wir damit nicht schon in den letzten Tagen angefangen?«

»Du meinst, dass das sozusagen eine Abschiedsreise ist, die ich hier nach Spiekeroog unternommen habe?«

»Ich denke schon. Ein Abschied und ein Neuanfang. Wir werden Freunde bleiben. Ohne dieses schlimme Schweigen der letzten drei Jahre.«

»Es wäre schön, wenn wir das hinkriegen.« Phillip standen die Tränen in den Augen. Er hatte so leise gesprochen, dass Franzi Mühe hatte, ihn zu verstehen.

Sie zog ihn zu sich und nahm ihn in den Arm. Er erwiderte die Umarmung und sie küsste ihn zärtlich auf die Wange.

»Ich würde so gerne die Zeit zurückdrehen«, sagte er.

»Ich weiß.«

»Es tut verdammt weh, Franzi. So verdammt weh.«

Sie wischte ihm die Tränen aus dem Gesicht. »Nur jetzt im Moment. Das ist bald vorbei. Glaub mir.«

Franzi, die neben Phillips Stuhl in die Knie gegangen war, stand auf und zog ihn mit hoch. Er legte seine Arme um sie und drückte sie fest an sich. »Bleibst du noch etwas?«

»Ja, ich habe noch etwas Zeit.«

»Das ist schön.«

Sie legte den Kopf an seine Schulter und schloss die Augen.

Vierundzwanzig

Franzi deckte den Frühstückstisch. Sie war seit fünf Uhr wach und hatte bereits zwei Stunden gearbeitet. Sie fühlte die alte Kraft in sich, die sie seit vielen Monaten vermisst hatte.

Sonya hatte nach dem Aufstehen kurz in ihr Büro geschaut und stand jetzt unter der Dusche. Als Franzi spät in der Nacht zurück nach Hause gekommen war, hatte ihre Cousine bereits geschlafen. Franzi hatte ihr das Buch aus der Hand genommen und das Licht ausgemacht.

»Du brauchst ja wirklich wenig Schlaf«, sagte Sonya, als sie zusammen am Frühstückstisch saßen. »Als ich gestern nach Hause gekommen bin, warst du noch nicht da und heute Morgen bist du schon am Arbeiten.«

Franzi lachte. »Schlafen kann ich noch im Winter. Und du bist jetzt zum Bücherwurm geworden?«

Sonya nahm sich ein Brötchen und schnitt es durch. »Hast du mein Buch auf den Tisch gelegt? Ich bin da wohl gestern mit eingeschlafen.«

»Ja, das war ich.«

»Es ist ein spannender Roman um ein Frauenschicksal im letzten Jahrhundert. Wenn ich nicht so müde gewesen wäre, hätte ich die Nacht durchgelesen.«

»Wo wart ihr? Joke und du?«

»Wir haben ein Bier im Pub getrunken und sind danach am Strand gewesen.«

»Romantisch, romantisch!«

Sonya schaute verlegen zur Seite. »Quatsch! Alles ganz normal.«

»Ach so. Ihr seht euch also nicht wieder?«

»Habe ich nicht gesagt.«

»Lass mich raten«, sagte Franzi lachend. »Heute in der Mittagspause?«

Sonya zuckte mit den Schultern. »Vielleicht.«

»Du hast recht. Letztendlich läuft man sich immer wieder unweigerlich über den Weg. Da bedarf es keiner Verabredung.«

»Joke hat Spätschicht, also können wir uns heute Abend nicht lange sehen. Er holt mich von Eddas Laden ab. Vielleicht kann ich ja auch meine Pause etwas verlängern.«

»Wenn Edda einen guten Tag hat …«

»Meinst du?«

Franzi gab sich Mühe, ernst zu bleiben. »Oh, ja. Edda ist in der Beziehung mehr als streng.«

Sonya sah sie mit zusammengezogenen Augenbrauen an. »Du willst mich aufziehen, oder?«

Franzi lachte. »Klar, was sonst. Edda sieht das nicht so eng. Frag sie einfach. Sie kennt Joke auch.«

»Kennt hier eigentlich jeder jeden? Wahrscheinlich weiß die ganze Insel schon über mich Bescheid.«

»Die ganze nicht. Aber so neunzig Prozent würde ich schon schätzen.«

»Krass! Dann kann man ja quasi keine Geheimnisse haben. Was machen denn die Männer, die fremdgehen?«

Franzi hielt kurz die Luft an. Wie kam Sonya jetzt auf diese Frage? Hatte sie doch etwas von Franzis nächtlichen Ausflügen bemerkt? Nein, natürlich nicht. Selbst wenn sie jemand gesehen haben sollte, hatte sie als Hausverwalterin einen guten Grund, dort zu sein. Ihr fiel Meta ein, die über viele Jahre eine geheime Beziehung zu einem verheirateten Mann gehabt hatte. Niemand hatte es bemerkt.

»Die werden wohl etwas besser aufpassen müssen als auf dem Festland. Oder sie lassen es einfach bleiben.«

»Blödes Thema«, murmelte Sonya. »Ich hasse Heimlichkeiten.« Sie stutzte. »Und bin trotzdem in diese bescheuerte Situation geraten.«

»Schluss jetzt!«, sagte Franzi. »Keine trüben Gedanken am Frühstückstisch. Reichst du mir die Butter?«

Nach dem Frühstück rief Pascal Bonnet an. Er hatte in Neuharlingersiel übernachtet und würde mit der ersten Fähre nach Spiekeroog kommen. Franzi versicherte ihm noch einmal, dass Karla noch auf der Insel sei und dass sie ihn selbst von der Fähre abholen würde.

Kurz vor zehn Uhr vormittags beschloss Franzi aufzubrechen. Auf dem Weg zum Hafen schaute sie bei Edda vorbei und verabredete sich mit ihr für Sonntag zum Frühstück.

Nach einem kurzen Besuch bei Meta, bei dem sie nachfragte, was die beiden alten Damen am Nachmittag vorhatten, ging Franzi langsam zum Hafen. Der Wind hatte inzwischen die letzten Wolken nach Süden getrieben und die Sonne war durchgekommen. Die frische Luft duftete nach einem herrlichen Frühsommertag.

Auf dem Weg begrüßte Franzi Bekannte und Freunde, schaute kurz in einem Café vorbei, mit dessen Inhaberin sie befreundet war, und schlenderte schließlich auf den Kai zu.

In der Ferne war bereits die Fähre zu sehen. Franzi hätte schwören können, dass Tamme auf seinem Lieblingsplatz weit vorne an der Reling stand und ihr zuwinkte. Als das Schiff näher kam, stellte sie fest, dass sie sich nicht getäuscht hatte, da war Tamme. Neben ihm stand ein älterer Herr, mit dem er sich zu unterhalten schien.

Als einer der Letzten kam ihr Mann von der Fähre, vor ihm lief der alte Herr, der an der Reling neben ihm gestanden hatte. Aus der Nähe erkannte Franzi Pascal Bonnet, dessen Fotos sie im Internet gefunden hatte.

Sie ging auf den Franzosen zu und reichte ihm die Hand. »Herzlich willkommen, Pascal. Meinen Mann hast du ja schon kennengelernt.«

»Oh! Der Herr Beninga ist dein Ehemann. Danke für den wunderschönen Empfang.«

Franzi umarmte Tamme und küsste ihn. »Endlich! Ich habe dich vermisst.«

»Und ich dich erst mal«, flüsterte Tamme ihr ins Ohr. »Ich liebe dich.«

Pascal Bonnet war einen Schritt zurückgetreten und hatte die Begrüßung lächelnd verfolgt. »Was für ein Zufall, dass ich deinen Mann auf der Fähre getroffen habe.«

Tamme erbot sich, Pascals Koffer aus dem Transportcontainer zu holen, und ließ Franzi und den Schriftsteller alleine.

»Du hast einen herzensguten Mann, Franzi.«

»Das weiß ich. Ich würde dich gerne heute zum Mittagessen zu uns einladen, wenn du magst. Heute Nachmittag würde ich dann mit dir zusammen zu Tammes Tante gehen. Dort wohnt Karla für die Zeit, die sie auf der Insel ist.«

»Die Einladung nehme ich gerne an.«

»Auf der Insel gibt es übrigens keine Autos. Macht es dir etwas aus, wenn wir zu Fuß ins Dorf gehen?«

»Nein, überhaupt nicht. Dann kannst du mir auch etwas über dich erzählen.«

Als Tamme mit seinem Rucksack und dem Rollkoffer von Pascal Bonnet zurückkam, liefen sie gemeinsam ins Dorf. Franzi erzählte Pascal von ihrer Flucht aus Rosenheim und dem aufregenden Neuanfang auf Spiekeroog.

»Die Geschichte würde sich ja tatsächlich für einen Roman eignen«, sagte Pascal lächelnd. »Vielleicht leihst du mir deine Geschichte und ich schreibe sie auf.«

Franzi lachte. »Das ist nett von dir, aber ich glaube kaum, dass das jemanden interessieren würde.«

»Darüber reden wir noch einmal«, antwortete Pascal.

Sie brachten den alten Herrn zu seiner Pension und Tamme versprach, ihn um dreizehn Uhr abzuholen.

»Ist Pascal Karlas alter Freund aus Paris, von dem du mir erzählt hast?«, fragte Tamme, als sie sich auf dem Weg nach Hause befanden.

»Ja, ich habe ihn ausfindig gemacht und mit ihm telefoniert. Da hat er mir auch schon das Du angeboten.«

»Und er kommt einfach so aus Paris rüber?«

»Nein, nicht einfach so.« Franzi erzählte Tamme von Karlas Tumor und ihrem Plan, Sterbehilfe in Anspruch zu nehmen.

»Und Karla will, dass Meta …« Er schüttelte mit entsetzter Miene den Kopf. »Das geht ja wohl gar nicht. Warum hast du mir nichts gesagt?«

»Ich weiß es doch auch erst seit Kurzem und du warst unterwegs. Da wollte ich dich nicht damit belasten.«

»Weiß Meta es schon?«

Sie hatten inzwischen ihr Haus erreicht, Franzi schloss auf und trat zur Seite. »Lass uns doch reingehen.«

Tamme blieb stehen. »Weiß sie es schon?«

»Nein, ich glaube nicht. Das hätte ich ihr angemerkt. Ich habe ähnlich entsetzt reagiert wie du. Vielleicht hat das Karla ja davon abgehalten, Meta etwas zu erzählen. Sie hat auf jeden Fall ihren Urlaub um eine Woche verlängert. Ich denke, es hängt damit zusammen.«

Tamme nickte und ging, ohne etwas zu sagen, ins Haus.

»Wenn du willst, können wir das Essen mit Pascal auch absagen«, bot Franzi an.

Sie saßen in der Küche, Tamme hatte sich einen Aquavit eingegossen und hielt das kleine Schnapsglas mit dem eiskalten Inhalt in der Hand. Seine Stimmung war am Tiefpunkt.

»Nein«, sagte er und trank. Dann schenkte er sich ein weiteres Glas ein. »Pascal ist doch unsere einzige Hoffnung. Ich lasse nicht zu, dass Meta mit in die Schweiz fährt und dort …« Er brach ab und trank den zweiten Aquavit.

»Falls Meta das so will, kannst du es nicht verhindern. Lass uns abwarten, was passiert. Du weißt doch, wie Meta es hasst, wenn ihr jemand etwas vorschreiben will.«

Tamme stand auf. »Kann ich dir beim Kochen helfen?«

Pascal Bonnet erwies sich als angenehmer Gast, der nicht nur interessante Geschichten aus seinem Leben erzählte, sondern sich auch als guter Zuhörer erwies. Nach einem Anruf aus einem der Ferienhäuser verabschiedete sich Tamme, um sich um eine defekte Waschmaschine zu kümmern.

»Dein Mann macht sich Sorgen um seine Tante?«, fragte Pascal.

»Nachdem er seine Eltern durch einen Autounfall verloren hat, lebte Tamme bei seiner Tante. Sie ist wie eine Mutter für ihn. Und ja, er macht sich große Sorgen um sie.«

»Das verstehe ich. Du hast mich auch seinetwegen angerufen und mir von Karlas Krankheit erzählt?«

»Nicht nur. Meta ist auch eine der wichtigsten Personen in *meinem* Leben. Und ich mag auch Karla sehr.«

»Ich kann nicht versprechen, dass ich Karla umstimmen kann, aber sollte sie in die Schweiz fahren, würde ich sie gern begleiten. Das bin ich ihr schuldig.«

»Ich habe dich schon gefragt, was damals passiert ist, und du wolltest es mir nicht verraten. Das akzeptiere ich natürlich. Aber vielleicht erfahre ich es ja zu einem späteren Zeitpunkt.«

Pascal holte tief Luft und atmete langsam wieder aus. »Ich habe sie einmal geliebt. *Wir* haben uns geliebt und dann habe ich einen Fehler gemacht. Das waren damals verrückte Zeiten, alles schien möglich, uns stand die Welt offen und wir wollten sie verändern. So war es auch mit der Liebe. Ich war Karla untreu, und das nicht nur einmal. Sie hat mir zwei Mal verziehen, aber beim dritten Mal war ihre Geduld zu Ende. Es ist etwas passiert, was Karla mir nicht verzeihen konnte.« Pascal nickte gedankenverloren. »Ich war ein dummer Junge, der dachte, er wäre erwachsen. Wie alle jungen Menschen das meinen, bis sie später einmal merken, dass sie es nicht sind. Die einen früher, die anderen später.«

»Du hast nie wieder Kontakt mit Karla gehabt?«

»Nein, ich habe sie in den Monaten nach ihrer Abreise – nein, es war eher eine Flucht – gesucht. Aber ich wusste weder, aus welcher Stadt sie in Deutschland kam noch sonst etwas, das mir geholfen hätte, sie zu finden. Damals gab es kein Internet, und wenn man jemanden nicht gut kannte, war es hoffnungslos, ihn aufzuspüren.«

»Aber Karla hätte dich finden können, wenn sie gewollt hätte«, sagte Franzi.

»Ja, das hätte sie. Doch ich nehme es ihr nicht übel, dass sie sich nie wieder gemeldet hat. Sie war zutiefst gekränkt. Ich hätte sie aufhalten müssen, aber ich habe es nicht getan – aus falschem männlichem Stolz oder sollte ich sagen: Arroganz?«

»Wir machen alle Fehler.«

»Ja, das ist wohl so.«

Franzi ging mit Pascal auf Metas Haus zu. Tamme hatte eine halbe Stunde zuvor angerufen und mitgeteilt, er habe weiter in der Ferienwohnung zu tun und würde erst am späten Nachmittag zurückkommen.

»Soll ich mit reinkommen?«, bot Franzi an.

»Wenn es dir nichts ausmacht, würde ich dich gern darum bitten.«

Sie zeigte nach vorne. »Es ist dort, das dritte Haus in der Reihe.«

Pascal nickte mit nachdenklicher Miene.

»Karla wird sich freuen, auch wenn sie erst erschrocken sein wird, dich wiederzusehen. Allenfalls bekomme ich den Ärger, du sicher nicht.«

Sie gingen weiter, Franzi klopfte an die Haustür und trat ein. »Hallo! Jemand da?«

Meta steckte den Kopf aus der Küche. »Kind, du hast gar nicht gesagt, dass du kommen wolltest.« In diesem Moment fiel ihr Blick auf Pascal, der hinter Franzi stand. »Du hast noch einen Gast mitgebracht?«

Der alte Herr trat vor und reichte Meta die Hand. »Pascal Bonnet. Ich bin ein alter Freund von Karla.«

»Oh! Aus Frankreich? Doch nicht etwa …« Meta brach ab und drehte sich um. Hinter ihr war Karla erschienen. »Besuch für dich, Karla.«

Diese starrte Pascal fassungslos an.

»Bonjour, Karla«, sagte er leise.

Meta schaute zwischen ihrer Freundin und dem Franzosen hin und her und warf Franzi schließlich einen fragenden Blick zu. Sie gab ihr einen Wink, sich zurückzuziehen. Meta trat zur Seite, sodass sich Pascal und Karla direkt gegenüberstanden.

»Pascal?«, flüsterte Karla.

Der alte Herr nickte und schloss für einen Moment die Augen.

Franzi stand regungslos hinter Pascal. Sie wagte es nicht, etwas zu sagen oder sich auch nur zu bewegen.

»Was machst du hier?«, fragte Karla, die anscheinend immer noch nicht fassen konnte, ihren alten Freund vor sich stehen zu haben.

»Ich wollte dich besuchen. Diese liebenswerte junge Dame«, er drehte sich halb zu Franzi um, »hat mich aufgespürt und mich angerufen, vor ein paar Tagen. Gestern habe ich es in Paris nicht mehr ausgehalten und einen Zug gebucht. Nur die Nordsee hat mich aufgehalten. Ich musste bis heute früh warten. Jetzt bin ich hier.«

Franzi atmete auf. Pascal schien bewusst den frühen Termin ihrer Kontaktaufnahme genannt zu haben. So würde Karla sein Kommen nicht gleich mit ihrer Krebserkrankung in Verbindung bringen.

»Vor ein paar Tagen?«, wiederholte diese.

»Ich habe eine Weile überlegt, ob ich willkommen bin«, sagte Pascal jetzt auf Französisch. »Aber dann habe ich mir gesagt, dass schon zu viel Zeit vergangen ist, als dass ich noch länger warten könnte.«

Er ging auf Karla zu und öffnete seine Arme. »Darf ich dich umarmen?«

Karla zögerte, trat dann aber einen Schritt vor. Sie schien immer noch voller Zweifel zu sein, ob der Mann nur eine Sinnestäuschung war. »Bist du es wirklich?«, fragte sie auf Französisch.

Pascal schloss sie in die Arme und zog sie vorsichtig an sich. Langsam schien Karla zu begreifen, wer da vor ihr stand, und sie erwiderte die Umarmung.

Franzi kamen die Tränen. Vor lauter Rührung hatte sie nicht bemerkt, dass Meta nun neben ihr stand, mit der Jacke in der Hand. »Kind, wir sollten einen kleinen Spaziergang machen«, flüsterte sie ihr zu und zog sie mit sich hinaus.

Fünfundzwanzig

»Das hast du gut gemacht«, sagte Meta, als Franzi und sie das Haus verlassen hatten. »Wenn Karla jemand helfen kann, dann er.«

»Du weißt, dass Karla …« Franzi sah sie überrascht an.

»Dass sie schwer krank ist? Ja, das hat sie mir erzählt.« Meta schaute zurück zum Haus. »Ich hatte es zwar schon geahnt, aber ich wollte sie nicht drängen.«

Meta schien bei Weitem nicht so entsetzt über die Nachricht, wie Franzi und Tamme vermutet hatten.

»Seit wann weißt du es?«

»Sie hat es mir einen Tag, nachdem sie mit dir unterwegs war, erzählt.«

»Du hast dir gar nichts anmerken lassen. Ich war davon ausgegangen, dass du dir das sehr zu Herzen nehmen wirst. Hat Karla dir noch mehr erzählt?«

»Du sprichst von ihren Plänen, in die Schweiz zu fahren und dort zu sterben?«

»Hat sie dich etwa gebeten, sie zu begleiten?«

»Nein, darum würde Karla mich niemals bitten. Aber ich habe es ihr angeboten.«

Franzi starrte Meta verwirrt an. »Unterstützt du ihren Wunsch zu sterben?«

»Muss ich das? Es ist Karlas Entscheidung. Natürlich habe ich ihr meine Meinung gesagt, als sie danach gefragt hat. Und du weißt auch, was ich über Sterbehilfe denke. Auch wenn ich nicht die fleißigste Kirchgängerin auf der Insel bin, so bin ich doch eine gläubige Christin und habe Ehrfurcht vor der Schöpfung.«

Franzi hatte mit vielem gerechnet, aber nicht damit, dass Meta so einfühlsam mit der Situation umgehen würde. Dabei kannte sie die alte Dame seit Jahren, und sie hatten gemeinsam schwierige Zeiten durchgemacht. Aber häufig, wenn Meta auf den Tod zu sprechen gekommen war, hatte Franzi ausweichend reagiert oder das Thema gewechselt.

»Entschuldige, Meta. Eigentlich weiß ich doch, wie stark du bist und wie wichtig dir Freundschaft ist. Ich habe die ganze Zeit nur daran gedacht, dass eine solche Reise und die damit verbundenen Strapazen zu viel für dich sein würden. Eine so enge Freundin wie Karla bis zum Tod zu begleiten, stelle ich mir unendlich schwer vor.«

Meta hakte sich bei Franzi unter und zog sie mit sich Richtung Strand. »Und das wird sicher auch so sein«, sagte sie nach wenigen Metern. »Aber wenn das Leben zu Ende geht, sollte niemand alleine bleiben. Und es ist egal, ob es selbst gewählt ist oder weil der Körper nicht mehr kann.«

Franzi schwieg. Ihr wurde wieder einmal bewusst, warum Metas Rat ihr in den letzten Jahren so wichtig gewesen war. Wie hatte sie nur annehmen können, dass Meta Karla den letzten Freundschaftsdienst verweigern würde?

»Mach dir nicht so viele Gedanken, Kind«, sagte Meta. Sie blieb stehen. »Wollen wir umkehren? Ich denke, die beiden waren lange genug alleine. Vielleicht braucht Karla mich jetzt. Sie hat mir in den letzten Tagen so einiges von ihren Pariser

Jahren erzählt. Ich hoffe, sie kann ihrem Pascal verzeihen. Das alles liegt schon so lange zurück.«

Zurück im Haus fanden Meta und Franzi einen Zettel auf dem Küchentisch. Karla schrieb, dass sie mit Pascal einen Spaziergang machte und Meta nicht auf sie warten müsse.

»Sie werden sich viel zu erzählen haben«, sagte Meta und stellte Teewasser auf. »Du bleibst doch noch einen Moment? Was ist eigentlich mit Tamme? Er sollte doch heute zurückkommen.«

»Ja, ist er auch, er musste aber zu einer Reparatur. Ich habe ihm schon geschrieben, dass ich hier bei dir bin. Er wird wohl gleich nachkommen.«

»Tamme weiß schon von Karla?«

»Ja, ich habe es ihm erzählt.«

»Und ich kann mir vorstellen, was er dazu gesagt hat.«

»Vielleicht sagen wir ihm besser nicht, dass du schon informiert bist?«, schlug Franzi vor.

»Nein, so was kommt mir gar nicht in die Tüte. Ich spreche gleich mit Tamme. Er soll sich lieber um seine Frau sorgen als um seine alte Tante. Ich komme schon zurecht.«

Am frühen Abend lagen Franzi und Tamme eng umschlungen im Bett.

Franzi küsste ihn. »Das hat mir gefehlt. *Du* hast mir gefehlt.«

»Und du mir erst. Ich habe Hauke schon gesagt, dass mein Einsatz die absolute Ausnahme war und er sich schleunigst nach einem Ersatzmann umschauen soll.«

»Das nächste Mal lasse ich dich auch nicht mehr weg. Sag das deinem Hauke. Und auch, dass ich meinen Fischer selbst brauche.«

Tamme schmunzelte. »Ich werde es ihm ausrichten. Aber ich glaube, er hat mich auch so verstanden.«

»Da wäre ich mir nicht so sicher.«

Tamme küsste Franzi zärtlich auf den Mund. »Bist du schon sehr müde?«, flüsterte er.

Franzi schüttelte den Kopf. »Nein, ich bin hellwach.« Sie erwiderte seinen Kuss.

Später lagen sie lange eng umschlungen im Bett und sprachen über das Kind, das sich beide seit Jahren wünschten. Franzi fühlte sich so geborgen und glücklich wie seit Monaten nicht mehr. Als Franzi nun detaillierter von ihren Urlaubsplänen erzählte, stellte sich heraus, dass Tamme tatsächlich von der Idee begeistert war, in die bayrischen Alpen zu fahren. Er schlug vor, gleich am nächsten Tag zu buchen.

Franzi wurde wach und drehte sich um. Ein Lächeln huschte über ihr Gesicht, als sie ihren schlafenden Mann neben sich entdeckte.

»Schon wach?«, fragte Tamme, der gerade die Augen geöffnet hatte.

Franzi kroch zu ihm unter die Decke und schmiegte sich an ihn. »Ja, aber noch nicht bereit zum Aufstehen.«

»Wir haben heute Samstag. Du weißt schon, was das heißt?«

»Die Fähre kommt erst um halb zwölf, mit den Putzteams ist alles organisiert.« Sie küsste ihn. »Wir haben noch viel Zeit.«

Tamme strich ihr eine Haarsträhne aus dem Gesicht. »Das sind ja ganz neue Töne. Bist du sicher?«

»Sehr sicher«, flüsterte Franzi.

»Ihr beide seht ja aus wie ein frisch verliebtes Pärchen«, kommentierte Sonya am Frühstückstisch, nachdem Tamme ins Büro gegangen war, um ein Telefongespräch entgegenzunehmen.

»Ist das so schlimm?«, fragte Franzi, die sich eine weitere Tasse Kaffee eingoss. »Tamme war fast eine Woche auf dem Festland.«

»Huch, das ist tatsächlich lange«, sagte Sonya mit gespieltem Ernst. »Meta hat mir erzählt, dass die Männer früher viele Monate lang auf See waren. Wale fangen und so.«

»Was ist denn jetzt mit Joke?«, erkundigte sich Franzi, um das Thema zu wechseln. »Auch frisch verliebt?«

»Hatte ich dir nicht gesagt, dass ich erst mal genug von den Männern habe? Vielleicht werde ich einfach lesbisch. Das macht vieles einfacher.«

»Guter Plan!« Tamme stand in der Küchentür und grinste breit.

»Blödmann!«, rief Sonya und warf ein Küchentuch in seine Richtung.

Tamme fing das Tuch lachend auf. »Ich glaube, das nennt man häusliche Gewalt.«

»Dein Kaffee wird kalt.« Franzi warf ihm einen strengen Blick zu. »Hinsetzen und ruhig sein.«

Franzi ging die Liste der zwanzig Ferienwohnungen durch. »Jeder eine Hälfte?«

»Kein Problem«, antwortete Tamme. »Kannst du meine so legen, dass ich zwischendurch bei Meta vorbeischauen kann? Ich habe ihr gestern versprochen, kurz vorbeizukommen.«

Franzi markierte seine Objekte mit einem Kreuz und kopierte ihm den Ausdruck. »Bitte. Die Uhrzeiten, zu denen das Reinigungsteam dort sein sollte, stehen wie immer am Ende.«

»Aye, aye, Käpt'n!«, gab Tamme mit schelmischer Miene zurück. »Wird umgehend erledigt.«

»Abtreten, Matrose, und denk dran, wenn das Wetter gut bleibt, habe ich für heute Nachmittag einen kleinen Ausflug mit dir vor.«

Tamme salutierte. »Ist notiert.«

Franzi lachte. »Verschwinde schon, du Kasperkopf!«

Er winkte ihr zu und verließ eilig das Büro. Franzi packte ihre Unterlagen zusammen und machte sich kurz darauf auf den Weg zum ersten Haus.

Drei Stunden später rief sie die ersten Gäste an, um ihnen mitzuteilen, dass ihre Wohnung bezugsfertig sei. Am frühen Nachmittag führte sie die letzten Gäste, die kurz zuvor mit der Fähre angekommen waren, durch ein Ferienhaus. Als sie auf dem Rückweg an Phillips Wohnung vorbeikam, begrüßte sie Ann-Marie und ihren Vater und wünschte ihnen einen wunderschönen Nachmittag.

»Lass mich raten«, sagte Tamme, als er in die Küche kam, in der Franzi gerade den Picknickkorb schloss. »Wir suchen uns ein ruhiges Plätzchen am Strand und lassen es uns für ein paar Stunden gut gehen?«

»Keine Lust?«

»Im Gegenteil. Für heute habe ich genug Urlauber gesehen.«

»Holst du noch die große Decke aus dem Schrank?«

Als Tamme sich abwandte, holte Franzi die kalt gestellte Flasche Champagner aus dem Kühlschrank und rollte sie in zwei Handtücher ein. Dann verstaute sie alles in ihrem Rucksack und wartete vor dem Haus auf Tamme.

»Komme schon!«, rief Tamme von drinnen.

Die Decke unter den Arm geklemmt, kam er hinter ihr her nach draußen gelaufen.

»Warst du eigentlich noch bei Meta?«, fragte Franzi.

»Kurz. Sie war alleine, falls du danach fragst. Wenn ich das richtig verstanden habe, war Karla mit diesem Franzosen irgendwo frühstücken.«

»Hatte Meta mit ihr gesprochen?«

»Das habe ich nicht gefragt, aber Meta ging es sehr gut. Ich kann daraus nur schließen, dass du den richtigen Riecher hattest, als du Pascal angerufen hast. Wieder einmal.«

»Es hätte auch schiefgehen können«, gab Franzi zurück. »Kann es immer noch.«

Tamme blieb stehen und zeigte auf ein Schild in etwa zwanzig Meter Entfernung. »Genau ab da lassen wir alle Probleme für ein paar Stunden hinter uns. Versprochen?«

Franzi zog ihn an sich und küsste ihn. »Ich würde sogar sagen, ab sofort. Und jetzt weiter!«

Tamme breitete die Decke aus und legte sich in die Sonne. »Herrlich!«

Sie waren am Strand Richtung Osten gegangen und hatten schnell die bevölkerten Teile mit den Strandkörben hinter sich gelassen. Nach dem Strandabschnitt, an dem Hunde erlaubt waren, wurde es nach wenigen Hundert Metern ruhig.

Sie schlugen ihr Lager an einer windgeschützten Stelle nahe den Dünen auf. Franzi setzte sich auf die Decke und zog ihre Schuhe und Strümpfe aus. Sie hob mit geschlossenen Augen den Kopf und überlegte, ob es warm genug für ein Sonnenbad im Bikini war. Kurz entschlossen zog sie Hose und Shirt aus und legte sich neben Tamme.

»Mutig!«, sagte er.

»Ich habe deine Badehose auch eingepackt. Nur für den Fall.«

Er legte sich an ihre Seite und fuhr mit dem Zeigefinger von ihrem Bauchnabel weiter nach oben. »Im Moment bin ich beschäftigt.« Sein Finger erreichte das Bikinioberteil und hüpfte über den Stoff, strich langsam ihren Hals entlang, bevor Tamme sich über sie beugte und sie küsste.

Als Franzi ihren Kopf leicht zur Seite neigte, sagte er schnell: »Niemand sieht uns. Weit und breit keine Menschenseele.«

Hinter dem Hundestrand wurde der Strand bis zu fünfhundert Meter breit. Die wenigen Urlauber, die bis hierher den Strand entlangliefen, gingen fast ausschließlich am Wasser entlang.

Tamme fuhr erst mit kreisenden Bewegungen unter das Bikinioberteil, bevor er seine Hand herauszog und langsam den Bauch nach unten wanderte.

»Wir sind keine achtzehn mehr, Tamme«, flüsterte Franzi und hielt die Luft an, als die Hand in ihren Schritt glitt. »Tamme«, hauchte sie. »Nicht hier!«

Er zog langsam seine Hand zurück. »Warum nicht?« Dann setzte er sich hin, streifte seine Hose herunter und zog den Pullover aus.

Franzi spürte seine nackte Haut auf ihrer. »Du bist verrückt«, murmelte sie.

»Was für ein Tag!«, sagte Tamme und prostete Franzi zu. »Auf die Liebe meines Lebens!«

Franzi lächelte und hob ihr gefülltes Champagnerglas. »Auf meinen Mann, den ich über alles liebe.«

Tamme trank einen Schluck und stellte das Glas in den Sand. »Wann hast du alle diese Köstlichkeiten zubereitet?«

»Das meiste habe ich fertig gekauft.« Franzi zeigte auf die Tapas. »Dabei hat Edda mir geholfen. Ich wusste gar nicht, dass sie sich so gut mit spanischem Essen auskennt.«

»Ich auch nicht.« Tamme griff nach einem Weißbrot mit Schinken. »Kommt Edda eigentlich gut klar, so ohne Markus? Er ist doch jetzt schon eine ganze Weile da unten in der Schweiz.«

»Sie hat nichts gesagt. Wenn du es nicht weitererzählst …«

»Was denn? Ich meine, natürlich sage ich nichts weiter.«

»Ich glaube, sie genießt es insgeheim, eine kleine Auszeit von ihm zu haben. Außerdem ist ihr klar, wie wichtig das Projekt für Markus ist. Nicht nur finanziell, sondern für ihn persönlich. Er hat ganz schön darunter gelitten, dass er hier auf der Insel nur so eingeschränkte Möglichkeiten hat.«

»Dann passt es ja für beide. Perfekt.« Tamme sah sie fragend an. »Aber es gibt keine ernsthaften Probleme zwischen den beiden, oder?«

»Nichts, was sie nicht über kurz oder lang in den Griff bekommen. Ich glaube, Edda wünscht sich sogar noch ein zweites Kind. Aber das hat sie mir so nicht gesagt. Also sprich das bitte nicht an, wenn wir sie treffen.«

»Das wäre doch klasse. Ich meine, wenn wir dann auch … dann könnten die beiden Kinder zusammen spielen und wir könnten uns gegenseitig aushelfen.«

Franzi schwieg. Tamme strich ihr mit der Hand zärtlich über die Wange. »Ich habe es dir noch nicht gesagt, aber da draußen auf dem Kutter … neben der Arbeit hatte ich auch viel Zeit nachzudenken.« Er hielt inne und holte tief Luft. »Also ich denke, ich werde mich untersuchen lassen. Schaden kann es ja nicht.«

Franzi warf ihm einen skeptischen Blick zu. »Bist du sicher?«

»Ja, ganz sicher.«

Franzi beugte sich vor und küsste ihn. »Ich liebe dich!«

Sechsundzwanzig

»Edda fragt, ob ihr beide heute Abend mit ihr ins Laramie kommt«, sagte Sonya, als Franzi und Tamme am späten Nachmittag zurück nach Hause kamen.

»Ist Jella wieder bei ihrer Oma?«, fragte Tamme.

»Nein, sie hat eine neue Babysitterin, die bis Mitternacht auf sie aufpasst.«

»Soll ich raten, wer es ist?«, fragte Tamme mit einem Augenzwinkern.

Sonya drückte den Rücken durch und hob den Kopf. »Eine Topkraft, würde ich sagen. Überall einsetzbar, wo sie gebraucht wird. Geliebt von allen Kindern auf der Insel.«

Tamme zeigte ihr den gehobenen Daumen. »Respekt! Und das am Samstagabend.«

Franzi stand auf. »Ich ruf Edda gleich mal an.« Sie ging in den Flur und griff nach dem Telefon, das dort auf der Ladestation stand.

»Hey!«, begrüßte sie ihre Freundin. »Hat meine Botin euch die Nachricht überbracht?«

Franzi lachte. »Hat sie gemacht! Gibt es heute Abend nicht Livemusik im Laramie?«

»Richtig! Ich hole euch um kurz vor acht ab. Einverstanden?«

»Ich habe zwar Tamme noch gar nicht gefragt, aber er kommt bestimmt mit.«

»Ich hör schon, gute Stimmung bei euch. Finde ich klasse!«

»Bist du jetzt eine Hellseherin?«, gab Franzi lachend zurück. »Ich habe doch nur gesagt, dass Tamme bestimmt mitkommt.«

»Vielleicht kenne ich dich inzwischen etwas, Franzi? Allein der Klang deiner Stimme hat dich verraten. Bis später!« Edda hatte aufgelegt.

»Kannst du mal die Lampe ruhig halten?«, grummelte Franzi.

Sie waren zu dritt auf dem Rückweg vom Laramie ins Dorf. Tamme alberte herum und fuchtelte dabei mit der Taschenlampe durch die Gegend, anstatt den Weg auszuleuchten.

»Du gehst schon nicht verloren«, sagte Edda lachend.

Sie hatten gemeinsam zwei Flaschen Wein getrunken, die Band aus Oldenburg hatte ihr Bestes gegeben und das Publikum war begeistert.

Tamme legte den Arm um Franzis Schultern und leuchtete den Weg aus. »Franzi hat recht. Wir sind erwachsen und sollten uns auch so benehmen.«

Edda kicherte wie ein Teenager und steckte Tamme und Franzi damit an. Langsam setzten sie ihren Weg fort.

»Wie spät ist es eigentlich?«, fragte Edda und suchte in ihrer Handtasche nach dem Handy.

»Wir haben noch eine Viertelstunde bis Mitternacht«, antwortete Franzi, die kurz zuvor auf ihre Armbanduhr geschaut hatte. »Wenn wir allerdings weiter so schleichen …«

»… kommen wir zu spät«, vollendeten Tamme und Edda ihre Warnung.

Franzi rollte mit den Augen. »Alberne Inselkinder«, murmelte sie.

»Das habe ich gehört!«, rief Edda ihr zu, ohne sich umzudrehen.

»Gut so!«, antwortete Franzi und konnte sich das Lachen nicht mehr verkneifen.

»Ein schöner Tag, trotz der vielen Arbeit«, sagte Tamme, als sie weit nach Mitternacht im Bett lagen.

»Stimmt, aber jetzt bin ich müde.« Franzi drehte sich auf seine Seite und strich ihm zärtlich über die Schulter. »Gut, dass du wieder da bist.«

»Hast du jetzt das Hotel in Bayern gebucht?«

Über Franzis Gesicht huschte ein Lächeln. »So lautete der Auftrag.«

»Um unsere Vertretung kümmern wir uns nächste Woche. Irgendwer wird sich schon erbarmen. Das ist alles nur eine Frage des Geldes.«

»Ich frage mal Britta. Die hat richtig gute Kontakte in Hamburg.«

»Und ich rufe einen Freund in Wittmund an. Der arbeitet doch auch in der Branche. Für die zwei Wochen wird sich wohl eine Vertretung finden lassen.« Tamme küsste Franzi. »Wir schaffen das.«

»Meinst du, dass wir Sonya alleine lassen können? Oder soll ich Meta fragen, ob sie in der Zeit bei ihr wohnen kann?«

Tamme richtete sich halb auf. »Wir sprechen hier von Herbst. Meinst du, sie ist dann noch hier? Was ist denn mit ihrer Mutter? Ich verstehe nicht, dass sie das alles so zulässt.«

»Ich telefoniere fast jeden Tag mit Anja und nächstes Wochenende fährt Sonya zu ihr. Danach sehen wir weiter.«

Tamme wiegte den Kopf hin und her. »Ich weiß nicht. Machst du es dir da nicht zu einfach? Du schiebst die Entscheidung immer weiter nach hinten. Irgendwann wird es zu spät sein.« Er legte sich wieder hin. »Versteh mich nicht falsch, ich will auch, dass es Sonya gut geht, aber ist das jetzt der richtige Weg?«

»Ich weiß es doch auch nicht, Tamme.«

»Was meinst du, sollten wir oder du vielleicht jemand fragen, der sich damit auskennt? Ich meine, solche traumatischen Erlebnisse, wie Sonya sie hatte, lösen sich nicht einfach in Luft auf.«

»Dass wir uns irgendwo Hilfe suchen, darüber habe ich auch schon nachgedacht.«

Tamme nickte. »Wir sollten da noch mal in Ruhe drüber nachdenken. Und jetzt schlafen wir.« Er beugte sich zu Franzi und küsste sie auf die Stirn. »Gute Nacht, mein Engel.«

Am Sonntagmorgen frühstückten sie zusammen mit Sonya, die sich anschließend auf den Weg machte, um Joke zu treffen. Die Schicht des angehenden Kochs würde erst am frühen Nachmittag beginnen.

Als Franzi das Frühstücksgeschirr vom Tisch abräumte, klingelte ihr Handy. Nach einem Blick aufs Display nahm sie das Gespräch mit mulmigem Gefühl an.

»Guten Morgen, Karla.«

»Guten Morgen. Entschuldige, dass ich mich erst jetzt bei dir melde. Hättest du heute am frühen Abend etwas Zeit für mich? Pascal wird am Nachmittag die letzte Fähre aufs Festland nehmen.«

»Ich denke schon.«

»Wie wäre es mit neunzehn Uhr?«

»Wo wollen wir uns treffen?«

»Darf ich dich in ein Restaurant einladen?«

Sie verabredeten sich in einem kleinen Restaurant in der Nähe von Metas Haus. Franzi versprach, dort einen Tisch zu bestellen.

»Karla?«, fragte Tamme, als Franzi das Gespräch beendet hatte. »Was hat sie gesagt?«

»Sie will sich heute Abend mit mir treffen. Sonst hat sie nichts gesagt. Pascal fährt heute mit der letzten Fähre zurück.«

»Und wie klang sie?«

»Freundlich, auf jeden Fall nicht verstimmt oder so.«

Tamme wischte den Esstisch ab. »Was machen wir heute?« Er grinste. »Wieder zum Strand? Also gestern hat es mir durchaus ge…«

Franzi unterbrach ihn lachend. »Nein, kein Strand heute. Wir gehen eine Kleinigkeit essen und danach verbringen wir einen ruhigen Nachmittag zu Hause.«

»Klingt verlockend! Ich bin dabei.«

Franzi holte Karla bei Meta zu Hause ab. Die alte Dame umarmte Franzi zur Begrüßung und verabschiedete sich von ihrer Gastgeberin. Die wenigen Meter bis zum Restaurant gingen sie schweigend nebeneinanderher. Franzi hielt die Tür auf und folgte Karla ins Lokal. Sie bekamen den gewünschten Tisch, der in einer ruhigen Nische stand.

»Ich hoffe, du hast etwas Hunger mitgebracht«, sagte Karla mit der Speisekarte in der Hand. »Möchtest du Wein trinken?«

»Hunger ja, Wein nein.«

»Dann bestelle ich eine große Flasche Wasser?«

»Ja, gerne.«

Franzi las die Speisekarte durch, obwohl sie schon wusste, was sie bestellen würde. »Hast du etwas gefunden, Karla?«

»Ich werde einen Salat mit Putenbruststreifen essen. Abends bin ich nicht mehr so hungrig. Das ist eine Nebenwirkung der Medikamente.«

Franzi nickte und las weiter. Als der Kellner an ihren Tisch trat, bestellte sie Steak mit Ofenkartoffel und reichte ihm die Karte.

»Ich möchte mich erst einmal bei dir entschuldigen. Ich habe dich bei unserem letzten Spaziergang mit meinen Problemen regelrecht überfallen.«

»Du musst dich nicht entschuldigen. Im Gegenteil: Ich habe viel zu heftig reagiert, das tut mir leid.«

Karla lächelte. »Jetzt entschuldigen wir uns gegenseitig. Verrückte Welt. Aber ich denke, ich hätte tatsächlich vorsichtiger sein sollen.«

»Lass doch, Karla. Erzähl mir lieber, wie es dir mit Pascal ergangen ist. Ihn zu suchen war eine spontane Idee von mir. Und als es tatsächlich geklappt hat, seine Telefonnummer zu bekommen, habe ich mit ihm gesprochen.«

Karla senkte den Kopf. »Pascal hat es mir erzählt. Wir haben lange und viel gesprochen.« Sie sah Franzi an. »Ich hatte nie den Mut, mit ihm wieder Kontakt aufzunehmen. Aber ein wenig weißt du ja von Pascal über das, was passiert ist.«

»Warum ist er wieder gefahren?«

»Er muss nach Paris zur Vorstellung seines neuen Romans. Der Termin ist schon vor Monaten festgelegt worden, da konnte Pascal schlecht fernbleiben.«

»Er kommt also wieder?«

Karla lächelte. »Ja, in vier Tagen. Wir fahren dann gemeinsam zurück nach Hamburg.«

Der Kellner trat mit dem Tablett in der Hand an ihren Tisch. Er schenkte ihnen Mineralwasser ein und fragte, ob sie noch einen weiteren Wunsch hätten.

»Wo war ich stehen geblieben?«, fragte Karla, als der Kellner sich dem nächsten Tisch zugewandt hatte.

»Hamburg.«

»Mein Kurzzeitgedächtnis lässt nach. Leider ist das so. Ja, Pascal kommt zurück und wird anschließend eine Weile bei mir in Hamburg bleiben.«

Franzi nickte, wagte aber nicht zu fragen, was aus Karlas weiteren Plänen geworden war.

»Ich kann mir denken, was du gerne wissen möchtest«, fuhr Karla fort. »Ich gebe zu, dass mein Entschluss etwas ins Wanken gekommen ist. Die langen Gespräche mit Pascal haben aber nichts grundsätzlich an meinen Plänen geändert. Aber ich werde nicht zu dem geplanten Termin in die Schweiz fahren.«

Franzi erschrak nicht nur über den Begriff Termin, sondern vor allem darüber, dass Karla offensichtlich bereits einen Zeitpunkt festgelegt hatte. Franzi war froh, als sie den Kellner aus den Augenwinkeln kommen sah. Er servierte ihnen das Essen und wünschte guten Appetit.

Sie aßen schweigend. Franzi dachte an Meta und wie gelassen sie mit Karlas Wunsch zu sterben umgegangen war. Warum reagierte sie selbst so heftig auf das Thema? Hing es mit ihrer früh verstorbenen Mutter zusammen? Oder konnte sie sich in ihrem Alter nicht vorstellen, dass ein Mensch freiwillig aus dem Leben scheiden wollte?

»Max hat mir erzählt, dass du deine Mutter mit neunzehn verloren hast«, sagte Karla. »Ich hätte daran denken sollen, als ich dich in meine Pläne eingeweiht habe.«

Franzi schob den Teller zur Seite. Sie hatte nur lustlos gegessen und den größten Teil des Steaks liegen gelassen. »Du willst deinen Entschluss nicht noch einmal überdenken?«

»Ich bin weiter fest entschlossen, nicht als Pflegefall enden zu wollen. Der kleine Aufschub ändert nichts an meinem Entschluss. Aber Pascal hat recht, wenn er sagt, dass ich nichts überstürzen soll. Im Moment habe ich die Symptome der Krankheit noch im Griff. Vielleicht geht es noch ein paar Wochen so weiter, vielleicht sogar Monate. Ich hatte große Angst, dass ich den richtigen Zeitpunkt verpasse, weil ich nicht mehr selbst entscheiden kann.«

»Und das hast du jetzt nicht mehr?«, fragte Franzi.

»Wenn Pascal an meiner Seite bleibt, fühle ich mich sicher. Er hat mir versprochen, mir beizustehen, wenn die Zeit gekommen ist.«

»Und Meta?«

»Sie hat mir angeboten, zu ihr nach Spiekeroog zu ziehen.« Karla schien gerührt zu sein. Sie lächelte sanft und schloss kurz die Augen. »Das ist lieb von ihr, aber es wäre nicht richtig, wenn ich ihr Angebot annehmen würde. Sie weiß nicht, was da auf sie zukommen würde. Nein, das möchte ich ihr nicht zumuten.«

Franzi ging davon aus, dass Meta sich informiert hatte. Unter ihren Freunden war ein pensionierter Arzt, den sie sicher befragt hatte. Trotzdem war Franzi froh, dass Karla sich dagegen entschieden hatte. Die Belastungen für Meta waren nicht absehbar, ihr Haus war nicht eingerichtet für eine intensive Pflege, von Metas gesundheitlichen Problemen einmal ganz abgesehen.

»Auch Meta hat mir angeboten, mich in die Schweiz zu begleiten.«

Franzi nickte.

»Mir ist wichtig, dass du weißt – und natürlich auch Tamme –, dass ich Meta nicht darum gebeten habe. Ich weiß, dass ihr beide euch Sorgen um sie macht. Und ich hoffe, dass ich mich hier in Deutschland von Meta verabschieden kann.«

Franzi verbarg ihre Erleichterung über das Gehörte. Gleichzeitig schämte sie sich dafür, so abweisend auf Karlas Ankündigung reagiert zu haben, Sterbehilfe in Anspruch zu nehmen.

»Ich möchte dir noch einmal herzlich danken«, sagte Karla. »Ohne deinen Anruf bei Pascal hätte ich ihn nie wiedergesehen.«

»Das habe ich gerne getan. Sehr gerne sogar.«

Sie saßen noch eine Weile im Restaurant und Franzi lauschte Karlas Geschichten aus ihrer Pariser Zeit. Als Franzi bemerkte, dass Karla erschöpft und müde wirkte, schlug sie vor, nach Hause zu gehen.

Vor Metas Haus umarmte Karla sie und versprach ihr, dass sie sich vor ihrer Abreise noch sehen würden.

Siebenundzwanzig

»Bist du ganz sicher, dass ich morgen mit Edda nach Oldenburg fahren kann?«, erkundigte sich Franzi, als sie nach ihrer Rückkehr mit Tamme bei einem Glas Wein im Wohnzimmer saß.

»Das habe ich dir doch schon fünf Mal bestätigt«, antwortete Tamme geduldig. »Ich bekomme das alles hin. Keine Angst. Ihr könnt euch zwei freie Tage nehmen. Du musst hier dringend mal raus.«

»Du musst aber ein Auge auf Sonya haben.«

»Klar!«

»Wenn etwas ist, rufst du mich gleich an.«

»Selbstverständlich!« Tamme nickte ernst, zog einen Kugelschreiber aus der Tasche und tat so, als schriebe er sich ihre Anweisungen auf.

Franzi lachte. »Jetzt hör schon auf. Ich weiß ja selbst, dass ich ein Kontrollfreak bin.«

»Dann lass doch mal ein wenig los.« Er hielt Daumen und Zeigefinger wenige Millimeter auseinander. »So wenig reicht schon für den Anfang. Mach dir wirklich keinen Kopf um die Arbeit oder Sonya. Ich habe beides im Griff. Und wehe, du rufst hier an, um mich zu kontrollieren. Ich warne dich! Ich werde wieder auflegen.«

Franzi seufzte. »Mach ich nicht. Ganz bestimmt nicht.«

Um kurz nach neun klopfte es an der Haustür, gleich darauf hörte sie Edda rufen: »Bist du so weit?«

»Zwei Minuten noch«, antwortete Franzi aus dem ersten Stock. »Setz dich doch so lange in die Küche.« Sie zog den Reißverschluss der Reisetasche zu und drehte sich zum großen Spiegel um. War die Jeans zu eng? Hätte sie besser die weiße Bluse anziehen sollen? Sie griff nach der Tasche und lief die Treppe hinunter.

Ihre Freundin stand wartend im Flur. »Keine Eile! Wir haben genug Zeit.«

Franzi drehte sich einmal im Kreis. »Kann ich so mitkommen?«

»Perfekt!«

Franzi warf ihr einen ungläubigen Blick zu. »Das sagst du doch jetzt nur, um mich zu beruhigen.«

Edda zeigte auf die Garderobe. »Jacke! Mitkommen!«

»War Jella sehr enttäuscht, dass wir ohne sie fahren?«, fragte Franzi auf dem Weg zur Fähre.

»Kein Problem. Meine Mutter hat alles im Griff.«

»Hoffentlich schaffe ich das später auch mal so wie du. Ich fürchte, ich hätte panische Angst, dass meinem Kind etwas passiert.«

»Angst hat man als Mutter immer. Damit muss man lernen umzugehen. Du kannst nicht ununterbrochen hinter dem Kind stehen und deine Hand über es halten.«

»Ein Schritt nach dem anderen. Erst mal muss ich schwanger werden.« Franzi erzählte Edda, dass Tamme sich untersuchen lassen würde.

»Finde ich gut. Warum brauchen die Männer immer so lange, um sich den Ärzten anzuvertrauen?«

Franzi grinste. »So sind sie halt, unsere ach so starken Männer, sie wollen immer alles alleine regeln. Apropos, was macht eigentlich Markus?«

Sie gingen auf den Hafen zu. Nur wenige Touristen fuhren an diesem Montag zurück aufs Festland.

»Markus kommt doch schon am Wochenende zurück. Er weiß nur noch nicht, für wie lange.«

»Dann sollten wir was Schönes zu viert machen. Was meinst du?«

»Klar.«

Franzi blieb stehen. Eddas Stimmung schien plötzlich umgeschlagen zu sein. Sie hatte bei ihrer Antwort den Kopf abgewendet und leise gesprochen. »Ist etwas zwischen euch vorgefallen?«

»Nichts von Bedeutung. Mach dir ja keine Gedanken, du hast genug um die Ohren.«

Edda ging weiter und Franzi lief hinter ihr her. Hatte sie in all der Hektik der letzten Wochen nicht mitbekommen, dass ihre Freundin Probleme hatte? Schweigend gingen sie auf die Fähre zu, stellten sich in die Schlange und suchten sich dann einen Platz auf dem Zwischendeck.

»Soll ich uns Kaffee holen?«, erbot sich Edda.

»Cappuccino, der ist meistens ganz gut hier.«

Edda stand auf und lief zwischen spielenden Kindern auf den Kiosk zu. Franzi sah ihr hinterher. Sie hatte beschlossen, das Thema Markus von sich aus in den nächsten zwei Tagen nicht anzusprechen. Loslassen war die Devise. Sie würden shoppen gehen, am Abend die Lesung eines bekannten Autors besuchen und danach, wie Edda es ausdrückte, um die Häuser ziehen. Für den Dienstagvormittag hatten sie noch kein Programm angesetzt.

Edda reichte ihr eine Tasse und setzte sich wieder an den Tisch.

»Hast du jetzt noch einmal mit Karla Blohm gesprochen?«

Franzi nickte und trank einen Schluck. Sie erzählte Edda von dem langen Gespräch, das sie mit Karla am Abend zuvor geführt hatte.

»Karla muss eine starke Frau sein, wenn sie so souverän mit der ganzen Situation umgeht«, sagte Edda.

»Situation? Das klingt so förmlich, Edda. Und ja, sie ist eine starke Frau und ich verstehe auch, dass sie entsetzliche Angst davor hat, ein Pflegefall zu werden.«

»Aber?«

»Es ist so traurig. Wenn ich mir vorstelle, in den Zug zu steigen, um einen oder zwei Tage später zu sterben. Könntest du das?«

»Erst mal kann ich mir überhaupt nicht vorstellen, eine so schwere Krankheit zu haben. Ich habe mal gelesen, dass man dabei viele Phasen durchmacht. Nicht bei der Krankheit, sondern psychisch. Wer will schon sterben? Das zu akzeptieren, nicht nur vom Kopf her, sondern ganz und gar, ist wohl ein schwieriger Prozess.«

»Ja, so etwas Ähnliches hat Karla mir auch erzählt. Aber ich habe in der Situation nicht alles mitbekommen. Ich war viel zu entsetzt über die Nachricht.«

»Wäre mir nicht anders gegangen.« Edda trank einen Schluck Kaffee. »Dann wünsche ich Karla noch viele Wochen, die sie mit ihrem alten Freund erleben kann.«

»Ja, das wünsche ich ihr natürlich auch. Und ich hoffe, dass es doch noch einen Weg für sie gibt. Einen anderen als die Schweiz.«

Edda sah aus dem Fenster. In der Nacht hatte es geregnet, aber die dichten Wolken waren inzwischen weiter nach Nordosten gezogen und hatten einen tiefblauen Himmel hinterlassen. Die ersten Sonnenstrahlen des Tages spiegelten sich auf den Wellen der Nordsee.

»Kommst du mit aufs Oberdeck?«, fragte Franzi.

»Geh ruhig. Ich pass auf unsere Sachen auf.«

Nur wenige Passagiere standen im Freien. Franzi trat an die Reling und ließ sich die Haare vom Wind aufwirbeln. Unwillkürlich musste sie an ihre erste Begegnung mit Phillip denken. Die Fähre fuhr damals in die umgekehrte Richtung, Franzi war auf der Flucht gewesen, Phillip auf dem Weg zu seiner Familie, die bereits vor ihm auf die Insel gefahren war. Später gestand er ihr, dass er sich schon in diesem Augenblick in sie verliebt habe.

Was wohl er und Ann-Marie im Moment machten? Sicher hatten sie schon gefrühstückt und schlenderten jetzt im Dorf herum oder gingen gerade zum Strand.

Eine Familie, Vater, Mutter, Kind, trat an die Reling. Das etwa vierjährige Kind ließ sich vom Vater auf den Arm nehmen. Er erklärte dem Mädchen, warum das Wasser zweimal am Tag ablief und wiederkam. Das Kind hörte aufmerksam zu und fragte dann, wo die Vögel landen könnten, wenn das Wasser da wäre. Der Vater beruhigte sie und sagte, dass es Sandbänke gäbe, auf denen auch die Seehunde sich ausruhen würden.

Franzi ging ein paar Meter zur Seite und suchte sich einen neuen Platz an der Reling. Die Silhouette von Spiekeroog verschwamm langsam am Horizont. Franzi genoss den Fahrwind und den weiten Blick über die Nordsee. Sie war fest entschlossen, für die nächsten zwei Tage alles hinter sich zu lassen und sich auf die gemeinsame Zeit mit Edda zu konzentrieren.

Zurück auf dem Zwischendeck fand sie ihre Freundin vor ihrer zweiten Tasse Kaffee. Sie rutschte auf der Bank neben sie und lehnte sich an ihre Schulter.

»Na, bist du ordentlich durchgepustet worden?«, fragte Edda.

»Für zwei Tage reicht es aus«, antwortete Franzi lachend.

»Klingt, als wenn unser kleiner Ausflug ein voller Erfolg wird. Du hast hoffentlich deine goldene Kreditkarte dabei. Wir werden die Oldenburger Boutiquen leerkaufen.«

»Golden ist sie nicht, aber einkaufen kann man schon damit.«

»Na, denn! Auf in den Kampf!«

Eine halbe Stunde später saßen sie in Eddas Auto, das sie aus einer Garage in der Nähe des Hafens geholt hatten, und fuhren Richtung Oldenburg.

»Sonya macht sich ganz gut bei dir, oder?«, erkundigte sich Franzi auf halber Strecke.

»Ich bin wahnsinnig überrascht, mit welcher Energie Sonya das angeht. Nach dem, was du mir von ihr erzählt hast, habe ich einen gelangweilten Teenie erwartet, der nach zwei Tagen die Flinte ins Korn wirft. Aber nichts dergleichen.«

»Ich habe mich auch gewundert. Sie scheint hellauf begeistert zu sein. Vom Laden und natürlich von dir.«

Edda rollte mit den Augen. »Das hat nichts mit mir zu tun. Sie interessiert sich für Bücher und alles, was damit zu tun hat.«

Franzi wiegte den Kopf hin und her. »In erster Linie will sie nicht zurück in diese Schule.«

»Was wir beide ja wohl verstehen, oder?«

»Natürlich, aber die Frage war ja, wie lange die Begeisterung anhält.«

Edda zuckte mit den Schultern. »Wer kann das schon sagen. Mit Auszubildenden ist das immer so eine Sache. Deshalb habe ich es ja auch schon seit Jahren aufgegeben.«

»Auszubildende? Sonya macht doch nur ein Praktikum.«

»Na ja, das könnte sich ja ändern …« Edda schaute starr nach vorne auf die Straße.

»Habe ich irgendetwas verpasst?«

»Keine Ahnung. Sonya hat mich gefragt, ob sie bei mir eine Ausbildung machen kann. Und bevor du dich aufregst, ich habe weder Ja noch Nein gesagt.«

Franzi schwieg. Unverhofft hatten sie die Probleme von zu Hause eingeholt. Eine harmlose Frage und schon waren sie zurück auf Spiekeroog.

»So einfach geht das auch nicht. Sonya ist erst sechzehn.«

»Im Herbst wird sie siebzehn. Niemand kann ihr verbieten, sich wo auch immer einen Ausbildungsplatz zu suchen.«

Franzi stöhnte leise. »Wollen wir das Thema nicht lieber vertagen? Als Nächstes macht Sonya ein Praktikum im Nationalpark-Haus und dann sehen wir weiter.«

»Ich fürchte, sie hat schon andere Pläne. Aber du hast recht, lassen wir das Thema. Also, fahren wir erst ins Hotel oder wollen wir uns gleich ins Getümmel stürzen?«

Franzi drehte sich einmal um die eigene Achse. »Und? Steht mir das Kleid?«

»Sitzt perfekt, es betont deine Wahnsinnsfigur, und die Farbe sieht aus, als wäre sie für dich gemacht.«

Franzi schielte nach dem Preisschild. »Ich weiß nicht. So viel Geld habe ich noch nie für ein Kleid ausgegeben.«

»Dann wird es ja höchste Zeit«, antwortete Edda lachend.

Franzi ging zurück in die Umkleidekabine. Als sie mit dem Kleid über dem Arm herauskam, griff Edda nach dem Kleidungsstück und reichte es der Verkäuferin. »Das nehmen wir auf jeden Fall. Bringen Sie es schon zur Kasse.«

Die Verkäuferin riss einen Teil des Preisschilds ab und drückte es der erstaunten Franzi in die Hand. »Zur Hosenabteilung müssen Sie geradeaus. Meine Kollegin dort berät Sie sicher gerne.«

»Bist du verrückt?«, sagte Franzi leise zu Edda. »Das Kleid ist viel zu teuer.«

Edda griff nach ihrer Hand und zog sie mit. »Tut mir leid, leider zu spät. Ich gelobe Besserung.«

In der Hosenabteilung wühlten sie sich eine halbe Stunde durch die Regale, probierten unzählige Modelle an, bevor sie sich entschieden. Franzi hatte eine Jeans gewählt und wurde von Edda zu einem weiteren Hosenkauf überredet. Edda wiederum hatte sich zwei farbenfrohe Modelle ausgesucht, bei denen sich Franzi geweigert hatte, sie anzuprobieren.

»Kaffeepause?«, schlug Edda vor, nachdem sie an der Kasse bezahlt hatten und in der weitläufigen Oldenburger Fußgängerzone standen. »Ich kenne da ein kleines Café, absolut trendig. Und der Latte macchiato ist absolute Spitze.«

Edda führte Franzi in die kleine Seitenstraße, in der das Café lag. Sie gingen durch einen efeubewachsenen Gang, in dem kleine Tische mit Stühlen standen, auf die offen stehende Eingangstür zu.

»Setzen wir uns draußen hin oder gehen wir rein?«, fragte Edda.

Franzi sah in den Himmel. Die Wolken waren in der letzten halben Stunde dunkler geworden. »Es sieht nach Regen aus.«

Sie gingen ins Café, das aus einem lang gezogenen Raum bestand, an dessen beiden Seiten jeweils Tische und Stühle standen, von denen keiner aussah wie der andere. Auf Leisten, die an den Wänden befestigt waren, standen farbige Bilder und Fotos, die ebenso abwechslungsreich wie die Einrichtung waren.

»So etwas bräuchten wir auch auf Spiekeroog«, sagte Franzi begeistert.

Sie suchten sich einen Platz und Edda orderte Latte macchiato und Rhabarberkuchen mit Sahne.

»Jetzt hör schon auf«, empörte sich Edda, als sie Franzis Blick bemerkte. »Wir haben Urlaub, da wird frau sich ja wohl mal etwas gönnen dürfen.«

»Ich sag ja gar nichts«, erwiderte Franzi und lehnte sich mit den Händen im Nacken auf dem Stuhl zurück. »Müssen wir noch weiter shoppen?«

Edda lachte. »Müssen wir nicht, aber tun wir schon. Ich habe da im Vorbeigehen einen wahnsinnig trendigen Pulli im Schaufenster gesehen. Der wäre etwas für dich.«

»Trendig? Ganz sicher nicht.«

»Abwarten, Frau Moosbrugger.«

Achtundzwanzig

Wider Erwarten schmeckte Franzi das Essen in der Sushibar. Edda hatte eine gefühlte Ewigkeit auf sie eingeredet, bevor Franzi klein beigegeben hatte.

»Noch ein Glas Wein, die Dame?«, fragte Edda.

»Später! Sonst kannst du mich gleich nach dem Essen ins Bett bringen. Ich vertrage nicht so viel, das weißt du doch.«

»Heute schon«, erwiderte Edda und war auch schon auf dem Weg zum Tresen.

Franzi nippte an dem neuen Glas. »Die Lesung fand ich ganz interessant. Ich kannte den Autor noch nicht.«

»Interessant? Phänomenal trifft es wohl eher. Ich liebe Peter Stamm. Es war ein wahnsinniges Glück, dass ich noch Karten bekommen habe.«

Der Schweizer Autor hatte aus seinem Buch »Die sanfte Gleichgültigkeit der Welt« gelesen und Fragen beantwortet.

»Dann musst du mir mal etwas von ihm ausleihen«, sagte Franzi. »Wie geht der Roman eigentlich weiter?«

Edda sah sie mit großen Augen an. »Was denkst du? Das werde ich dir wohl kaum verraten. Musst du schon selbst lesen.«

»Ich habe doch kaum Zeit. Und abends bin ich meistens so fertig, dass ich beim Lesen nach wenigen Seiten einschlafe.«

»Das ist nicht gut. Daran müssen wir arbeiten.«

»Wir?«, fragte Franzi lachend.

»Klar, wofür hat man sonst eine beste Freundin? Und wenn du erst mal schwanger bist, kannst du sowieso nicht mehr in dem Tempo durch die Gegend hasten.«

»Vielleicht in den letzten Wochen, aber vorher ist das …«

»Warte es ab«, unterbrach Edda sie. »Deine Perspektive wird sich auch schon ändern, bevor dein Kind auf der Welt ist.«

»Erst mal muss ich schwanger werden.«

»Das ist nur noch eine Frage der Zeit.« Edda beugte sich vor und sah Franzi streng an. »Und diesen Depri-Blick will ich bei dir nicht mehr sehen. Hast du gehört?«

»Leichter gesagt als getan.«

»Unsinn! Was stellen wir noch mit der Nacht an? Hier gleich nebenan fängt die Kneipenmeile an. Oder willst du es lieber gesitteter? In der Nähe von der Lambertikirche gibt es eine kleine Bar mit klasse Weinen vom Gardasee.« Sie schaute nach draußen. »Dann kommen wir auch noch ein bisschen an die frische Luft.«

»Wie du meinst«, antwortete Franzi.

»Habe ich zu viel versprochen?«, fragte Edda und trank einen Schluck aus dem Weinglas.

»Nein, alles gut. Der Wein schmeckt wirklich ausgezeichnet.«

Edda hatte eine Flasche bestellt und sich inzwischen schon zwei Mal nachgeschenkt. »Was ich noch fragen wollte. Was ist eigentlich aus diesem … wie hieß er noch gleich? Stimmt, Phillip. Was ist aus ihm geworden?«

»Nichts! Was meinst du?«

Edda beugte sich leicht zu Franzi vor. »War da jetzt noch mehr als nur dieser Kuss?«

Franzi hatte Mühe, ruhig zu bleiben. Sie griff nach dem Weinglas und trank einen Schluck. »Was redest du da?«

»Komm schon, Franzi. Mir kannst du es erzählen.«

Franzi kannte Edda gut genug, um zu wissen, dass sie nicht so schnell lockerlassen würde. Sie atmete tief durch und antwortete ihr. »Du hast mir ja empfohlen, in die Vollen zu gehen. Wir haben die ganze Nacht durchgevögelt und die nächste Nacht natürlich auch. Tu mir aber einen Gefallen und erzähl Tamme nichts davon.«

Edda starrte sie an. »Ist das jetzt …« Sie schüttelte sich und lachte laut. »Der war echt gut, Franzi. Hätte ich dir gar nicht zugetraut.«

»Noch Fragen?«

»Jetzt sei doch nicht gleich beleidigt. Hätte doch sein können, oder? Er war übrigens in der Buchhandlung. Da konnte ich ihn mir noch einmal richtig anschauen. Ganz schön knackig! Den hätte ich nicht von der Bettkante gestoßen.«

»Edda, jetzt hör aber mal auf.«

Eine junge Frau servierte ihnen ein Olivenholzbrett mit Brot, Käse und Schinken, das Edda bestellt hatte. Edda griff beherzt zu und schob dann Franzi das Brett zu. »Den Schinken musst du unbedingt probieren. Ist echt lecker. Und das Brot auch. Das lassen die extra bei einem Bäcker für sich anfertigen.«

Franzi nahm sich ein Stück Käse und Brot dazu. Sie war froh, dass Edda nicht weiter nach Phillip fragte. Wie hätte sie ihr die Beziehung zu ihm erklären sollen, wenn sie selbst es nicht einmal wusste, was sie davon halten sollte.

»Lecker!«, sagte Franzi und nahm sich ein weiteres Stück Käse.

»Sag mal, du hast heute auf der Fahrt nach Oldenburg etwas pikiert reagiert, als ich dir das mit Sonya erzählt habe. Wäre es wirklich so schlimm, wenn sie Buchhändlerin würde?«

»Natürlich nicht. Die Frage ist aber, wo sie lebt. Tamme ist nicht so begeistert davon, dass sie über Jahre bei uns bleibt. Und sollten wir ein Kind bekommen, brauchen wir das Zimmer dringend selbst.«

»Da findet sich sicher eine Lösung. Wie wäre es, wenn sie als Untermieterin bei Meta einzieht? Die beiden verstehen sich doch gut und …«

»Das kann ich wohl kaum über Metas Kopf hinweg entscheiden.«

»Sag ich doch gar nicht«, erwiderte Edda. »War doch nur eine Idee. Und wenn ich das richtig beobachtet habe, bahnt sich gerade etwas zwischen Sonya und Joke an. Weißt du schon davon?«

»Ja.«

»Schon wieder Bedenken? Ich kenne Joke schon lange. Er ist in Ordnung. Keiner von diesen Ex-und-hopp-Typen. Und gesprochen habe ich auch schon mit ihm.«

»Wieso das?«

»Ein kleiner Hinweis unter Freunden, dass er es ruhig angehen soll. Von wegen schlechter Erfahrung. Mehr nicht. Er hat es schon kapiert.«

Franzi atmete auf. »Aber wirklich nicht mehr, Edda. Sonya reagiert da empfindlich.«

»Hey, du kennst mich doch! Ich bin gut in solchen Sachen. Glaub mir, Joke hat das verstanden.«

»Ich habe da selbst schon drüber nachgedacht.«

»Also alles in Butter.« Edda griff nach dem Schinken. »Den musst du wirklich noch probieren. Sensationell, sage ich dir.«

Franzi und Edda saßen bis Mitternacht zusammen, unterhielten sich angeregt und tranken Wein. Als die Bar schloss, schlenderten sie durch die Oldenburger Fußgängerzone, tranken noch einen Absacker in einer urigen Kneipe, bevor sie sich auf den Weg zum Hotel machten.

»Gute Nacht!«, sagte Franzi, als sie sich auf ihre Seite des Doppelbetts legte. Als Antwort erhielt sie nur ein Brummen und kurz darauf hörte sie die regelmäßigen Atemzüge ihrer Freundin. Franzi drehte sich um. Im Zimmer lagen zahlreiche Tüten von den Boutiquen und Modehäusern. Franzi hatte sich von Edda zu mehreren Käufen überreden lassen, und Edda hatte ihr gedroht, nicht mehr mit ihr zu sprechen, wenn sie die Sachen im Schrank verrotten ließ.

Franzi blinzelte in die Sonne. Sie hatten in der Nacht vergessen, die Vorhänge der großen Fenster zuzuziehen. Langsam richtete sie sich auf und warf einen Blick auf die andere Seite des Bettes. Edda schlief noch tief und fest.

Vorsichtig stieg Franzi aus dem Bett und griff nach dem Handy, um nach der Uhrzeit zu schauen. Es war kurz nach acht. Als sie das Handy wieder auf den kleinen Tisch legen wollte, sah sie, dass eine Mail eingegangen war. Nach kurzem Zögern öffnete sie die Nachricht von Marie Petersen und las.

Liebe Frau Moosbrugger,

ich musste ein bisschen nachdenken und würde gerne mal persönlich mit Ihnen sprechen. Sind Sie vielleicht in absehbarer Zeit in Oldenburg? Rufen Sie mich gerne wieder an.

Herzliche Grüße

Marie Petersen

Franzi legte das Handy zur Seite und ging ins Bad, um zu duschen. Warum wollte Marie Petersen sie sprechen? Sie hatte doch beim letzten Telefongespräch ziemlich deutlich gemacht, dass sie ihr nicht helfen konnte. Hatte sie ihre Meinung geändert? Würde Franzi jetzt mehr über Alexander Meier erfahren?

Franzi duschte und zog sich an. Als sie zurück ins Zimmer kam, saß Edda mit schmerzverzerrtem Gesicht im Bett.

»Kannst du mir eine Schmerztablette bringen? Oder besser noch zwei?«

Franzi holte die Tabletten aus der Reisetasche und reichte sie Edda zusammen mit einem Glas Wasser.

»Ich habe dir doch von Marie Petersen erzählt«, sagte sie.

Edda nickte. »Die Frau, die von diesem Lehrer vergewaltigt wurde?«

»Ja, damals war er allerdings selbst noch Schüler.«

»Schon klar.« Edda schluckte die Tabletten und trank das Wasser aus. »Was ist mit der?«

»Sie hat mir gestern eine Mail geschrieben und will sich mit mir treffen.«

»Heute noch?« Edda ließ sich zurück ins Bett sinken.

»Vielleicht klappt es ja direkt heute. Ich soll sie anrufen.«

»Dann tu das doch. Ich brauche sowieso noch Zeit. Mann, tut das weh. Wie viel habe ich denn getrunken?«

»Viel!« Franzi ging ins Bad und wählte Marie Petersens Nummer.

»Guten Tag, Frau Moosbrugger«, begrüßte sie Marie Petersen. »Sie haben sicher meine Mail gelesen. Sind Sie vielleicht in der nächsten Zeit in Oldenburg?«

»Ich bin seit gestern in der Stadt, aber zusammen mit einer Freundin. Wir wollten noch etwas durch die Fußgängerzone bummeln und vielleicht noch ins Museum.«

»Es dauert nicht lange. Haben Sie in einem Hotel übernachtet?«

»Ja, wir sind im Altera.«

»Kenne ich. Ich könnte in zehn Minuten bei Ihnen sein. Wir könnten uns im Frühstücksraum treffen.«

»Ist es sehr wichtig?«

»Ich denke schon. Am Telefon möchte ich ungern darüber reden. Das verstehen Sie sicher.«

»In Ordnung. Ich gehe in ein paar Minuten nach unten. Wir treffen uns dann dort. Wie erkenne ich Sie?«

»Ich werde Sie finden, ich habe Ihr Foto im Internet gefunden.«

»Gut, bis gleich.«

Neunundzwanzig

Eine schlanke Frau mit kurzen dunklen Haaren kam auf Franzis Tisch zu und reichte ihr die Hand. »Guten Morgen, Frau Moosbrugger!«

Franzi war aufgestanden, um Marie Petersen zu begrüßen. »Setzen Sie sich doch bitte. Möchten Sie eine Tasse Kaffee?«

»Gerne. Schwarz ohne Zucker.«

Franzi holte ihr vom Frühstücksbüfett eine Tasse Kaffee und kam zurück zu ihrem Tisch. »Bitte!«

Marie Petersen nahm die Tasse in beide Hände, als wollte sie sich daran wärmen. »Wie geht es Ihrer Cousine?«

»Sie hat sich etwas gefangen, würde ich sagen. Aber wer kann schon in einen Menschen hineinschauen. Gerade in einer solchen Situation.«

Marie Petersen nickte, trank einen Schluck und setzte die Tasse ab. »Das ist richtig. Ich habe viele Jahre gebraucht, um mich selbst wiederzufinden. Und das mit professioneller Unterstützung.«

»Im Moment komme ich in der Richtung bei Sonya nicht weiter.« Zum ersten Mal hatte sie Sonyas Namen gegenüber Marie Petersen ausgesprochen. Sie schien es auch bemerkt zu haben und lächelte.

»Das ist ganz normal. Auf so eine einschneidende Erfahrung reagiert jeder anders. Ich habe mich damals vollkommen in mich zurückgezogen, mit niemandem darüber gesprochen und es ausschließlich mit mir allein ausgemacht. Zumindest habe ich gedacht, dass ich das tun würde. Tatsächlich habe ich die fürchterlichen Ereignisse nur verdrängt und in mir weggesperrt. Das konnte nicht gut gehen. Später, im Studium, bin ich dann irgendwann zusammengebrochen und habe eine Therapie begonnen.«

»Ich wollte Sonya noch etwas Zeit geben. Sie versucht gerade, wieder auf die Beine zu kommen, und hat bei uns auf der Insel ein Praktikum angefangen.«

»Das klingt doch gut.« Marie Petersen seufzte. »Ich hätte damals so jemanden wie Sie gebraucht.« Sie hielt einen Augenblick inne und schaute Franzi direkt an. »Sie fragen sich sicher, warum ich hier jetzt bei Ihnen sitze.«

Franzi zuckte mit den Schultern. »Gefragt habe ich mich das schon. Aber bereits Ihre Erfahrungen sind für mich wichtig. Ich weiß so wenig über dieses Thema und möchte Sonya gerne helfen.«

»Habe ich Sie richtig verstanden, dass Ihre Cousine nicht zur Polizei gehen will?«

»Ja, sie hat Angst davor, dass man ihr nicht glaubt und auch, dass dieser Mensch etwas ins Internet stellt.«

»Fotos?«

Franzi zögerte. Konnte sie Marie Petersen vertrauen? Sie machte auf sie nicht den Eindruck, als würde sie leichtfertig mit solchen Informationen umgehen. Franzi entschied sich, das Risiko einzugehen. »Ja, er hat Fotos von ihr.«

»Nicht nur von ihr!« Marie Petersen atmete tief durch. »Sie können Ihrer Cousine ausrichten, dass ich Alexander Meier letzte Woche bei der Polizei angezeigt habe.«

Franzi nickte schweigend. Mit dieser Entwicklung hatte sie nicht gerechnet.

»Ich bin hier in Oldenburg bei der Polizei sehr gut behandelt worden. Es gibt eine Einheit, die sich mit solchen Fällen beschäftigt. Ich habe mit einer erfahrenen Kommissarin gesprochen.« Marie Petersen zog einen Zettel aus der Tasche. »Hier sind der Name und die Telefonnummer.«

»Haben die bei der Polizei gesagt, was jetzt passiert?«

»Nicht direkt. Meine Aussage ist an die Staatsanwaltschaft nach Münster geschickt worden. Dort wird wohl entschieden, was weiter passiert.«

»Dieser Mensch wird also entlassen?«

»Im Moment bestimmt nicht. Es gilt ja die Unschuldsvermutung. Sollte es zu einem Prozess kommen, würde der auch unters Jugendstrafrecht fallen, da er damals noch nicht einundzwanzig war.«

»Sollte, könnte, vielleicht. Damit kann ich Sonya nicht kommen«, sagte Franzi. »Sie will jetzt sofort einen Schlussstrich und blockt alles andere ab.«

»Das wird auch wohl eine Weile so bleiben«, erwiderte Marie Petersen. »Zumindest war es bei mir so und ich habe von anderen Frauen Ähnliches gehört. Lassen Sie ihr Zeit.«

Franzi nickte nachdenklich. »Das mache ich, aber ich habe Angst, dass ich etwas Falsches mache. Und sei es nur, weil ich nichts mache oder es nicht genug versucht habe.« Sie sah Marie Petersen direkt an. »Würden Sie vielleicht einmal mit ihr sprechen?«

»Meinen Sie denn, dass Sonya das überhaupt will? Sie müssten ihr schon sagen, dass ich nicht nur etwas Ähnliches erlebt habe, sondern auch noch mit dem gleichen Mann. Ich vermute, sie wird dann noch mehr abblocken.«

»Aber Sie würden es machen?«, fragte Franzi.

»Ja, natürlich. Wenn Sie möchten, kann ich auch nach Spiekeroog kommen. Ich arbeite freiberuflich und kann mir meine Zeit einteilen.«

Franzi nickte erleichtert. »Das wäre wirklich toll.«

»Aber nur, wenn Ihre Cousine es wirklich will. Alles andere würde nur das Gegenteil bewirken.«

Sie unterhielten sich noch eine Weile. Marie Petersen nannte Franzi Adressen von Vereinen und Institutionen, an die sich Sonya wenden konnte, und sprach ihr Mut zu. Sie verabschiedeten sich herzlich.

Kurz darauf kam Edda in den Frühstücksraum und setzte sich zu Franzi an den Tisch. »Alles gut?«

Franzi fasste ihr Gespräch mit Marie Petersen zusammen.

Edda wiegte den Kopf hin und her. »Noch eine Baustelle für dich. Sonyas Probleme lassen sich bestimmt nicht mit einem Gespräch lösen.«

»Das weiß ich doch, Edda. Aber vielleicht wäre das ein Anfang. Sonya braucht professionelle Hilfe. Das ist mir klar.«

Edda warf ihr einen besorgten Blick zu. »Nicht, dass du mich falsch verstehst, ich unterstütze dich natürlich. Aber ich mache mir halt auch Sorgen um dich. Du kannst nicht die Probleme der ganzen Welt lösen, Franzi.«

Franzi beugte sich vor und gab ihrer Freundin einen Kuss auf die Wange. »Will ich doch auch gar nicht. Aber Familie ist halt Familie und ich hatte lange genug keine. Ich pass schon auf mich auf.« Sie lächelte. »So, was machen wir noch?«

Nach einem Besuch im Horst-Janssen-Museum schlenderten sie durch den Oldenburger Schlossgarten und aßen etwas zu Mittag, bevor sie sich auf den Weg nach Neuharlingersiel machten.

»Wieder einmal zu kurz«, sagte Edda, als sie das Auto in der Garage abgestellt hatten und zum Fährhafen liefen.

Franzi umarmte sie im Gehen. »Es war trotzdem gut. Ich fühle mich wie neugeboren.«

Edda rollte mit den Augen. »Jetzt übertreib mal nicht. Das war ein kleiner Ausflug, mehr nicht.« Sie blieb stehen. »Und du versprichst mir jetzt, dass du auf dich achtgibst. Keinen übermäßigen Stress mehr, keine Streitereien, hin und wieder mal einen guten Roman lesen und den lieben Gott einen guten Mann sein lassen.«

Franzi sah auf die Uhr und zog Edda mit. »Wir kommen zu spät zur Fähre, beeil dich, sonst müssen wir noch hier übernachten.«

Edda blieb stehen. »Versprochen?«

»Wenn es unbedingt sein muss. Und jetzt komm schon. Ich will heute im eigenen Bett schlafen.«

Franzi richtete sich im Bett auf. Tamme schlief schon seit geraumer Zeit. Er schnarchte leise vor sich hin.

Am späten Nachmittag waren sie auf Spiekeroog angekommen. Tamme hatte am Kai mit Jella an der Hand auf sie gewartet. Nach einer stürmischen Begrüßung waren sie zusammen ins Dorf gegangen. Franzi und Tamme hatten den Abend gemeinsam mit Sonya zu Hause verbracht und waren früh ins Bett gegangen.

Als Franzi nun aufwachte, hörte sie, wie eine Tür geöffnet wurde. Vorsichtig stand sie auf und verließ das Schlafzimmer. Auf dem Flur begegnete sie Sonya, die im Pyjama auf dem Weg zur Küche war. In der Hand hielt sie lächelnd ihr Smartphone.

»Soll ich raten, mit wem du gerade gesprochen hast?«, fragte Franzi und folgte ihr in die Küche.

»Mit einem meiner vielen Verehrer, was sonst?«, sagte Sonya in gespieltem Ernst.

»Geht's Joke gut?«, wollte Franzi mit einem Augenzwinkern wissen.

»Außer dass ihn die Arbeitszeiten nerven, weil wir uns so selten sehen können, ist alles in Ordnung.«

Franzi schenkte sich ein Glas Wasser ein, hob die Flasche und sah Sonya fragend an. Sie schüttelte den Kopf. »Ich mache mir einen warmen Kakao.«

»Ihr seid jetzt also zusammen?«, hakte Franzi nach, als Sonya die Milch auf dem Herd warm machte.

»Du meinst so richtig offiziell, mit Ring und so was?«

»Meinetwegen auch das«, gab Franzi schmunzelnd zurück.

»Also, einen Ring habe ich noch nicht, aber ich glaube, ich mag ihn.« Sonya stutzte. »Joke natürlich und nicht den Ring.« Sie goss die heiße Milch in die Tasse und rührte Kakaopulver hinein. »Aber wir lassen uns Zeit. So richtig viel Zeit.«

»Klingt doch gut.« Franzi zögerte, entschloss sich dann aber, die Frage zu stellen. »Hast du ihm erzählt, warum du hier bei uns lebst und nicht bei deiner Mutter?«

Sonya setzte sich zu Franzi an den Tisch. »Sollte ich?«, fragte sie.

»Vielleicht wäre zumindest eine Kurzfassung sinnvoll«, tastete sich Franzi vorsichtig vor.

»Nicht schon wieder, Franzi. Ich weiß ja, dass du es gut meinst, und ich bin dir auch ewig dankbar, dass du mich bei dir aufgenommen hast, ganz ehrlich. Aber ich will diesen ganzen Mist vergessen und nicht überall herumerzählen. Wie oft muss ich das denn noch sagen?«

»Hat dich Joke nun danach gefragt oder nicht?«

»Und wenn schon! Hat nicht jeder von uns seine Geheimnisse?«

»Das stimmt schon, Sonya. Aber …«

»Immer dieses Aber«, schnitt Sonya ihr das Wort ab. »Denk doch einfach mal positiv. Vorbei ist vorbei. Morgen wird ein schöner Tag und wir haben uns alle lieb. Was hältst du davon?«

Franzi lächelte. »Klingt gut. Lass uns ein anderes Mal über das Thema sprechen.« Sie stand auf. »Fährst du übrigens am Freitag zu deiner Mutter?«

»Eigentlich dachte ich, dass ich …«

»Nein!« Dieses Mal unterbrach Franzi Sonya energisch. »Das war so abgesprochen und ich stehe dafür bei deiner Mutter im Wort. Du fährst!«

Sonya war bei Franzis klarer Ansage zusammengezuckt. Jetzt stöhnte sie theatralisch. »Ist ja schon gut, ich fahre. Aber am Sonntag bin ich wieder hier. Eigentlich müsste ich auch am Samstag arbeiten, aber Edda wird mir schon freigeben.«

Franzi wuschelte ihr kurz durch die Haare und ging zurück ins Schlafzimmer.

Am nächsten Morgen öffnete Franzi die Augen, vor ihr stand Tamme und lächelte sie an. In der Hand hielt er eine Tasse, die verdächtig nach frisch gebrühtem Kaffee roch.

»Na, du Murmeltier. War eure kleine Reise so anstrengend?«

Franzi richtete sich auf, nahm die Tasse in Empfang und trank einen Schluck. »Nein, eigentlich nicht. Ich konnte gestern aber nicht einschlafen und bin noch etwas durchs Haus getigert.«

Tamme grinste breit. »Interessant. Meine Frau, die Tigerin.«

»Sieh dich vor! Du weißt schon, wie gefährlich Tiger sind?«

Tamme lachte. »Einem echten Ostfriesen kannst du mit so einem Katzentier keine Angst machen.«

Franzi rollte mit den Augen. »Du schon wieder!« Sie sah auf die Uhr und erschrak. »Himmel, warum sagst du nichts? Es ist ja gleich neun. Ich hätte längst …«

Tamme nahm ihr die Tasse ab. »Dann mal ab ins Bad, die Dame.«

Eine halbe Stunde später saß Franzi im Arbeitszimmer und kontrollierte die eingegangenen E-Mails der letzten zwei Tage. Tamme hatte nur die dringendsten Anfragen beantwortet. Franzi arbeitete Nachricht für Nachricht ab und unterbrach erst, als Tamme sie um kurz vor zwei zum Essen rief.

»Sonya kommt nicht?«, fragte Franzi, als sie in die Küche kam.

»Hat sich ordnungsgemäß abgemeldet. Ein Mittagsdate, meinte sie. Was immer das heißen mag.«

Franzi setzte sich an den gedeckten Tisch. »Das heißt Joke. Hat sie dir noch nichts von ihm erzählt?«

Tamme stellte die Schüssel mit der Kürbissuppe auf den Tisch und setzte sich. »Ah, jetzt verstehe ich. Deshalb hat sie mich nach ihm ausgefragt. Hätte ich auch gleich draufkommen können.«

Er reichte Franzi einen gefüllten Teller, sie rieb sich frischen Parmesan auf die Suppe und probierte. »Schmeckt wieder mal perfekt«, sagte Franzi.

»Die beiden sind also ein Paar?«

»Zumindest sind sie dabei, eins zu werden. Warum?«

Er kratzte sich am Kopf. »Gestern hat Sonya etwas von einer Ausbildung bei Edda erzählt, heute höre ich, dass sie einen Insulaner zum Freund hat. Das alles klingt nicht nach baldiger Heimreise.«

Franzi nickte. »Da hast du wohl recht.«

»Ich frage jetzt mal nicht, wie das alles weitergehen soll, oder?«

»Musst du auch nicht. Mir ist auch klar, dass Sonya hier nicht ewig wohnen kann. Wenn wir unser Kind bekommen …«

»Bist du schwanger?«, fiel Tamme ihr aufgeregt ins Wort.

»Nein, Tamme. Aber wir planen es doch. Wenn Sonya wirklich bei Edda eine Ausbildung machen will, braucht sie eine eigene Wohnung.«

»Schön und gut, aber woher nehmen? Du weißt doch genau, wie schwierig das ist. Die wenigen Zimmer, die vermietet werden, sind alle für Saisonkräfte reserviert. Das können wir so was von vergessen.«

»Edda hat gemeint, dass sie vielleicht bei Meta …«

»Nein, Franzi. Das können wir Meta nicht auch noch aufhalsen.«

»Sollte Meta das nicht selbst entscheiden? Bei Karlas Schweizplänen lagen wir auch vollkommen daneben.« Franzi ärgerte sich, dass sie immer noch vermied, das Wort Sterbehilfe auszusprechen.

»Ich weiß nicht, Franzi. Am besten wäre es, wenn Sonya wieder zu ihrer Mutter zieht. Für uns alle.«

Franzi schwieg. Bisher hatte Tamme seine Meinung noch nie so deutlich geäußert. Auch wenn noch ein paar Wochen Zeit waren, würden sie sich entscheiden müssen, wie sie mit Sonyas Wunsch umgehen sollten, auf der Insel zu bleiben.

»Ich habe nichts gegen Sonya«, fuhr Tamme fort, »im Gegenteil. Und ich weiß auch, wie wichtig es dir ist, deiner Cousine zu helfen. Aber wir geraten da immer mehr in eine Zwickmühle. Wenn wir nicht klar sagen, was geht und was nicht, haben wir irgendwann den richtigen Zeitpunkt verpasst. Und dann?«

Franzi nickte. »Du hast ja recht, Tamme. Und mir bereitet die ganze Sache genauso Kopfzerbrechen wie dir. Ich telefoniere heute mit Anja. Wir müssen zumindest alle Möglichkeiten durchsprechen.«

Tamme nickte und tat Franzi noch Suppe auf. »Du wolltest doch noch was?«

»Ja, gerne.«

Sie aßen eine Weile schweigend vor sich hin.

»Anja wird auch keine Lösung parat haben, oder?«, sagte Franzi schließlich.

Tamme schüttelte den Kopf. »Nein, wohl eher nicht. Eltern kommen noch weniger klar mit den Irrungen und Wirrungen ihrer Kinder als andere. Es ist toll, wie du dich um Sonya sorgst, aber trotzdem müssen wir eine gemeinsame Position zu ihren Plänen einnehmen. Sonst überrollt uns das alles.«

»Ich weiß, Tamme. Ich weiß.«

Dreissig

Am späten Nachmittag schaute Franzi bei Meta vorbei und trank mit ihr und Karla eine Tasse Tee. Die Stimmung war, anders als Franzi es erwartet hatte, ausgesprochen gut. Karla wirkte auf Franzi, als hätte sie neuen Lebensmut gefasst. Für ihre Haltung angesichts der kommenden schweren Zeit bewunderte sie sie.

Als Karla sich für eine Ruhepause in ihr Zimmer zurückzog, stand Franzi auf und sagte, dass sie aufbrechen wolle. Meta hielt sie zurück und bat sie, noch zu bleiben.

»Ich habe aber leider nicht mehr viel Zeit«, sagte Franzi, die sich wieder an den Tisch gesetzt hatte.

»Das weiß ich doch, Kind.« Meta schenkte ihr Tee nach. »Was ist eigentlich jetzt mit Sonya? Sie hat mir erzählt, dass sie eine Ausbildung bei Edda im Buchladen machen will.«

Franzi stöhnte innerlich auf. Wem hatte Sonya noch alles von ihren Plänen erzählt? »Ja, ich weiß davon.«

»Und wo soll sie dann wohnen?«, fragte Meta.

»Ich bin schon auf der Suche nach einem geeigneten Zimmer. Aber du weißt ja, wie schwierig das hier ist.«

Meta seufzte. »Franzi, das ist auch nicht deine Aufgabe.«

»Was soll ich machen? Ich fühle mich nun mal verantwortlich. Du weißt doch auch, warum es mir wichtig ist, dass Sonya ihren Weg findet. Ich hatte nicht das Glück, eine Cousine oder Schwester zu haben, die mir damals geholfen hat. Ich war so lange ohne eigene Familie, bis ich endlich meinen Vater gefunden habe – oder ja eigentlich er mich. Sonya ist für mich wie eine kleine Schwester. Ich muss ihr einfach helfen, Meta. Meinst du, ich übertreibe es mit der Fürsorge?«

»Wir übertreiben alle mal. Und ich kann dich auch verstehen. Bei mir und Tamme ist es doch genauso. Er ist für mich wie ein Sohn und Mütter übertreiben es nun mal mit der Fürsorge.« Meta lächelte. »Und Schwestern vielleicht auch.« Sie hielt kurz inne. »Trotzdem ist es manchmal besser, sich etwas zurückzunehmen. Nicht nur für einen selbst, sondern auch für die, denen man doch eigentlich helfen will.«

»Vielleicht will ich ihr das geben, was ich von meiner Mutter nicht bekommen habe, es besser machen als sie«, sagte Franzi nachdenklich. »Sonya hat eine so schwere Zeit hinter sich und sie wird wohl lange brauchen, bis sie das alles wirklich verarbeiten kann. Ich muss mich einfach um sie kümmern, Meta.«

»Das weiß ich doch, Kind. Und ich hoffe, du bist mir nicht böse.«

Franzi warf ihr einen erstaunten Blick zu. »Warum sollte ich?«

»Ich habe mich lange mit Sonya unterhalten und du weißt, dass ich sie mag. Kurz und gut, ich habe ihr angeboten, dass sie hier in meinem Haus wohnen kann. Wir müssten dann nur eins der Zimmer für sie renovieren.«

Franzi schluckte schwer. Zum zweiten Mal in wenigen Tagen hatte sie Meta und ihr Gespür für ihre Mitmenschen unterschätzt.

»Tamme wird das nicht gefallen«, war das Einzige, was Franzi herausbrachte.

»Der Junge soll sich lieber um dich kümmern. Und das sage ich doch nicht zum ersten Mal, aber er scheint es einfach nicht zu verstehen. Ich muss wohl ein ernstes Wörtchen mit ihm reden.« Meta zwinkerte ihr zu. »Lass Tamme mal meine Sorge sein. Er muss nur die Zeit finden, das Zimmer in Ordnung zu bringen. Und ein paar Möbel brauchen wir auch. Kannst du mir dabei helfen?«

»Natürlich, Meta. Aber wollen wir nicht erst mal abwarten, ob Sonya sich wirklich für die Ausbildung entscheidet und hier auf Spiekeroog bleiben will? Außerdem muss Sonyas Mutter mit allem einverstanden sein.«

Meta tippte mit dem Zeigefinger auf ihre Nase. »Vertrau mal ganz meinem Gespür. Die Kleine wird so schnell nicht wieder gehen.«

Franzi lachte. »Hast du das damals auch von mir gedacht?«

Meta lächelte. »Das ist mein Geheimnis. Aber Sonya hat mich schon so manches Mal an dich erinnert.«

Franzi trank den Tee aus, stand auf und umarmte Meta. »Ich muss jetzt wirklich los.«

»Sag Tamme bitte noch nichts von unserem Plan. Ich werde ihm das in einer ruhigen Minute beibringen.«

»Keine Angst, das überlasse ich gerne dir.«

Am nächsten Vormittag saß Franzi in ihrem Büro und kontrollierte die E-Mails. Ihr Blick fiel auf einen handgeschriebenen Zettel, der neben der Tastatur lag. *Anja anrufen!* Obwohl sie in den letzten Wochen fast täglich mit ihrer Tante telefoniert hatte, hatte sie sich gestern davor gedrückt. Sie hatte schon unzählige Male mit Anja über Sonya diskutiert. Mit jedem weiteren Gespräch fiel es Franzi schwerer, die Argumente zu wiederholen. Vielleicht war es besser, Sonyas Besuch bei ihrer Mutter abzuwarten und anschließend mit Anja zu telefonieren.

Franzi horchte auf, als jemand an der Haustür klopfte. Als sie den Flur betrat, kam Karla bereits auf sie zu.

»Guten Morgen. Hast du etwas Zeit für mich?«

»Natürlich, Karla. Möchtest du eine Tasse Tee?«

Wenig später saßen sie in der Küche, Franzi stellte die Teekanne auf das Stövchen und setzte sich zu ihrem Gast.

»Kommt Pascal heute?«, fragte Franzi.

»Ja, mit der letzten Fähre. Und morgen fahren wir zusammen nach Hamburg.«

»Das klingt doch gut.« Franzi schenkte ihnen Tee ein und reichte Karla die Sahne. »Ihr kommt aber noch mal wieder, oder?«

»Ich hoffe es doch sehr. Aber wie es mit dem Ding in meinem Kopf weitergeht, weiß leider niemand. Ich werde einen neuen Termin im Universitätsklinikum machen. Vielleicht erfahren wir da etwas mehr. So schnell werde ich aber wohl keinen Termin bekommen.«

Erleichtert hatte Franzi registriert, dass Karla von *wir* sprach. Das schien ein gutes Zeichen zu sein, trotz aller düsteren Aussichten.

»Ich drücke dir ganz fest die Daumen, Karla.«

»Danke, Franzi. Das kann ich gut gebrauchen.« Sie trank einen Schluck Tee und seufzte leise. »Aber um dir das zu sagen, bin ich eigentlich nicht hergekommen.« Sie schob die Tasse zur Seite. »Ich habe mich entschlossen, dir die ganze Geschichte zu erzählen. Meine Paris-Geschichte. Natürlich nur, wenn du sie auch hören willst.«

»Wenn es dir nichts ausmacht, würde ich es gerne erfahren.«

Karla griff nach der Teekanne und schenkte sich nach. »Ja, ich habe tatsächlich lange überlegt«, meinte sie schließlich, »und auch mit Pascal darüber gesprochen. Aber ich möchte das nicht länger verschweigen. Meta habe ich auch alles erzählt, und da du dich so für mich eingesetzt hast, denke ich, dass du ein Recht hast, die Geschichte zu hören.«

Franzi nickte.

Karla trank einen Schluck Tee. »Wo soll ich anfangen? Ich war jung damals und unerfahren. Von der Kleinstadt in die Weltstadt Paris. Einen Quantensprung hat es Pascal immer genannt. Ich war wie im Rausch. Die vielen Menschen, Musiker, Maler, Schauspieler und vor allem Schriftsteller. Und diese Stadt, die niemals zur Ruhe kam. Ich bin wochenlang durch die Straßen gelaufen, habe viel in Cafés gesessen, schnell Freunde gefunden und angefangen zu schreiben. Das war mein Traum, seit ich mit sechs Jahren den ersten Satz aufs Papier gebracht hatte. Die Nächte waren lang, die Tage fingen spät an. Trotzdem habe ich geschrieben, bis mir die Finger wehtaten.«

»Das klingt nach einer aufregenden Zeit«, sagte Franzi, als Karla eine kleine Pause machte.

Karla lächelte. »Oh ja. Es war atemberaubend. Gerade in den ersten Wochen. Und dann habe ich Pascal kennengelernt. Es war auf einer Party bei einem meiner neuen Freunde. Jemand hatte mich eingeladen und ich bin hingegangen. Dabei habe ich vorher lange überlegt. Ich hatte schon viele wilde Gerüchte über die rauschenden Feste gehört und war unsicher, wie ich mich da verhalten sollte.«

»Das kann ich gut verstehen. Ich war zwar nie in Paris, aber bei uns in Rosenheim lief auch die eine oder andere Privatfeier, wenn die Eltern für ein paar Tage verreist waren. Mit sechzehn war ich zum ersten Mal eingeladen und«, Franzi seufzte, »habe natürlich gleich zu viel Alkohol getrunken. Den Rest des Abends habe ich dann auf der Toilette verbracht.«

»So schlimm war es bei mir nicht«, sagte Karla schmunzelnd. »Eigentlich verlief der Abend sogar sehr sittsam. Als ich mich kurz nach Mitternacht auf den Rückweg machen wollte – ich stand schon mit Hut und Mantel in der Tür –, kam Pascal.

Wir standen eine Weile wie angewurzelt voreinander, so, als wären wir alte Bekannte, die sich seit einer Ewigkeit nicht mehr gesehen hatten und überlegten, ob die Person vor uns wirklich die war, für die wir sie hielten. Dann fragte mich Pascal, ob ich schon gehen wollte, die Party habe doch gerade erst angefangen. Ich glaube, ich habe nur mit den Schultern gezuckt und bin wieder zurück in den Trubel mit Pascal an meiner Seite. Wie sich schnell herausstellte, sprach er fließend Deutsch. Du weißt ja, warum.«

Franzi nickte. »Ja, das hat er mir erzählt.« Sie deutete auf die Teekanne. »Soll ich noch einmal Wasser aufsetzen?«

»Ja, wenn du so viel Zeit für mich hast.«

Franzi stand auf. »Die nehme ich mir gerne.«

Als sie wieder am Tisch saß, die gefüllte Teekanne auf dem Stövchen, sah sie Karla fragend an. »Wo warst du stehen geblieben? Stimmt, bei der Party, als dir Pascal begegnet ist.«

Karla lächelte. »Ja, den Abend habe ich nie wieder vergessen. Wir haben viel miteinander geredet, bis in die frühen Morgenstunden. Danach hat mich Pascal in ein Frühcafé eingeladen. Dort haben wir uns weiter unterhalten. Ich war hellwach, als wäre ich gerade eben aufgestanden und würde am Frühstückstisch sitzen.«

Franzi schenkte Tee nach und sie tranken schweigend.

»Ich fürchte, ich erzähle etwas zu weitschweifig«, sagte Karla. »So werde ich morgen noch nicht fertig sein.«

»Ich habe Zeit, Karla.«

»Nun gut, eine Woche nach der Party sind wir ein Paar geworden. Ich hatte zwar in Deutschland schon einen Freund gehabt, aber er war zu dem Zeitpunkt genauso unerfahren wie ich. Du verstehst sicher, was ich damit meine.«

Franzi lächelte. »Ich kann es mir denken.«

»Pascal war unglaublich lieb und zärtlich. Aber die Pille gab es damals noch nicht lange und ich habe sie auch nicht genommen. Selbstverständlich waren wir vorsichtig.« Karla schloss die Augen und schien sich zurück in die Sechzigerjahre zu träumen. Schließlich sah sie auf. »Wo war ich stehen geblieben? Stimmt. Es folgten herrliche Wochen und Monate. Ich zog ziemlich schnell zu Pascal in die Wohnung. In Paris war das nicht so ein großes Problem wie damals noch in Deutschland. Wir arbeiteten zusammen, wir gingen zusammen aus, wir aßen zusammen, wir waren vierundzwanzig Stunden am Tag nie weiter als ein paar Meter voneinander entfernt. Unsere Freunde begannen schon, uns eineiige Zwillinge zu nennen und über uns zu lächeln. Aber das machte uns nichts aus. Mit meinem Roman ging es dann erst mit Pascals Hilfe so richtig los. Man könnte fast sagen, es war ein Gemeinschaftswerk.«

»Und was hat euch auseinandergebracht?«, wollte Franzi wissen.

»Es war der Alkohol. Nicht was mich betraf, ich war immer schon sehr vorsichtig in dieser Beziehung. Aber Pascal war etwas vorbelastet durch seinen Vater, der über Jahrzehnte Alkoholiker war. Und auch Pascal trank zu viel. Es kam, wie es kommen musste. Eines Abends, wir saßen mit Freunden zusammen in unserer Stammkneipe, Pascal hatte getrunken, zu viel getrunken und mir ging es nicht so gut. Ich bat ihn aufzuhören, er ignorierte mich. Schließlich haben wir uns gestritten. Zum ersten Mal, seit wir uns an der Tür begegnet waren. Es war ein schrecklicher Streit, an dessen Ende ich weinend nach Hause gelaufen bin. Leider ist mir Pascal nicht gefolgt, er kam erst zwei Tage später nach Hause. Wie er mir später erzählt hat, war er bei einer Frau, einer anderen Frau.« Karla atmete schnell und flach. Es schien ihr immer noch schwerzufallen, darüber zu sprechen. Ihr Blick war jetzt nach unten auf ihre Hände gerichtet, ihre Augen waren feucht.

»Das muss ein schwerer Schlag für dich gewesen sein«, sagte Franzi in die entstandene Stille hinein.

»Ja, und das nicht nur, weil Pascal bei einer anderen war, sondern auch und vielleicht vor allem, weil er es mir so offen und ohne Schuldbewusstsein erzählte. Ja, das war der Anfang vom Ende, aber das wusste ich damals noch nicht. Ich habe ihm verziehen, obwohl er überhaupt nicht darum gebeten hatte. Doch ich konnte nicht anders. Als es wieder passierte, habe ich weggeschaut oder so getan, als wenn es mir egal wäre. Das hat tiefe Kerben in meiner Seele hinterlassen, aber das war mir in diesen Augenblicken egal. Ich wollte Pascal einfach nicht verlieren. Das ging so lange gut – zumindest habe ich es mir eingebildet –, bis ich schwanger wurde.«

Franzi sah ihre Freundin erschrocken an. Von einem Kind hatte sie ihr nie etwas erzählt.

»Nein, Franzi, ich habe es nicht ausgetragen. Pascal wollte kein Kind, er hat gedroht, sich von mir zu trennen, wenn ich es nicht …«, Karla brach ab und schloss kurz die Augen, »wenn ich keinen Abbruch machen würde. Damals stand auch in Frankreich ein Schwangerschaftsabbruch unter Strafe. Also musste ich es bei einem dieser dubiosen Ärzte in irgendeinem Hinterzimmer machen. Ich lag danach zwei Wochen in meinem Bett, hatte ständig Blutungen und schreckliche Schmerzen. Erst dann bin ich ins Krankenhaus gegangen. Dort habe ich noch einmal zwei Wochen gelegen.«

»Wie schrecklich, Karla.«

Die alte Dame nickte. »Ja, es war ein Albtraum.«

»Und Pascal?« Franzi ahnte, dass die Geschichte noch nicht zu Ende war.

»Er war bei mir. Zu Hause wie im Krankenhaus hat er sich um mich gekümmert. Ich bin dann auch entlassen worden und habe mein Leben wieder aufgenommen. Wer weiß, wie es weitergegangen wäre, wenn ich nicht bei einer Nachsorgeuntersuchung erfahren hätte, dass …« Wieder brach

Karla mitten im Satz ab. Tränen liefen über ihre Wangen. Franzi reichte ihr ein Taschentuch.

»Möchtest du lieber aufhören?«, fragte Franzi leise.

Karla schüttelte den Kopf. »Nein.« Sie trocknete sich die Tränen und lächelte matt. »Obwohl es so viele Jahre her ist, ist es immer noch schwer für mich, darüber zu sprechen.« Sie hielt kurz inne und fuhr fort: »Der Arzt hat mir damals gesagt, dass ich keine Kinder mehr bekommen kann. Das war für mich das Schlimmste, was mir passieren konnte. Hätte er nur geschwiegen.«

Franzi musste an ihren eigenen Kinderwunsch denken. Was würde es für sie bedeuten, wenn sie so eine Nachricht bekommen würde. Ihr Vater hatte ihr einmal erzählt, Karla habe ihr Leben lang damit gehadert, dass sie keine Kinder bekommen hatte. »Was ist dann passiert?«

»Ich war am Boden zerstört, bin wie in Trance nach Hause gegangen und habe es Pascal erzählt. Er hat nur mit den Schultern gezuckt und gemeint, dass er doch eh keine Kinder wollte und jetzt alles gut wäre.«

»Oh!«, entfuhr es Franzi.

»Ja, das war zu viel für mich. Ich habe meine Sachen gepackt und wollte gehen. Pascal hat danebengestanden und nichts unternommen. Er hat mich nicht davon abgehalten, nichts gesagt. Ich habe damals gedacht, dass es ihm vollkommen gleichgültig sei, ob ich blieb oder ging. Heute weiß ich, dass Pascal es nicht so gemeint hat. Er hat erst in diesem Augenblick begriffen, was er angerichtet hat, was die Diagnose des Arztes für mich bedeutete. Er hat mir inzwischen erzählt, er sei in dem Augenblick damals wie erstarrt gewesen, unfähig, irgendetwas zu unternehmen.« Karla seufzte leise. »Aber mich hat seine Reaktion damals noch wütender gemacht. Ich habe vor seinen Augen mein Manuskript genommen und es in der Badewanne angezündet. Mein einziges Manuskript. Mein Roman, an dem ich so lange und intensiv gearbeitet hatte. Aber der Roman war so sehr mit Pascal verbunden, dass ich in dem Augenblick nicht anders konnte, als ihn zu vernichten. Und wieder angefangen zu schreiben habe ich ja auch erst vor wenigen Jahren. In dem Moment war das für mich ein radikaler Schnitt.«

Franzi sah Karla an, wie erschöpft sie war. Sie legte die Hand auf ihre und sagte: »Du musst dich ausruhen, Karla.«

Die alte Dame schüttelte den Kopf. »Später. Ich muss erst zu Ende erzählen.« Sie saß eine Weile ruhig auf dem Stuhl und atmete gleichmäßig. Ihre Gesichtsfarbe normalisierte sich und das Zittern der rechten Hand wurde schwächer. »Ich bin dann geflohen«, fuhr sie fort. »Ja, es war eine Flucht. Zwei vollgepackte Koffer und ein Rucksack. Ohne mich umzusehen, bin die Treppe hinunter und zum Bahnhof gelaufen.«

»Das muss eine schreckliche Zeit für dich gewesen sein«, erwiderte Franzi, deren Hand immer noch auf Karlas ruhte.

»Oh ja, so nach Deutschland zurückzukehren, war für mich eine Schande. Ich habe mich geschämt, mich für Monate in meinem alten Kinderzimmer verkrochen, bis meine Mutter mich gezwungen hat, von Paris zu erzählen. Ich habe ihr nicht alles gesagt, sondern nur von einer Liebe zu einem Mann gesprochen und davon, dass wir uns getrennt hätten. Meiner Mutter reichte das als Erklärung. Sie hat mich wieder aufgepäppelt. Das hat mir damals das Leben gerettet.« Sie lächelte. »Ja, so war es.«

Einunddreissig

Franzi stand vor Metas Haus. Soeben hatte sie sich von Karla verabschiedet, die sie auf dem Heimweg begleitet hatte.

Sie wandte sich ab und ging langsam zurück. Tamme und Sonya warteten schon mit dem Abendessen auf sie. Anschließend würde Tamme sich mit einem Freund im Pub treffen. Franzi hoffte, Sonya würde für sie Zeit haben, damit sie gemeinsam über ihre Pläne sprechen könnten.

»Bin wieder da!«, rief sie in den schmalen Flur hinein.

»Wir sind hier«, schallte es ihr zweistimmig entgegen.

Franzi hängte ihre Jacke auf, lief in die Küche und setzte sich zu den beiden an den Tisch. »Entschuldigt, es hat ein paar Minuten länger gedauert.«

»Kein Problem«, sagte Tamme und reichte ihr den Brotkorb.

Dann saßen sie beisammen und unterhielten sich. Sonya erzählte von ihrem Tag und einer skurrilen Begegnung mit einer Touristin, die ein ganz bestimmtes Buch gesucht hatte. Als sich herausstellte, dass es nicht im Buchladen vorrätig war, beschwerte sie sich bitterlich und verlangte, dass ihr das Buch in die Pension geliefert werden sollte. Als Edda ihr erklärte, dass sie keinen Lieferservice hätten, wurde sie wütend und behauptete, dass sie sich an höchster Stelle beschweren würde.

»Die Dame ist dann auf ihren High Heels aus dem Laden stolziert und dabei ist ihr einer der irre hohen Absätze abgebrochen.« Sonya lachte. »Das war eine Show! Am Schluss hat sie beide Schuhe in die Hand genommen und ist beleidigt abgedampft.«

»Sie sollte hier auf der Insel lieber auf festes Schuhwerk umsteigen«, kommentierte Tamme breit grinsend. »Habt ihr öfter solche Vögel im Laden?«

»Nein, das war die absolute Ausnahme.«

Franzi war erleichtert zu sehen, dass Tamme und Sonya sich nach wie vor gut verstanden. Trotzdem würden sie eine Lösung für Sonyas Wunsch, auf der Insel zu bleiben, finden müssen. Tamme wusste noch nichts von Metas Vorschlag, würde aber vermutlich am nächsten Tag davon erfahren. Er wollte Meta besuchen, nachdem Karla und Pascal abgereist waren.

»Die Frau muss sich wohl in der Insel geirrt haben«, sagte Tamme und grinste breit. »Spiekeroog und Sylt fangen ja auch mit dem gleichen Buchstaben an.«

Sonya hielt sich die Hand vor den Mund, um ihren Lachanfall unter Kontrolle zu bringen. »Warum komme ich nicht auf solche Sachen. Danach hätte ich sie fragen können.«

»Untersteh dich!«, erwiderte Tamme. »Der Kunde ist König. Lästern ja, aber nur, wenn der Kunde außer Reichweite ist.«

»Ist mir doch klar, Herr Oberlehrer«, entgegnete Sonya. »Ich will es mir schließlich nicht mit Edda verscherzen.«

Tamme stand auf. »Ich habe ganz die Zeit vergessen. Ich wollte mich noch mit Klaas treffen. Darf ich euch mit dem Abwasch alleine lassen?«

Franzi zog ihn zu sich herunter und küsste ihn. »Nun hau schon ab! Und grüß Klaas von mir. Er soll uns mal wieder zu sich einladen. Seine Fischsuppe ist himmlisch.«

»Richte ich aus!« Tamme fügte grinsend hinzu: »Allerdings muss Jan mir dann versprechen, dich nicht mehr so anzuschmachten.«

Franzi rollte mit den Augen. »Rede keinen Unsinn! Und jetzt los!«

»Was ist eigentlich mit Karla los?«, fragte Sonya, als sie den Tisch abräumten. »Ist sie krank?«

Franzi erschrak. Bisher schien noch niemand mit Sonya über Karlas Krankheit gesprochen zu haben. Sollte Franzi sich jetzt herausreden? Aber war sie es nicht gewesen, die von Sonya Ehrlichkeit eingefordert hatte? Franzi schloss die Spülmaschine und zeigte auf den Tisch. »Setz dich doch bitte noch einmal.«

»Ups! So schlimm? Was ist los?«

Franzi setzte sich zu Sonya. »Karla ist sehr krank. Sie hat einen Tumor im Kopf, der inoperabel ist.«

»Was ist der?«, fragte Sonya mit entsetzter Miene.

»Er kann nicht entfernt werden. Und er wächst weiter.«

»Sie wird sterben?«, flüsterte Sonya.

Franzi nickte.

»Aber warum hat mir das niemand gesagt?«

Franzi zuckte mit den Schultern. »Ich wollte dich damit nicht belasten, Sonya. Und ich habe wohl auch gedacht, dass Karla es selbst machen möchte. Aber nachdem Pascal Bonnet hier war, ist wohl einiges durcheinandergekommen.«

»Deshalb hast du ihn übers Internet gesucht?«

»Zunächst nicht. Aber er ist gekommen, als er gehört hat, wie krank Karla ist.« Franzi hatte sich entschlossen, Karlas Sterbewunsch nicht zu erwähnen. Sollte Sonya aber direkt danach fragen, würde sie ihr ehrlich antworten.

»Sterben«, murmelte Sonya. »Warum?«

»Auf die Frage gibt es keine Antwort, Sonya. Wir sind alle entsetzt und hoffen, dass Karla noch lange so weiterleben kann wie im Moment.«

»Aber das wird sie nicht, oder?«

»Das kann niemand mit Sicherheit sagen. Es gibt sogar Spontanheilungen, die sich kein Arzt erklären kann. Aber das ist extrem selten. Ja, vermutlich wird sich Karlas Zustand bald verschlimmern.«

»Wie lange noch?«, fragte Sonya.

Franzi zuckte mit den Schultern. »Ein paar Wochen oder Monate oder länger. Ich kann es dir nicht sagen.«

»Verdammter Krebs«, stieß Sonya hervor. »Was für ein Bullshit ist das denn? Karla war doch immer gesund. Und jetzt …«

Franzi schwieg.

»Fährt Karla nach Hamburg zurück?«

»Ja. Pascal ist heute Nachmittag aus Paris zurückgekommen und begleitet Karla morgen nach Hamburg. Er bleibt dann eine Weile bei ihr.«

»Das ist gut«, flüsterte Sonya mehr zu sich selbst. »Das hast du gut gemacht, Franzi. Die beiden passen toll zusammen. Pascal wird sich um Karla kümmern.« Sie sah Franzi direkt an. »Oder?«

»Ja, das hoffe ich ganz fest.«

»Ich gehe morgen Vormittag zu ihr. Das kann ich doch, oder?«

»Natürlich. Sie freut sich bestimmt. Sie mag dich sehr.«

»Hast du noch etwas Zeit?«, fragte Sonya etwas später.

Franzi saß lesend im Wohnzimmersessel, ein Glas Weißwein auf dem Tisch neben sich. »Klar, komm doch rein.«

Sonya setzte sich aufs Sofa. »Ich habe noch mal darüber nachgedacht, was du mir gesagt hast.«

Franzi nickte.

»Ich meine das mit Joke, dass ich ihm etwas von dem erzählen soll, was da in der Schule … Du weißt schon, was ich meine.«

»Ja.«

»Meinst du nicht, dass er komisch darauf reagieren wird?« Sonya rieb sich nervös die Hände. »Immerhin haben wir beide noch nicht … also, wir waren noch nicht so richtig zusammen.«

»Ich weiß natürlich nicht, wie Joke reagieren wird. Aber so wie ich ihn kenne, wird er damit gut umgehen können.«

Sonya schien die Antwort nicht zu beruhigen. Sie legte den Kopf in den Nacken und atmete tief durch. »Das klingt jetzt sehr psychologisch, damit umgehen können. Joke ist zwar älter, aber doch nicht mein Therapeut.«

»Nein, so habe ich das auch nicht gemeint.« Franzi zwang sich, ruhig zu bleiben. »Wovor hast du denn Angst?«

Sonya zuckte mit den Schultern. »Keine Ahnung, Franzi!« Sie rutschte auf dem Sofa hin und her. »Dass ich eine Schlampe bin oder so was.«

»Bist du eine?«

Sonya warf ihr einen empörten Blick zu. »Nein!«

»Eben. Auf solche Gedanken kommen nur dumme Menschen, und das ist Joke ganz bestimmt nicht. Hat er dich etwa bedrängt, mit ihm zu schlafen?«

»Nein!«

»Und was magst du an ihm?«

»Seine Art halt. Er ist rücksichtsvoll, lieb und nimmt das Leben leicht. Er kann aber auch ernst sein und ist trotzdem immer für einen Spaß zu haben.«

»Klingt nicht, als wenn es ihn kaltlassen würde, was dir mit deinem Lehrer passiert ist.«

»Ex-Lehrer«, sagte Sonya.

»Und hoffentlich bald gar kein Lehrer mehr«, fügte Franzi hinzu.

Sonya rollte mit den Augen. »Träum weiter!«

»Abwarten. Was ist jetzt mit Joke? Wirst du es ihm erzählen?«

»Weiß ich noch nicht. Vielleicht ein bisschen. Dieser Scheißtyp hat mich doch eigentlich vergewaltigt.«

Franzi beugte sich zu Sonya vor. »Nicht nur eigentlich. Er hat es getan, und zwar immer wieder.«

Sonya nickte. »Ja, eigentlich gehört dieser Mistkerl in den Knast.«

Zweiunddreissig

Am nächsten Tag um die Mittagszeit begleiteten Franzi und Meta Karla und Pascal zum Fährhafen. Der Abschied war tränenreich und dauerte bis kurz vor Abfahrt des Schiffes. Die beiden Frauen standen winkend am Kai, bis die Fähre den Hafenbereich verlassen hatte.

»Gehen wir zurück?«, fragte Franzi.

Meta nickte. Sie war sichtlich berührt von dem Abschied. Ihre Augen waren immer noch feucht und sie machte keine Anstalten, sich vom Meer abzuwenden. Franzi wartete, bis Meta leise seufzte, sich umdrehte und sich bei Franzi unterhakte. »Dann wollen wir mal.«

Langsam gingen sie die lange Straße Richtung Dorf.

»War Sonya heute Vormittag noch bei euch?«, erkundigte sich Franzi.

»Ja, das war sie.«

»Hat sie es sehr schwergenommen?«

»Ich habe die beiden alleine gelassen. Als die Kleine später ging, hatte sie Tränen in den Augen. Sie hat Karla gesagt, dass sie sie bald in Hamburg besuchen käme.«

»Vielleicht fahren wir einfach alle zusammen hin«, schlug Franzi vor. »Was hältst du davon? Ich buche uns ein Hotel und Edda leiht mir sicher ihr Auto.«

»Eine gute Idee«, antwortete Meta, aber ihrer Stimme nach zu urteilen, glaubte sie nicht daran, dass sie noch so viel Zeit haben würden.

»In drei Wochen? Oder doch lieber zwei?«

Meta blieb stehen. »Aber kannst du denn hier weg?«

»Ja, ich kann nicht nur, ich will es auch.«

»Gut, dann warten wir ab, was die Ärzte sagen, wenn Karla ihren Termin in der Klinik hatte. Vielleicht können wir sie schon in zwei Wochen besuchen.«

Franzi zog Meta mit Richtung Dorf. »So machen wir es. Ich sag Sonya heute Abend Bescheid.«

»Ich spreche gleich mit Tamme«, gab Meta zurück. »Über Sonyas Pläne und darüber, wo sie in Zukunft wohnen soll. Hast du Sonyas Mutter schon erreicht?«

Franzi schüttelte den Kopf. »Nein, davor habe ich mich bis jetzt gedrückt. Sonya fährt heute mit der letzten Fähre nach Hause. Ich wollte noch etwas abwarten, wie sich die Dinge entwickeln. Danach werde ich wohl mit Anja sprechen müssen.«

»Und wenn du deinen Vater fragst? Vielleicht kann er zwischen den beiden vermitteln.«

»Ja, daran habe ich auch schon gedacht.«

»Dann ruf ihn an.«

Franzi nickte, obwohl sie sich eigentlich auf ein ruhiges Wochenende ohne Sonya und weitere Problemgespräche gefreut hatte. »Ja, das mache ich gleich, wenn ich zu Hause bin.«

»Hallo, Franzi! Schön, dass du anrufst«, begrüßte sie ihr Vater. »Alles gut bei dir?«

»Hast du einen Augenblick Zeit für mich?«

»Ja, aber leider habe ich in einer halben Stunde ein Meeting. Reicht dir das? Sonst bin ich ab zwanzig Uhr zu Hause, dann hätten wir mehr Zeit zum Reden.«

»Das reicht.« Franzi erzählte ihm von Sonyas Wunsch, eine Ausbildung als Buchhändlerin zu machen, von Joke und von Metas Angebot, Sonya bei sich aufzunehmen. Dann berichtete sie von den Gesprächen, die sie in den letzten Tagen mit ihrer Cousine geführt hatte.

»Verstehe. Du hast Angst, mit Anja darüber zu reden.«

»Angst ist wohl zu viel gesagt, aber ich stehe da etwas auf verlorenem Posten. Ich kann Anja gut verstehen und dadurch gehen mir immer schnell die Argumente aus. Und ich habe die Befürchtung, dass die beiden am Wochenende so schlimm aneinandergeraten, dass danach gar nichts mehr geht. Du hast doch schon öfter mal zwischen Sonya und Anja vermittelt. Kannst du vielleicht mit Anja reden?«

»Wie ernst ist es Sonya mit der Ausbildung?«

»Genau das kann ich überhaupt nicht einschätzen. Am besten wäre es, wenn du sie morgen oder übermorgen besuchst. Sonya ist für zwei Tage zu Hause.« Die Idee war Franzi spontan gekommen. Eigentlich war es nicht ihre Art, Probleme bei anderen abzuladen, aber im Moment wurde ihr alles zu viel.

»Klingt nach einem schwierigen Auftrag«, erwiderte ihr Vater, »aber ich habe mich lange genug rausgehalten. Als Taufpate habe ich schließlich eine Verantwortung. Ich werde Sonntag ganz früh fahren, dann bin ich kurz nach dem Frühstück bei den beiden.«

Franzi atmete erleichtert auf. »Ich bringe Sonya gleich zur Fähre. Dann werde ich ihr wegen der Ausbildung noch mal auf den Zahn fühlen. Ich melde mich dann bei dir.«

»Eine gute Idee, Franzi. Und danke, dass du dich für Sonya so ins Zeug legst.«

»Geleitschutz?«, fragte Sonya, als Franzi im Flur nach ihrer Jacke griff.

Franzi grinste. »Klar doch, ich will auf Nummer sicher gehen, dass du auch wirklich fährst.«

Sonya setzte ihren Rucksack auf. »Echt jetzt?«

»Nein, natürlich nicht. Ich wollte noch kurz mit dir reden. Das geht im Gehen sowieso besser.«

Sie verließen das Haus und gingen schweigend nebeneinanderher.

»Erfahre ich jetzt noch, was los ist?«, fragte Sonya auf halbem Weg.

»Ja, entschuldige, ich war in Gedanken.« Ihr war eingefallen, dass Phillip und Ann-Marie am nächsten Tag die Insel verlassen würden. Sie nahm sich vor, auf dem Rückweg bei ihnen vorbeizuschauen.

»Edda hat mir erzählt, dass du sie jetzt quasi offiziell nach einem Ausbildungsplatz gefragt hast.«

»Stimmt! Gute Idee, oder? Ich bin noch gar nicht dazu gekommen, es dir zu erzählen. Hat Tamme dir nichts gesagt? Ich habe doch mit ihm darüber gesprochen.«

Franzi hatte vermutet, dass Sonya den Weg über Tamme gewählt hatte, um es ihr nicht direkt sagen zu müssen.

»Doch, er hat mir davon erzählt. Ich wusste aber ja schon vorher, dass du darüber nachdenkst. Ist es dir denn jetzt wirklich ernst mit der Sache?«

Sonya blieb abrupt stehen. »Ich weiß schon, worauf du hinauswillst. Keine Angst, ich habe ein Zimmer. Ich gehe euch dann nicht mehr auf den Wecker.«

»Sonya! Erstens gehst du uns definitiv nicht auf den Wecker, und zweitens hat Meta mir erzählt, dass sie dir ein Zimmer angeboten hat. Wenn du wirklich hierbleiben willst und bei Edda eine Ausbildung machst, werden wir irgendeine Regelung finden. Okay?«

Sonya nickte und schien über Franzis Worte erleichtert zu sein. »Meinst du denn, dass ich bei Meta wohnen kann? Oder ist das keine gute Idee? Ich würde natürlich Miete bezahlen. Und auch sonst im Haushalt mithelfen. Das ist kein Problem.«

»Das kann einzig und allein Meta entscheiden. Wenn sie es dir angeboten hat, wird sie auch dazu stehen. Viel wichtiger ist erst mal, dass du dir darüber klar wirst, was du willst. Und dann wirst du es mit deiner Mutter besprechen müssen.«

Sonya stöhnte theatralisch. »Kannst du das nicht machen?«

»Nein, ganz bestimmt nicht.« Franzi zeigte Richtung Hafen. »Wir müssen weiter, sonst verpasst du noch die Fähre.«

»Ich will hier auf der Insel bleiben«, sagte Sonya, als sie sich wieder in Bewegung gesetzt hatten. »Edda hat mir heute gesagt, dass ich bei ihr die Ausbildung machen kann. Mein Praktikum beim Nationalpark-Haus habe ich schon abgesagt.«

»Okay«, sagte Franzi und gab sich Mühe, nicht erstaunt zu wirken.

»Mir ist klar geworden, dass Schule mir im Moment nichts mehr bringt. Ich würde sowieso ein schlechtes Abitur machen und studieren ist nichts für mich. Warum also warten?«

»Und was spielt dein ehemaliger Lehrer bei deiner Entscheidung für eine Rolle?«, fragte Franzi.

»Ach, eigentlich keine so große mehr. Klar, ich bin geflohen, aber ich bin auch angekommen. Hier auf der Insel. Du hast das doch selbst erlebt und mir auch gesagt, entweder liebt man die Insel oder man ist schnell wieder weg.«

Franzi sah auf. In wenigen Minuten würden sie die Fähre erreichen. Die ersten Gäste liefen bereits auf das Schiff. »Du musst das mit deiner Mutter besprechen.«

»Aber wie?«

»Ich habe mit Max telefoniert. Er wird euch am Sonntag besuchen.«

Sonya blieb wieder stehen und fiel Franzi um den Hals. »Danke! Du bist wieder einmal meine Rettung. Max wird Mama schon beruhigen.«

»Wollen wir es hoffen«, sagte Franzi. »Und jetzt los.«

In diesem Augenblick bemerkte sie Joke, der in der Menge gewartet hatte. Sonya warf Franzi einen letzten dankbaren Blick zu und rannte auf Joke zu. Sie umarmten sich lange, bevor Sonya sich von ihm löste und als Letzte auf die Fähre lief.

Franzi wartete, bis Joke auf sie zukam.

»Moin, Joke!«

»Hey, Franzi. Hast du auf mich gewartet?«

»Ja, ich dachte, wir gehen zusammen zurück.«

Joke schmunzelte. »Klar, warum nicht.«

Sie liefen eine Weile schweigend nebeneinanderher, bis Joke sagte: »Nun rück schon raus mit der Sprache. Was willst du wissen?«

»Sollte ich was wissen?«

Joke lachte. »Franzi, wie sie leibt und lebt.« Er hob im Gehen die Hände. »Es ist alles in Ordnung mit mir und Sonya. Das ist doch deine Frage, oder?«

»Ich bin nicht Sonyas Mutter, aber ich vertrete sie sozusagen.«

»Schon klar, Franzi. Und bevor du fragst, ich habe Sonya nicht dazu gedrängt, hier auf Spiekeroog zu bleiben. Aber ich werde sie auch nicht daran hindern. Nein, bestimmt nicht.«

»Sollst du auch nicht. Sonya wird am Wochenende mit ihrer Mutter reden und dann sehen wir weiter.«

Joke nickte. »Klingt doch gut. Ich finde, sie passt wunderbar hierher. Und Edda freut sich sicher, wenn sie eine pfiffige Mitarbeiterin bekommt.«

»Und mit euch beiden läuft alles gut?«, wollte Franzi wissen.

»Klar. Wir lassen uns Zeit.« Joke grinste. »Aber das weißt du ja sicher schon.«

»Komme ich so kontrollwütig rüber?«, fragte Franzi.

»Alles gut! Ich kann damit umgehen. Und wenn Sonya das kann, wunderbar. Und nein, kontrollwütig natürlich nicht. Aber Vertrauen ist manchmal besser als Kontrolle. Ich pass schon auf Sonya auf. Keine Angst.«

Sie waren inzwischen vor dem Rathaus angekommen. Franzi wusste, dass Joke ein Zimmer über dem Restaurant hatte und er in eine andere Richtung musste als sie.

»Hast du nicht Lust, zusammen mit Sonya zu uns zu kommen, wenn sie zurück ist?«, fragte Franzi. »Tamme kocht ausgezeichnet. Wie wäre es mit Anfang der Woche?«

»Ich bin dabei. Hat doch was, wenn man mal bekocht wird, anstatt selbst für andere in der Küche zu stehen.«

»Franzi!«, rief Ann-Marie, als sie Franzi bemerkte. Phillip und sie saßen in dem kleinen Garten des Ferienhauses und spielten ›Mensch ärgere dich nicht‹.

»Büro geschlossen?«, fragte Phillip und zog einen Stuhl für sie unterm Tisch hervor. »Komm doch zu uns. Möchtest du eine Tasse Kaffee?«

»Wenn es keine Umstände macht.«

Phillip stand auf. »Bin gleich wieder da.«

Franzi setzte sich zu Ann-Marie. »Na, du! Morgen geht es wieder nach Hause. Freust du dich schon?«

Das kleine Mädchen schüttelte den Kopf. »Nein. Ich will noch hierbleiben, Franzi.«

»Das geht leider nicht. Morgen kommt schon die nächste Familie, und wenn du und dein Papa dann noch hier wohnen würdet, dann hätten die gar keinen Platz.«

»Das hat Papa auch schon gesagt. Es ist aber trotzdem blöd.«

Phillip kam zurück und reichte Franzi die Tasse.

Franzi lächelte. »Sogar mit Milchschaum. Als hättest du gewusst, dass ich komme.«

Phillip setzte sich zu den beiden an den Tisch. »Zumindest habe ich es gehofft.« Er würfelte und rückte seine gelbe Spielfigur vier Felder vor.

Ann-Marie griff nach dem Würfel. »Jetzt werfe ich dich runter, Papa.« Sie würfelte und bekam die erhoffte Drei. Sie juchzte und griff nach ihrer Spielfigur. Dann warf sie Phillip einen schelmischen Blick zu. »Soll ich?«

»Das musst du wissen, Ann-Marie.«

Das kleine Mädchen zögerte, wechselte dann blitzschnell zur anderen Figur und rückte sie drei Felder vor.

»Danke«, sagte Phillip und würfelte nun selbst.

Franzi sah den beiden eine Weile zu. Ann-Marie schaffte es als Erste, alle vier Spielfiguren hinter der Ziellinie zu parken, und riss nach dem letzten erfolgreichen Wurf die Arme hoch. »Ich habe gewonnen, Papa.«

Phillip verzog das Gesicht, als wäre er traurig. »Ja, ich hatte wieder einmal keine Chance gegen meine kleine Tochter.«

Ann-Marie schlang die Arme um ihn und küsste ihn auf die Wange. »Beim nächsten Mal gewinnst du bestimmt, Papa.«

Sie half ihm, das Spiel wegzuräumen, und verkündete dann, dass sie sich eine Kinder-CD anhören wollte. Gleich darauf lief sie ins Haus.

»Ja, da musst du wirklich noch etwas üben«, sagte Franzi schmunzelnd. »Zumindest ist der Kaffee genießbar.«

»Wie geht es dir?«

»Sehr gut. So langsam scheinen sich alle kleinen und großen Probleme der letzten Zeit auf die eine oder andere Weise zu lösen. Morgen kommt noch der stressige An- und Abreisetag und am Sonntag werde ich die Füße hochlegen. Und du? Ann-Marie hat mir schon erzählt, dass sie lieber hierbleiben möchte.«

»Ja, am Schluss kommt einem der Urlaub so kurz vor. Aber wir müssen leider zurück. Ihre Mutter würde mich sonst umbringen.«

Franzi lachte. »So schlimm wird es wohl nicht werden.«

»Du solltest mich ernst nehmen«, sagte Phillip und spielte den Beleidigten.

Franzi strich ihm über die Schulter. »Du schaffst das schon. Bei so einer tollen Tochter wird dir auch wohl nichts anderes übrig bleiben.«

Phillip nickte. »Ja, ich bin unglaublich stolz auf die Kleine. Und es war hier ein wirklich schöner Urlaub. Das hing nicht nur mit deiner wunderbaren Insel zusammen. Ich bin verdammt froh, dass du Zeit für uns und für mich hattest. Es hat mir sehr geholfen, um mir über einiges klar zu werden.« Er hielt inne. »Und dabei, etwas abzuschließen und auch, etwas Neues zu finden.«

Franzi tätschelte seine Hand. »Mir auch, Phillip. Mir auch.«

Franzi stand am Strandübergang, als ihr Handy sich bemerkbar machte. Nach einem Blick aufs Display nahm sie das Gespräch an. »Tamme, wo bist du?«

»Ich komme gerade von Meta und stehe noch bei ihr vor dem Haus. Und du?«

»Ganz in der Nähe der Strandhalle.«

»Okay. Ich bin in ein paar Minuten da. Wartest du auf mich?«

»Klar.«

Franzi ließ das Handy wieder in die Tasche gleiten. Nach einem Vormittag mit Wind und dunklen Wolken hatte das Wetter aufgeklart. Der Himmel strahlte in sommerlichem Blau, die Sonne schien mit aller Kraft. Franzi hob den Kopf und genoss die Wärme auf ihrer Haut.

Edda hatte ihr eine Nachricht geschickt, dass Markus am Samstag mit der letzten Fähre kommen würde. Sie lud Franzi und Tamme für Sonntagmittag zum Essen ein.

»Na, du Strandjunkie!«, hörte sie eine Stimme hinter ihrem Rücken.

Sie drehte sich um und umarmte Tamme. »Bist du geflogen?«

Tamme grinste. »Nein, ausnahmsweise habe ich das Fahrrad genommen und meinen Besen zu Hause gelassen.«

Franzi boxte ihn spielerisch in die Seite. »Du Spinner! Kommst du mit? Ein paar Schritte am Strand entlang?«

Sie gingen Hand in Hand hinunter zum auflaufenden Wasser. Franzi zog Schuhe und Strümpfe aus und ließ die Füße von der noch kalten Nordsee umspülen. »Herrlich!«, rief sie Tamme zu, der ihr zuschaute.

»Nicht zu kalt?«

»Komm doch einfach rein.«

Tamme schüttelte den Kopf. »Ich warte lieber noch ein paar Wochen. Siebzehn Grad sind mir zu wenig.«

Franzi ging aus dem Wasser und ließ sich in den Sand fallen.

Tamme setzte sich neben sie. »Meta hat mir von ihren Plänen erzählt, an Sonya unterzuvermieten«, sagte er. »Begeistert bin ich nicht.«

»Das war mir schon klar. Aber vielleicht ist es ja sogar gut, wenn jemand bei Meta im Haus wohnt. Und Sonya hat mir hoch und heilig versprochen, sich zu benehmen.«

»Klar, die ersten beiden Wochen. Und dann?«

Franzi zog Tamme an sich. »Jetzt lass uns ihr doch eine Chance geben.« Franzi erzählte ihm von ihrem Gespräch mit Sonya und den Plänen ihres Vaters, Schwester und Nichte am Sonntag zu besuchen. »Ich denke, über kurz oder lang wird Sonya auch einer Therapie zustimmen.«

»Lass uns abwarten, was deine restliche Familie am Wochenende beschließt. Und dann sehen wir weiter. Okay?«

Franzi küsste Tamme auf die Wange, zog ihn wenig später hoch und lief mit ihm am Strand entlang, bis die Sonne ihre Kraft verlor.

Dreiunddreissig

Franzi richtete sich auf. Neben ihr schlief Tamme. Am Vortag, dem Samstag, waren sie spät zu Bett gegangen, nachdem sie sich im Pub mit einigen Freunden getroffen hatten.

Vorsichtig, um Tamme nicht zu wecken, stieg Franzi aus dem Bett. Im Bad zog sie sich aus und stellte sich nackt vor den Spiegel. Sie drehte sich zur Seite und strich sich mit der Hand über den Bauch. Wie würde es sich wohl anfühlen, wenn er sich langsam wölben würde und sie irgendwann ihre Fußspitzen nicht mehr sehen könnte? Sie fuhr sich über die rechte Brust. Spannte sie leicht oder bildete sie sich das ein?

Franzi nahm sich vor, in der Oldenburger Kinderwunschpraxis einen Termin auszumachen. Tamme hatte zugestimmt und würde sie begleiten. Seufzend wandte sie sich vom Spiegel ab und ging unter die Dusche.

»Guten Morgen!«, sagte Tamme, der mit verschlafenen Augen in der Küchentür stand. »Warum hast du mich nicht aufgeweckt?«

»Das Frühstück war noch nicht fertig«, antwortete Franzi. »In ein paar Minuten wäre ich mit einer Tasse mit kaltem Wasser zu dir gekommen.«

Tamme ging auf sie zu, nahm sie in den Arm und küsste sie zärtlich. »Hättest du das wirklich gemacht?«

»Klar! Und ich habe mich sogar darauf gefreut.«

Tamme lachte. »Wenn ich dich nicht kennen würde, wäre ich doch tatsächlich darauf reingefallen.«

Franzi stimmte in sein Lachen mit ein. »Jetzt setz dich schon an den Tisch.« Sie schenkte ihm Kaffee ein und reichte ihm den Brötchenkorb.

»Hast du schon etwas von Sonya gehört?«

Franzi schüttelte den Kopf. »Nein, aber mein Vater hat mir geschrieben, als er in Hamburg losgefahren ist.« Sie warf einen Blick auf die Uhr. »Er sollte gleich da sein.«

»Er ist der Richtige für die Aufgabe. Glaub mir, er macht das schon.«

Franzi schmierte sich Butter aufs Brötchen und legte eine Scheibe Käse obendrauf. »Ich hoffe es.«

»Franzi! Schalte ab! Ich hätte gar nicht nachfragen dürfen. Also: Themawechsel. Für wann sind wir bei Edda und Markus eingeladen?«

»Um Punkt zwölf sollen wir da antreten.«

Tamme sah auf die Uhr. »Dann haben wir ja noch über zwei Stunden Zeit. Vielleicht sollten wir …«

»Was genau?«, fragte Franzi, obwohl sie genau wusste, worauf er hinauswollte.

»Na ja, mein Bett ist noch warm und wir könnten eventuell noch eine kleine Pause vor dem großen Event gebrauchen.«

Franzi lachte. »Trink erst mal deinen Kaffee aus. Dann sehen wir weiter.«

Als sie bei Edda zu Hause ankamen, umarmte Franzi ihre Freundin zur Begrüßung. »Alles gut bei euch?«, flüsterte sie ihr ins Ohr.

»Frag Markus. Er ist in der Küche.«

»Schlechte Stimmung?«

»Eher keine Stimmung. Lass uns zu den Männern rübergehen.«

Sie folgte Edda in die Küche, wo sich Tamme bereits mit Markus unterhielt.

Franzi begrüßte Markus mit einer langen Umarmung. »Wie ist es so ohne Berge?«

Er lachte. »Die waren drüben schon etwas höher als bei uns in der Gegend. Aber wir waren nur einmal wandern, um mal den Kopf freizukriegen. Ansonsten haben wir eher in Meetings gesessen und uns mit einer Menge Bürokraten herumgeschlagen.«

»Und? Hat es sich gelohnt?«

»Ich denke schon. Wir haben jetzt einen Vergleich vor Gericht erwirkt. Das schränkt uns etwas ein, aber nicht wesentlich. In einer Woche soll es richtig losgehen.«

Tamme schlug Markus freundschaftlich auf die Schulter. »Und da dachtest du, schau ich doch mal, was die da auf der kleinen Insel machen?«

Markus schmunzelte. »Kann sein.«

»Also was feiern wir heute?«, wollte Tamme wissen. »Die Rückkehr des großen Baumeisters?«

Markus rollte mit den Augen. »Deine Sprüche sind auch nicht besser geworden.«

»Hey! Sind die Schweizer so humorlos?«, fragte Tamme lachend. »Dann freuen wir uns doch einfach mal drüber, dass wir vier wieder vereint sind und uns gleich über das Essen hermachen.«

»Und, hattest du keine Sehnsucht?«, erkundigte sich Franzi, als sie nach dem Essen mit Markus im Garten stand.

»War schon ein komisches Gefühl, so weit weg von zu Hause zu sein, Frau und Kind nur über den Bildschirm zu sehen und rund um die Uhr Hektik und Anspannung.«

»Also ja?«

Markus zuckte mit den Schultern. »Ich hatte kaum Zeit, darüber nachzudenken.«

Jella, die geschlafen hatte, als Franzi und Tamme angekommen waren, lief nun auf sie zu und schmiegte sich an ihren Vater, der ihren Kopf tätschelte. »Na, meine Kleine. Alles gut?«

Das kleine Mädchen nickte. »Ich will mit dir Ball spielen, Papa.«

»Und wo ist der Ball?«

Jella zog die Mundwinkel nach unten. »Den habe ich vergessen.«

»Dann hol ihn doch schnell und dann spielen wir.«

Jella ließ das Bein ihres Vaters los und rannte zurück ins Haus.

»Alles gut bei dir und Edda?«

Markus warf ihr einen überraschten Blick zu. »Warum fragst du?«

»Nur so ein Gefühl.«

»Ein paar Eingewöhnungsschwierigkeiten, würde ich sagen. Hier ticken die Uhren doch anders.«

»Musst du für lange wieder in die Schweiz?«

»Nein, ich habe mit meinem Partner abgesprochen, dass ich nach meiner Rückkehr noch eine, höchstens zwei Wochen dort bleibe. Den Rest übernimmt er.«

»Weiß Edda schon davon?«

»Noch nicht. Ich habe das erst heute Morgen mit ihm abgesprochen.«

»Dann sag es ihr bald. Das nimmt bestimmt den Druck raus.«

Jella kam mit dem Ball in der Hand zurückgelaufen. »Komm jetzt, Papa.«

Markus lächelte. »Ja, sofort, mein Schatz.« An Franzi gewandt sagte er: »Es sollte eine Überraschung sein, weil ich doch eigentlich geplant hatte, für mindestens acht weitere Wochen in der Schweiz zu bleiben, aber irgendwie gab es bisher keine Gelegenheit, um es Edda zu sagen.«

»Tamme und ich gehen bald, dann habt ihr Zeit zum Reden. Sollen wir Jella vielleicht mitnehmen?«

»Wir bringen sie spätestens um fünf wieder nach Hause«, sagte Franzi zu Edda, als sie Jella in den Bollerwagen setzte. »Nur eine kleine Strandtour. Nicht, Jella?«

»Ja, wir spielen am Strand mit dem Ball.«

»Kann es losgehen?«, fragte Tamme, der die Zugstange in der Hand hielt und darauf wartete, den Bollerwagen zu ziehen.

Edda beugte sich zu ihrer Tochter hinunter und küsste sie auf die Wange. »Bis später, mein Schatz.«

Franzi saß im Sand und sah Tamme und Jella beim Ballspielen zu. Das kleine Mädchen warf den Ball mit aller Kraft zu Tamme. Er hechtete dabei wie ein Torwart durch die Luft, fing den Ball und rollte sich dann auf dem Boden ab. Jella quietschte vor Vergnügen und warf sich auf ihn. Lachend standen beide schließlich auf, Tamme schnappte sich den Ball und rannte damit zweimal um das kleine Mädchen herum. Mit ausgestreckten Armen versuchte Jella, ihn zu fangen, er verlangsamte das Tempo und ließ sich fallen, als Jella ihn berührte.

»Ich ergebe mich!«, rief er.

Jella bekam den Ball zu fassen und lief damit los. Sofort rappelte sich Tamme wieder auf und hastete hinter ihr her. Dabei blieb er immer ein bis zwei Meter hinter ihr und tat so, als könne er sie nicht erreichen. Schließlich kamen beide vollkommen außer Atem wieder bei Franzi an und ließen sich neben ihr in den Sand fallen.

»Ich glaube, wir müssen jetzt allmählich zurück«, sagte Franzi.

Jella protestierte lauthals. »Ich will noch mit Tamme spielen.«

»Ein anderes Mal«, gab Tamme zurück. »Deine Mama und dein Papa warten doch auf dich.«

»Kommst du dann morgen wieder?«, fragte Jella und sah Tamme mit großen Augen an.

»Das muss ich mal sehen. Erst muss ich noch etwas arbeiten.«

»Arbeit ist blöd. Mama muss auch immer im Laden sein.«

Tamme stand auf und klopfte sich den Sand von der Hose. »So ist das mit den Großen, Jella. Sei froh, dass du noch so klein bist.«

»Ich bin nicht mehr klein«, protestierte Jella.

Tamme hob das Mädchen auf seinen Arm. »Natürlich nicht.«

Franzi stand neben ihm und schüttelte die Decke aus. Dann setzte ihr Mann Jella in den Bollerwagen und zog ihn mit Franzi durch den Sand.

»Die Stimmung schien ja jetzt etwas besser zu sein«, merkte Tamme an, nachdem sie Jella bei ihren Eltern abgeliefert hatten.

»Es gab wohl ein kleines Missverständnis«, sagte Franzi. Sie sah auf die Uhr. »Wollen wir Sonya von der Fähre abholen? Sie freut sich bestimmt.«

»Klar, warum nicht.«

Sie liefen Richtung Fährhafen und gingen gerade auf den Kai zu, als das Schiff in Sicht kam. Tamme legte den Arm um Franzis Schultern und zog sie an sich. Sie lächelte.

Langsam näherte sich die Fähre. An der Reling ganz vorne stand Sonya und winkte ihnen zu. Sie erinnerte Franzi daran, wie sie selbst damals auf Spiekeroog ankam. Sie hatte genau an der gleichen Stelle gestanden wie jetzt ihre Cousine, neben ihr Phillip, der in den Urlaub fuhr. Die ersten Wochen liefen noch einmal vor ihrem inneren Auge ab. Wie froh war sie gewesen, als Meta sie nicht nur in ihr Haus aufgenommen hatte, sondern sie auch unterstützte, damit sie bei der Arbeit im Restaurant bestehen konnte.

»Woran denkst du?«, fragte Tamme.

»An meine ersten Wochen hier auf der Insel.« Sie zeigte auf Sonya. »Genau da habe ich auch gestanden, als ich hier ankam.«

Tamme war Franzi damals bereits in Neuharlingersiel begegnet. Er hatte dort auf dem Kutter gearbeitet und sie angesprochen. Ihr erster Kontakt war alles andere als freundlich gewesen.

»Verrückte Zeiten«, sagte Tamme.

Die Fähre legte am Kai an.

»Und?«, fragte Franzi. »Was hast du damals von mir gedacht, als wir uns im Hafen von Neuharlingersiel getroffen haben?«

Tamme lachte. »Das sage ich dir lieber nicht.«

»So schlimm?«

»Ich mochte dich gleich, aber du hast mich ziemlich provoziert. Das kann ein echter Ostfriese nicht auf sich sitzen lassen.«

Franzi lächelte. »So etwas Ähnliches habe ich auch gedacht. Nur umgekehrt.«

»Dann sind wir ja quitt.«

Franzi stieß Tamme spielerisch in die Seite. »Ich weiß nicht. Du warst damals ganz schön grantig.«

»Echt jetzt? Ich habe die Sache ganz anders in Erinnerung.«

Die ersten Gäste stiegen aus und strömten auf den Kai. Sonya kam als eine der Letzten und lief gleich auf sie zu.

»Ihr holt mich ab?«, fragte sie erfreut.

Tamme zuckte mit den Schultern. »Reiner Zufall. Wir waren gerade hier und …«

Sonya lachte und reichte ihm ihren Rucksack. »Das trifft sich ja gut. Dann brauche ich zumindest das schwere Teil nicht mehr zu schleppen.«

Sie ging auf Franzi zu und umarmte sie. »Danke«, flüsterte sie ihr ins Ohr.

Vierunddreissig

»Wir konnten richtig gut über alles reden«, erzählte Sonya, die Franzi bei den Vorbereitungen für das Abendessen half. »Ohne Max wäre das sicher im Chaos geendet.«

Sonya hatte Franzi erzählt, ihre Mutter habe einem Schulabbruch zugestimmt und sei damit einverstanden, dass Sonya zunächst einmal ihr Praktikum weitermachen würde. Über die Ausbildung wollten sie später gemeinsam entscheiden, aber Sonya war zuversichtlich, dass ihre Mutter zustimmen würde.

»Fühlt sich doch sicher gut an, wenn du nicht mehr ständig mit deiner Mutter im Streit liegst, oder?«

»Am Samstag haben wir uns schon gestritten, aber ich habe mich dann mit ein paar alten Freunden getroffen und bin erst später abends wieder nach Hause gekommen.«

Franzi nickte. »Gute Strategie. Immer nur mit dem Kopf durch die Wand tut auf Dauer ziemlich weh.«

Sonya grinste. »Kann schon sein.« Sie wurde wieder ernst. »Ich habe da was gehört von meinen Freunden. Einer von denen ist auf meiner ehemaligen Schule und er sagt, dass es da Gerüchte um diesen Arsch gibt.«

»Alexander Meier?«

»Wen sonst!«

»Und, was sind das für Gerüchte?«

»Er soll nicht mehr an der Schule sein. Zumindest erst mal. Wie nennt man das noch?«

»Ist er suspendiert worden?«, fragte Franzi.

»Stimmt! Suspendiert. Warum genau, weiß keiner.«

»Aber es gibt Gerüchte?« Franzi bemühte sich, ihre Spannung nicht zu zeigen.

»Ja. Um was es sich handelt, brauche ich dir nicht zu erzählen. Ich habe mich vielleicht erschrocken, als ich das hörte. Aber um mich kann es da wohl nicht gehen. Dieser Mistkerl ist ja wohl kaum suspendiert worden, ohne dass ich ihn überhaupt angezeigt habe.«

Franzi zögerte. War das der richtige Augenblick, um Sonya von Marie Petersen zu erzählen? Wie würde sie reagieren? In diesem Augenblick kam Tamme in die Küche und fragte, ob er etwas helfen könne.

»Nein, aber du kannst gleich hierbleiben«, sagte Sonya. »Es geht sofort los. Ein Bier, der Herr?«

Tamme schmunzelte. »Das kann ich mir gerade noch selbst holen. Trotzdem danke.« Er öffnete den Kühlschrank und griff sich eine Flasche. Schließlich sah er zwischen Franzi und Sonya hin und her. »Ist was passiert? Ihr beide seid so merkwürdig.«

Franzi warf Sonya einen fragenden Blick zu und sie nickte.

»Sonyas Ex-Lehrer scheint suspendiert worden zu sein«, berichtete Franzi.

»Wow! Das ist doch eine gute Nachricht. Oder?«

»Klar!«, sagte Sonya. »Ein Arsch weniger. Und jetzt essen wir.«

»Du hast Sonya das mit dieser Frau in Oldenburg noch nicht erzählt?«, erkundigte sich Tamme, als sie am Abend im Wohnzimmer beisammensaßen.

Franzi schüttelte den Kopf. »Ich war kurz davor, aber dann …«

»… bin ich hereingeplatzt?«, beendete Tamme den Satz.

»Das auch, aber ich hatte mich schon dagegen entschieden. Ehrlich gesagt, habe ich keine Ahnung, wie ich ihr das sagen soll. Ist das überhaupt noch wichtig?«

Tamme schenkte sich Wein nach. Franzi hatte schon beim Mittagessen auf den Wein verzichtet und trank auch jetzt Mineralwasser.

»Ich bin kein Psychologe«, sagte Tamme, »aber hat Sonya nicht einen ziemlichen Hass auf diesen Kerl? Der muss doch irgendwann mal raus.« Als Franzi zur Antwort ansetzte, fuhr er fort: »Ich weiß, das kann Jahre dauern, deshalb sind die Verjährungsfristen auch so lang. Aber warum nicht jetzt gleich einen Schlussstrich ziehen, wo sie hier auf Spiekeroog neu anfängt?«

»Du meinst, ich soll es ihr sagen?«

Tamme nickte. »Wenn wir noch eine Chance haben wollen, dass sie sich professionelle Hilfe sucht, ist das vielleicht der richtige Weg.«

Franzi wurde es warm ums Herz. Tamme hatte zum ersten Mal von *wir* gesprochen. »Ja, kann sein«, sagte sie, obwohl sie sich nicht sicher war, ob es richtig war, Sonya unter Druck zu setzen. »Ich werde noch einmal mit ihr reden. Wenn sie abblockt, halte ich mich zurück.«

»Trifft sie sich gerade mit Joke?«

»Ja, er muss bis neun Uhr arbeiten und dann wollten sie ins Laramie.«

»Joke passt schon auf sie auf. Ein klasse Junge. Schade, dass seine Eltern aufs Festland gezogen sind.«

»Sie hatten hier ein Haus?«

»Ja, sie haben es für eine Stange Geld verkauft und sich dann in Leer ein neues gebaut. Der Vater hat da Arbeit bekommen.«

Tamme seufzte. »Dauert nicht mehr lange und es gibt keine wirklichen Insulaner mehr. Nur Zugereiste.«

»So wie mich?«

»Wir sind doch verheiratet. Das zählt auch.«

Franzi hob ihr Wasserglas. »Da habe ich ja Glück. Auf uns Insulaner.«

Franzi wachte auf. War da ein Geräusch gewesen? Sie sah auf die Uhr. Kurz nach eins. War Sonya gerade zurückgekommen? Leise verließ sie das Bett und betrat den Flur. Aus der Küche hörte sie, wie der Kühlschrank geöffnet wurde.

»Habe ich dich geweckt?«, fragte Sonya, als Franzi in die Küche schaute.

»Alles gut. Ich schlafe in der letzten Zeit nicht mehr so tief. Wie war dein Abend?«

»Cool! Wir haben uns mit ein paar Freunden von Joke getroffen. Der Rückweg hat etwas länger gedauert. Wir sind nicht mit den Fahrrädern gefahren. Zu Fuß dauert es etwas länger, wie du weißt.«

Franzi nahm sich ein Glas aus dem Schrank und schenkte sich Wasser ein. »Dann bist du jetzt sicher müde.«

»Überhaupt nicht. Ich kann noch nicht schlafen. Bin total aufgewühlt.«

»Warum?«

Franzi bemerkte, wie Sonya die Antwort hinauszögerte. Schließlich zuckte sie mit den Schultern. »Na ja, ich habe Joke alles erzählt. Jetzt gerade auf dem Rückweg. Deshalb hat es auch so lange gedauert. Wir sind immer wieder stehen geblieben.«

»Finde ich gut, Sonya. Wirklich!«

»Joke war unheimlich lieb.« Sonya standen die Tränen in den Augen. »Er hat ewig zugehört und mich dann in den Arm genommen.«

Franzi griff nach einem Paket Taschentücher, zog eins heraus und reichte es Sonya.

»Danke«, murmelte Sonya.

»Ich muss dir noch was sagen.«

Sonya warf ihr einen erstaunten Blick zu.

»Ich weiß wahrscheinlich, warum dein Ex-Lehrer Schwierigkeiten hat.«

Sonya sah sie mit weit aufgerissenen Augen an. »Woher?«

»Der Mann meiner Freundin Britta war auf deiner Schule. Ich habe mich mit ihm unterhalten. Alexander Meier war bei ihm im Jahrgang.«

»Echt jetzt? Unglaublich? Aber was hat das jetzt mit der Sache zu tun?«

»Es gab damals einen Vorfall.«

»Okay«, sagte Sonya und blickte sie fragend an.

Franzi begann zu erzählen, machte immer wieder eine Pause, um Sonya Zeit zu geben und ihre Reaktion zu beobachten. Als sie das Gefühl hatte, dass Sonya die ganze Geschichte vertragen würde, erzählte sie von dem letzten Treffen mit Marie Petersen in Oldenburg.

»Und sie hat so lange damit gewartet?«, fragte Sonya.

»Ich vermute, deine Geschichte hat ihr gezeigt, dass dieser Mensch nicht länger so weitermachen darf.«

»Meinst du, er wird verurteilt?«

»Das kann ich nicht sagen. Ernst genommen wird die Aussage schon, sonst wäre überhaupt nichts passiert. Sie sagte mir aber, wenn es zu einem Prozess kommt, würde der nach Jugendstrafrecht verhandelt.«

Sonya nickte. »Verrückt.« Sie stand auf. »Ich gehe jetzt ins Bett.« Sie umarmte Franzi. »Danke, dass du mir das erzählt hast. Ich muss da erst mal eine Nacht drüber schlafen. Oder auch zwei.«

»Das verstehe ich. Gute Nacht, Sonya.«

Die folgende Woche verlief ruhig. Die Ferienwohnungen waren alle belegt, es gab nur wenig Beschwerden und Nachfragen, selbst Tamme hatte nur ein paar Einsätze und arbeitete zeitweilig in seinen anderen Jobs bei der Strandkorbvermittlung und im Kiosk eines Fährschiffs.

Am Donnerstag traf sich Franzi mit Edda auf einen Kaffee. Jella war mit Markus unterwegs auf der Insel und Sonya hielt unterdessen die Stellung im Buchladen.

»Läuft es gut mit Sonya?«, wollte Franzi wissen.

»Da mach dir mal keine Sorgen. Für mich ist sie ein Glücksgriff. Wenn sie will und darf, kann sie bei mir die Ausbildung machen.«

»Warten wir ab, ob Sonya in ein paar Wochen immer noch an ihrer Liebe zu den Büchern festhält.«

»Wenn du mich fragst, hat sie etwas gefunden, das ihr wirklich was bedeutet. Abitur kann sie immer noch machen und dann studieren. Sie ist noch jung und hat das ganze Leben vor sich.«

»Ich freue mich ja für sie«, sagte Franzi. Sie trank einen Kaffee. »Und bei Markus und dir?«

Edda zuckte mit den Schultern. »Keine Ahnung! Ich habe gedacht, dass ihm der Arbeitsausflug in die Schweiz guttun würde. Aber das alles, die monatelange Planung, der Wettbewerb und jetzt die Arbeit vor Ort, scheint bei ihm eher das Gegenteil bewirkt zu haben. Wenn mich nicht alles täuscht, hat Markus Angst, zurück in die Routine zu fallen, wenn er wieder Einfamilienhäuser plant.«

»Gibt es denn eine Alternative?«

»Die gibt es immer. Aber ob sie auch das entsprechende Geld einbringt, das ist die große Frage. Nur vom Ruhm können wir nicht leben. Dass mein Laden nicht genug abwirft, um uns alle zu ernähren, brauche ich dir nicht zu erklären.«

»Ich dachte, das Museumsprojekt hätte schon etwas eingebracht.«

»Klar, für ein halbes Jahr wird es reichen. Vielleicht auch länger, wenn wir uns etwas einschränken.« Sie stöhnte leise. »Vielleicht werde ich mich daran gewöhnen müssen, dass Markus für viele Monate im Jahr nicht bei uns ist.«

»Aber er hat mir erzählt, dass er nur noch einmal kurz in die Schweiz muss.«

»Zu seinem Unglück«, sagte Edda.

»Tust du Markus damit nicht unrecht? Er hat sich entschieden, und zwar für seine Familie.«

»Ach, Franzi. Es ist lieb, dass du versuchst, die Wogen zu glätten, aber sie sind im Moment etwas zu hoch dafür. Ich habe mir etwas vorgemacht und gedacht, wenn Markus dieses Projekt durchzieht, kommt er zurück und wir leben so weiter wie zuvor. Diese Hoffnung hat sich wohl endgültig zerschlagen.«

Franzi sah ihrer Freundin direkt in die Augen. »Ist da noch etwas anderes? Ich kenne dich doch.«

Edda schwieg. Als sie den Kopf senkte und ihr Blick auf ihrem Bauch verharrte, war Franzi klar, was passiert war. »Du bist schwanger? Und Markus weiß nichts davon?«

Edda nickte zögerlich.

»In welcher Woche?«, fragte Franzi.

»Siebte. Lange weiß ich es noch nicht. Ich hatte ja noch nicht einmal eine Ahnung, als wir unsere Shoppingtour gemacht haben. Ich wollte dir nichts sagen, weil du doch … Ich dachte, dass dich das frustriert.«

Franzi stand auf und umarmte ihre Freundin. »Aber warum hast du Markus nichts gesagt? Das Kind war doch geplant, oder?«

»Nicht wirklich. Wir haben es ein wenig darauf ankommen lassen. An den entscheidenden Tagen waren wir entweder vorsichtig oder haben es ganz gelassen.«

»Aber du wolltest doch ein zweites Kind und Markus doch auch.«

Edda wiegte den Kopf hin und her. »Schon, aber nicht jetzt. Wegen des Museumsprojekts und so. Aber so ganz einig waren wir uns da in den letzten Monaten nicht mehr.«

Franzi stand immer noch zu Eddas Stuhl heruntergebeugt und hielt ihre Freundin in den Armen. Jetzt richtete sie sich auf. »Wann sagst du es Markus?«

Edda atmete schwer, den Kopf gesenkt. »Ich weiß es nicht. Vielleicht lasse ich es auch …«

»Hör auf, Edda!«, fiel Franzi ihr ins Wort. »Du wolltest schon lange ein zweites Kind und jetzt willst du die Schwangerschaft abbrechen? Das kann nicht dein Ernst sein. Guck mich doch bitte an.« Franzi wartete, bis Edda den Kopf hob. »Du sagst es jetzt Markus. Heute! Wenn überhaupt, dann entscheidet ihr das zusammen. Es ist auch sein Kind. Er hat ein Recht darauf, es zu erfahren.«

»Ich habe einfach Angst davor, wie Markus reagiert.«

Franzi fragte sich, wieso sie nicht mitbekommen hatte, wie es wirklich in Edda aussah und wie schwer die Probleme zwischen ihr und Markus waren. War sie so sehr mit ihren eigenen Problemen beschäftigt, dass Edda es nicht gewagt hatte, sich ihr anzuvertrauen? »Es führt kein Weg daran vorbei, Edda. Bring Jella heute Nachmittag zu deiner Mutter. Sie schläft doch gerne da. Und dann habt ihr viel Zeit, um alles zu besprechen. Und morgen früh lasst ihr euch richtig Zeit. Sonya kann auch alleine den Laden aufmachen.«

Eddas Augen waren feucht geworden. Jetzt atmete sie tief durch und nickte. »Ja, ich rufe Mama gleich an.«

Fünfunddreissig

Franzi lief auf dem Rückweg von Edda beim Buchladen vorbei und sprach kurz mit Sonya.

»Kein Problem«, sagte diese. »Ich habe ja inzwischen einen Schlüssel. Edda kann zu Hause bleiben. Ist sie krank?«

»Nicht wirklich, aber sie muss was klären. Morgen musst du auch alleine aufschließen und erst mal die Stellung halten.«

»Mache ich«, sagte Sonya. Ihr war anzusehen, wie stolz sie war, dass Edda ihr die Verantwortung übertrug. Sie strahlte übers ganze Gesicht und hatte kleine rote Flecken am Hals bekommen.

»Hast du heute Abend etwas Zeit für mich?«, fragte ihre Cousine, als Franzi sich gerade verabschieden wollte.

»Ja, Tamme ist allerdings unterwegs.«

»Das macht nichts. Ich wollte mit dir sprechen.«

Später am Tag rief Franzi Karla an. »Hallo«, begrüßte sie die alte Dame am Telefon.

»Franzi, schön, dass du anrufst. Geht es allen gut auf Spiekeroog?«

»Ja, ich denke schon. Bleibt es bei unserem Hamburgbesuch in der nächsten Woche?«

»Ja, kommt nur. Wir freuen uns. Mein Gästezimmer steht für Meta bereit und ihr jungen Leute schlaft ja bei deinem Vater.«

»Gut, wir nehmen am Mittwoch die erste Fähre. Sie geht um acht Uhr dreißig. Ich hoffe, dass wir gegen eins in Hamburg sind.«

»Ich habe einen Tisch in einem Restaurant bestellt. Dein Vater wollte, wenn es ihm irgend möglich ist, auch kommen.«

»Das hat er mir schon gesagt. Schön, dann sind wir ja alle beisammen.«

Sie unterhielten sich noch eine Weile, bis Franzi einen Anruf auf dem Handy erhielt und das Gespräch mit Karla beendete.

Sonya kam zu Franzi ins Wohnzimmer und setzte sich zu ihr aufs Sofa. »Ist Tamme schon weg?«

»Ja. Er hat eine Vereinssitzung. Ich glaube nicht, dass er vor Mitternacht zurück ist.« Franzi schmunzelte. »Manchmal habe ich den Verdacht, es geht mehr um das kühle Bier nach der Sitzung.«

Sonya nickte, aber das Thema schien sie nicht zu interessieren. »Ich will jetzt eine Anzeige machen«, sagte sie mit gepresster Stimme. »Gegen diesen Mistkerl. Bei der Polizei.«

Franzi stockte der Atem. Hatte sie Sonya richtig verstanden?

»Du willst Alexander Meier wegen der Vergewaltigung anzeigen?«, vergewisserte sich Franzi.

»Ja, wen denn sonst. Kommst du mit, wenn ich das mache?«

»Meinst du nicht, dass das deine Mutter tun sollte?«

»Mama war sehr lieb zu mir, als ich am Wochenende da war, aber sie regt sich ganz schnell über alles auf und ich brauche unbedingt jemanden wie dich, die ruhig bleibt und mir den Rücken stärkt. Bitte, Franzi!«

»Wenn du es möchtest, mache ich das natürlich.« Franzi zögerte kurz und fragte dann nach: »Aber bist du dir wirklich sicher?«

»Ja. Ich habe mir das ganz genau überlegt. Joke unterstützt mich auch. Was kann mir hier auf Spiekeroog schon passieren. Der Typ kommt nicht hierher. Und wenn ich ihn bei der Polizei angezeigt habe, schon gar nicht.«

»Nein, das halte ich auch für ausgeschlossen. Du weißt aber, dass es mit der Anzeige nicht getan ist, oder?«

Sonya nickte. »Joke und ich haben das genau im Internet recherchiert. Ich weiß, dass ich vor Gericht aussagen muss. Und ich weiß auch, dass das ätzend sein kann. Er wird alles abstreiten. Aber das kann er ruhig, ich habe einen Beweis.«

»Beweis? Du hast doch alle Daten auf deinem Handy gelöscht.«

»Das stimmt auch.« Sonya stand auf. »Ich komme sofort wieder.«

Franzi hörte, wie sie ihr Zimmer betrat. Kurz darauf stand Sonya wieder in der Tür und hielt eine Plastiktüte in der Hand, die sie Franzi reichte.

»Was ist das?«, fragte Franzi und warf einen Blick auf den Stofffetzen in der Tüte.

»Das war mal mein Slip. Da ist sein Sperma drauf.«

Franzi schluckte. »Das hast du die ganze Zeit gehabt?«

»Nicht hier. Zu Hause. Versteckt, damit Mama es nicht findet.«

»Ich denke, das wird selbst der beste Verteidiger nicht wegdiskutieren können. Zumindest ist damit klar, dass er als Lehrer etwas mit dir angefangen hat. Das reicht schon, um ihn aus dem Schuldienst zu entfernen. Und ich denke, das macht deine andere Aussage sehr glaubwürdig.«

»Das hat Joke auch gesagt. Ich will, dass dieses Schwein ins Gefängnis kommt. So lange wie möglich.«

»Das wird er, glaub mir.«

Franzi und Sonya betraten das Gebäude der Polizeiinspektion Oldenburg, einen siebenstöckigen Betonklotz aus den Achtzigerjahren. Marie Petersen hatte Franzi beschrieben, wie sie zum Büro der Oberkommissarin Fenzke käme. Franzi hatte sich bei der Kommissarin telefonisch angemeldet und einen Termin ausgemacht.

Nach mehrmaligem Fragen standen sie schließlich vor der Tür. Franzi klopfte an, die Tür wurde von innen geöffnet. Die Kommissarin begrüßte sie freundlich und bat sie herein.

Sie setzten sich an einen Besprechungstisch, unterhielten sich eine Weile über unverfängliche Themen, bevor die Kommissarin Sonyas Daten aufnahm und mit den Fragen begann.

Drei Stunden später verließen sie die Polizeiinspektion wieder, nachdem Sonya unzählige Fragen beantwortet hatte. Manche Antworten waren ihr schwerer gefallen als andere, aber die Kommissarin war vorsichtig und rücksichtsvoll gewesen und hatte Sonya so viel Zeit gelassen, wie sie benötigte.

»Ich bin vielleicht eine Heulsuse«, kommentierte Sonya, als sie auf Eddas Auto zugingen.

Ihr waren während der Befragung mehrere Male die Tränen gekommen. Jedes Mal hatte Kommissarin Fenzke eine Pause eingelegt und gewartet, bis Sonya sich beruhigt hatte.

»Du hast das unglaublich gut gemacht, Sonya«, sagte Franzi.

»Und das sagst du jetzt nicht nur so?«

»Nein, und Frau Fenzke hat das auch mehrmals betont. Hast du nicht gesehen, wie erstaunt sie war, als du ihr die Plastiktüte mit dem Slip gegeben hast?«

Sonya lächelte matt. »Doch, das ist mir aufgefallen.«

»Und sie hat deine Aussagen in keiner Weise infrage gestellt. Du hast das wirklich toll gemacht.«

Sie erreichten das Auto und Franzi schloss auf.

»Ich fühle mich, als wenn ich zwei Tage durchgearbeitet hätte«, sagte Sonya. »Oder als würde ich krank werden.«

»Hast du Hunger? Wollen wir irgendwo was essen?«

Sonya schüttelte den Kopf. »Im Moment will ich gar nichts. Ich rufe nur noch kurz Mama an und erzähle ihr, wie es gelaufen ist.« Sie hatte am Abend zuvor mit ihrer Mutter gesprochen und ihr von der geplanten Anzeige erzählt.

»Das ist eine gute Idee. Anja wartet bestimmt schon.« Franzi trat ein paar Schritte zur Seite und wartete, bis Sonya ihr ein Zeichen gab. Sie stiegen ins Auto ein. »Also fahren wir direkt zurück?«

Sonya nickte. »Ja. Zurück nach Spiekeroog.«

Franzi startete den Motor und fuhr vom Parkplatz herunter. Als sie wenige Minuten später die Autobahnauffahrt erreichten, war Sonya bereits eingeschlafen. Franzis Gedanken wanderten zu Edda. Ihre Freundin hatte sie am Tag nach ihrem Gespräch angerufen und ihr erzählt, wie Markus auf die Nachricht ihrer Schwangerschaft reagiert hatte. Zunächst hatte er ungläubig nachgefragt, ob er sich verhört habe. Edda war kurz davor gewesen, aus dem Zimmer zu laufen, was Markus wohl gespürt hatte, weshalb er sich für seine Bemerkung entschuldigte. In den folgenden Stunden sprachen sie lange über die letzten Jahre ihrer Beziehung. Markus' Freude über das zweite Kind kam spät, aber, wie Edda Franzi sagte, noch früh genug, um die Situation zu retten.

Franzi hatte Mühe, sich auf die Straße zu konzentrieren. Am frühen Morgen war ihr schlecht geworden und kurz hatte sie gedacht, dass sie nicht mit nach Oldenburg fahren könnte. Aber genauso schnell, wie die Übelkeit gekommen war, war sie wieder verschwunden.

Würden Edda und Markus wieder zueinanderfinden? Die Frage beschäftigte Franzi seit ihrem letzten Telefongespräch mit Edda. Markus' Traum von weiteren außergewöhnlichen

Projekten hatte sich nicht erfüllt. Er haderte nach wie vor damit, seinem Beruf auf der Insel nicht vollständig nachgehen zu können. Aufträge von Insulanern waren selten und die Baupläne, die er für eine große Baugesellschaft auf dem Festland erstellte, waren, wie er es nannte, Massenware. Die Situation schien aussichtslos zu sein. Je länger Markus auf Spiekeroog blieb, desto geringer würden seine Chancen auf neue interessante Aufträge sein. Ein Teufelskreis.

Franzi hatte mit Tamme darüber gesprochen. Er hatte nur mit den Schultern gezuckt und gemeint, Markus solle sich zusammenreißen und sich um seine Familie kümmern. Es hatte nur wenig gefehlt und Franzi hätte sich mit Tamme über seinen wenig einfühlsamen Kommentar gestritten. Glücklicherweise hatte in diesem Augenblick ein Feriengast angerufen und um Hilfe mit der klemmenden Haustür gebeten.

Sonya wachte auf und reckte sich. »Wie weit sind wir gekommen?«

»In einer viertel Stunde sollten wir da sein. Geht es dir etwas besser?«

»Keine Ahnung«, murmelte Sonya. Sie sah aus dem Seitenfenster. »Es kommt mir vor, als hätte ich die ganze Sache da bei der Polizei nur geträumt. Aber wir waren doch wirklich da, oder?«

»Ja, bei Oberkommissarin Fenzke.«

»Rote Haare, nicht ganz so schlank wie du, dafür aber etwas kleiner, energischer, aber lieber Blick. War sie das?«

»Ja, das war sie. Du hast das nicht geträumt.«

»War es richtig, was ich gemacht habe, Franzi? Oder hätte ich lieber schweigen sollen? Dieser Mistkerl kommt doch schon vor Gericht. Vielleicht haben sich auch noch andere Frauen gemeldet, das wissen wir doch gar nicht.«

»Nein, das wissen wir nicht. Aber du hast dich dazu entschlossen und ich finde es nach wie vor richtig. Bis es zum Prozess kommt, werden noch sehr viele Monate vergehen. Wenn du dann wirklich nicht mehr aussagen willst, dann ist es halt so. Niemand kann dich dazu zwingen.«

»Ja, ich weiß, das hat Joke mir auch gesagt. Trotzdem habe ich ein komisches Gefühl bei der Sache.«

»Wegen der Fotos, die der Typ von dir hat, brauchst du dir keine Sorgen zu machen. Das hat Frau Fenzke doch gesagt. Sie meinte ja, dass jetzt schnell eine Hausdurchsuchung gemacht werden würde, und da werden sie sicher alles finden. Dann sind die Fotos sicher bei der Polizei verwahrt. War es das nicht allein wert?«

»Ja, wenn der Typ die Fotos nicht mehr hätte, wäre mir wirklich wohler. Aber trotzdem.«

»Du vergisst jetzt erst mal alles. Und ich verspreche dir, dass ich dabei bin, wenn du vor Gericht aussagen musst. Okay?«, sagte Franzi aufmunternd.

Sonya nickte. »Bin ich froh, dass Onkel Max dich damals gefunden hat. Wer hat schon so eine Cousine?« Sie beugte sich zu Franzi hinüber und küsste sie auf die Wange.

Sechsunddreissig

Franzi stand an der Reling, ihre langen Haare wehten im Wind. Sonya leistete Meta auf dem Zwischendeck Gesellschaft. Sie waren rechtzeitig vor der Abfahrt der Fähre zum Hafen gegangen. Tamme hatte im Bollerwagen die beiden Rucksäcke und Metas Koffer transportiert und stand jetzt immer noch am Kai und schaute der Fähre hinterher. Franzi hob ein letztes Mal den Arm und winkte ihm zu.

Auf einmal hatte sie ein mulmiges Gefühl in der Magengegend. Würden sie Karla nach dem Treffen in Hamburg noch einmal wiedersehen? Hatte sie bereits einen Termin in der Schweiz ausgemacht? Würde sie Karla so offen begegnen können, wie sie es bisher getan hatte? Wäre sie auch nach Hamburg gefahren, wenn sie Meta nicht hätte begleiten wollen?

Franzi wünschte sich sehnlichst, dass Karla noch etwas Zeit mit Pascal verbringen könnte. Warum traf es gerade sie, die sich ihr Leben lang um andere Menschen gekümmert und gesorgt hatte? Sie versuchte, die trüben Gedanken zu verscheuchen und an etwas anderes zu denken. Am Morgen war ihr wieder übel geworden. Zum ersten Mal hatte sie den Verdacht, sie könnte schwanger sein. Kurz hatte sie überlegt, einen Schwangerschaftstest zu besorgen, sich aber dagegen entschieden. Sie war sich nicht sicher, ob sie auch gefahren wäre, wenn der Test positiv gewesen wäre. Doch die morgendliche Übelkeit musste eine andere Ursache haben. Schließlich hatte sie gelesen, dass diese Beschwerden erst ab der achten Schwangerschaftswoche auftraten und nur bei sehr wenigen Frauen vorher. Dennoch hatte sie beschlossen, in Hamburg einen Schwangerschaftstest in der Apotheke zu besorgen, sollte ihr morgen wieder übel sein.

Am Tag zuvor hatte sich Franzi kurz mit Edda getroffen. Markus hatte seine Abreise verschoben und überlegte, ob er seinen Geschäftspartner bitten sollte, seine Arbeit vollständig zu übernehmen. Edda erzählte Franzi, dass sie sich zwar über Markus' Entschluss freute, aber ihn dennoch darin bestärken würde, das Museumsprojekt bis zum Ende zu begleiten.

»Na!«, hörte Franzi Sonyas Stimme in ihrem Rücken. »An deinem Lieblingsplatz?«

Sie wandte sich zu ihr um. »Hat Meta dich nach draußen geschickt?«

»Sie hat eine Bekannte getroffen, die auch aufs Festland fährt, und sitzt gerade bei ihr am Tisch. Da habe ich mich schnell mal verdrückt.« Sonya sah auf die Nordsee und fuhr fort: »Edda hat mir übrigens gestern im Vertrauen erzählt, dass sie schwanger ist. Du weißt es ja sicher schon länger.«

»Ja, ich hatte zwar gehofft, dass sie noch auf mich wartet, aber gut. Ich freue mich natürlich für sie. Und wenn du erst mal deine Ausbildung bei ihr beginnst, hat sie ja Unterstützung.«

»Hey, habt ihr euch abgesprochen? Das Gleiche hat Edda gestern zu mir gesagt.«

»Dann wird es ja wohl stimmen«, sagte Franzi lachend. »Oder willst du dich jetzt drücken?«

»Natürlich nicht. Und ich freue mich auch für Edda. Ich finde es super, so viel Verantwortung übertragen zu bekommen. Mir kann doch gar nichts Besseres passieren.«

»Tamme wird demnächst dein neues Zimmer bei Meta renovieren. Aber erst mal bleibst du uns ja noch erhalten.«

»Wenn ihr nichts dagegen habt?«

Franzi lächelte. »Nein, weder Tamme noch ich. Lass dir Zeit und überleg jetzt genau, was du willst. Solange wir das Zimmer nicht brauchen, ist alles in Ordnung.«

Sonya fiel ihr um den Hals. »Cool! Und das mit Mama regele ich auch noch.«

Franzi zog ihre Jacke zu. »Lass uns wieder reingehen. Mir wird kalt.« Sie hakte sich bei ihrer Cousine unter und ging auf die Treppe zu.

Ein paar Stunden später saßen sie in Eddas Wagen. Franzi sah in den Rückspiegel. »Alles gut da hinten?«

»Perfekt!«, erwiderte Sonya, die auf der Rückbank saß, damit Meta vorne mehr Platz hatte.

»Ich hätte aber auch hinten sitzen können«, sagte Meta. »Sonya hat doch viel längere Beine.«

Doch Franzi, die von Tamme wusste, wie ungern Meta auf der Rückbank saß, schüttelte den Kopf. »Nein, so ist es gut. Wir können auch zwischendurch Pausen einlegen.« Sie startete den Motor und fuhr vom Parkplatz des Fährhauses.

Im Rückspiegel sah sie, wie Sonya sich ihre großen Kopfhörer aufsetzte und sich zurücklehnte. Franzi fuhr aus Neuharlingersiel heraus auf die Bundesstraße Richtung Wittmund.

»Geht es dir gut, mein Kind?«, fragte Meta. »Du siehst etwas blass aus.«

»Eigentlich schon. Ich habe wohl nur schlecht geschlafen.«

»Bist du sicher?«

»Ja, Meta. Es ist alles in Ordnung. Und jetzt Themawechsel.«

Meta seufzte. »Wenn du das möchtest.« Sie lächelte. »Ich habe gestern übrigens mit Karla telefoniert. Sie klang gut gelaunt und freut sich auf uns.«

Franzi nickte nachdenklich.

Meta klappte die Sonnenblende nach unten und sah in den Spiegel. »Sonya hat mir erzählt, dass ihr in Oldenburg bei der Polizei wart«, sagte sie mit gesenkter Stimme.

»Ja«, gab Franzi zurück. »Es war ihre Entscheidung.« Sie war erstaunt und freute sich gleichzeitig darüber, dass Sonya so offen mit ihrem Entschluss umging.

»Gut. Ich hoffe, dass sie über diese schrecklichen Erlebnisse hinwegkommt.«

»Lass uns da lieber später drüber sprechen«, sagte Franzi und warf einen Blick in den Rückspiegel.

Meta nickte.

Kurz vor Bremen bogen sie auf eine Autobahnraststätte ab, tranken einen Kaffee und fuhren dann weiter. Nachdem sie die Baustellen rund um Bremen hinter sich gelassen hatten, war die Autobahn frei und sie kamen gut voran. Eine Stunde später parkten sie in der Nähe von Karlas Haus. Franzi und Sonya setzten ihre Rucksäcke auf, und als Meta nach ihrem Rollkoffer greifen wollte, kam Sonya ihr zuvor. Meta ließ es lächelnd zu.

Karla stand bereits in der Wohnungstür, als sie die Treppe hinauf kamen. Nachdem sie Meta mit einer langen Umarmung begrüßt hatte, kamen Franzi und Sonya an die Reihe. »Ihr könnt eure Sachen hier abstellen und dann gehen wir gleich ins Restaurant. Ihr habt doch sicher Hunger.«

Karla hatte ein kleines spanisches Restaurant ausgesucht. Als sie sich an den großen Tisch setzten, stieß Franzis Vater zu ihnen. Franzi empfing ihn überschwänglich, immerhin hatten sie sich seit fast einem halben Jahr nicht mehr gesehen. Er setzte sich neben sie, nachdem er alle der Reihe nach begrüßt hatte. Dann bestellten sie und bekamen die Getränke serviert.

Franzi genoss die spanischen Tapas und unterhielt sich lange mit ihrem Vater, Karla und Pascal. Die Stimmung war wider Erwarten ausgezeichnet, auch wenn Franzi sich immer wieder zwingen musste, nicht an den Anlass ihres Besuchs zu denken. Karla schien die Zeit zu genießen, lachte und erzählte viel. Meta, die neben ihr saß, schien sich genauso wohl in der kleinen Gruppe zu fühlen wie alle anderen.

Am frühen Nachmittag zog sich Karla zum Mittagsschlaf zurück und Meta schloss sich ihr an. Sonya unterhielt sich derweil mit Pascal und fragte ihn zu seinem Beruf aus. Der alte Herr gab bereitwillig Auskunft und schien sich über Sonyas Interesse zu freuen.

Als ihr Vater Franzi fragte, ob sie ihn auf einen kurzen Spaziergang begleiten würde, willigte sie gern ein. Max führte sie in einen nahe gelegenen Park, in dem sie schon mehrmals mit ihm war.

»Triffst du Karla jetzt häufiger?«, fragte Franzi.

»Ja, ich schaue jeden Tag bei ihr rein. Pascal kümmert sich wirklich gut um sie. Du brauchst dir keine Sorgen zu machen.«

»Keine Sorgen?«, brach es aus Franzi heraus. »Sie wird bald nicht mehr da sein.«

Ihr Vater legte ihr den Arm um die Schultern. »Ja, das weiß ich doch. Meinst du, mich lässt das kalt? Ich kenne Karla jetzt schon seit zwanzig Jahren.«

»Sie hat mir erzählt, dass der Tumor nicht so stark gewachsen ist, wie die Ärzte ursprünglich vermutet hatten«, sagte Franzi.

»Hat sie mir auch schon gesagt.«

»Ich hoffe, dass sie jetzt mehr Zeit hat als ursprünglich prognostiziert. Das ist doch eine sehr positive Nachricht, oder?«

Max nickte. »Ja, eigentlich schon.«

Sie erreichten den Park und liefen auf einen kleinen Pavillon zu.

»Karla ist eine starke Frau«, fuhr Franzi fort. »Vielleicht gibt es doch noch einen Weg, dass sie …«

»Nein«, unterbrach ihr Vater sie sanft. »Den gibt es nicht, Franzi. Und das wirst du akzeptieren müssen.«

Franzi nickte. »Ich versuche es ja, aber …«

»Nichts aber, Franzi. Genieß den Besuch bei Karla und Pascal, beide haben sich sehr auf euch gefreut.«

»Ich weiß.«

Als sie zurückkehrten, war der Kaffeetisch schon gedeckt. Zwei Kuchen standen auf dem großen Tisch in der Wohnküche.

»Na, was sagt ihr?«, fragte Sonya schmunzelnd.

Max hob den Daumen. »Perfekt!«

»Was sonst, Onkelchen?«

Max Wander lachte. »Ich bin kurz in meiner Wohnung. Kommt ihr alleine zurecht?«

Sonya rollte mit den Augen. »Stell dir vor, das schaffen wir.«

Er nickte Franzi zu und machte sich auf den Weg.

»Na, alles besprochen?«, erkundigte sich Sonya.

Franzi sah sie fragend an. »Ach so, nein, es ging nicht um dich. Nur so eine Vater-Tochter-Geschichte.«

»Na, denn.«

Meta klopfte an die geöffnete Tür. »Darf man eintreten?«

»Immer doch!«, sagte Sonya. »Wo ist Karla?«

»Pascal ist gerade zu ihr ins Schlafzimmer gegangen, um sie zu holen. Sie kommen bestimmt bald.«

»Dann kann ich ja noch kurz was besorgen?«, wollte Franzi wissen, die auf dem Rückweg eine Apotheke gesehen hatte, aber im Beisein ihres Vaters keinen Schwangerschaftstest kaufen wollte. »Ich bin in zehn Minuten wieder da.«

»Wer möchte noch ein Stück Kuchen?«, fragte Sonya in die Runde.

Seit einer halben Stunde saßen sie in der Wohnküche, tranken Kaffee und aßen Kuchen.

Franzis Vater reichte ihr seinen Teller und deutete auf den Apfelkuchen. »Aber nicht so ein großes Stück wie beim ersten Mal. Ich muss …«

»Max!«, unterbrach Karla ihn. »Du hast kein Gramm Fett zu viel.« Sie wandte sich an Sonya: »Er nimmt noch einmal das Gleiche.«

Sonya grinste und schob den Apfelkuchen auf den Teller. »Bitte, der Herr.«

»Danke, die Dame«, erwiderte er.

»Du auch noch, Franzi?«, erkundigte sich Sonya.

Franzi schreckte aus ihren Gedanken hoch. »Was? Bitte, meine ich?«

»Noch ein Stück Kuchen?«, fragte Sonya und hielt ihr die ausgestreckte Hand entgegen.

Franzi reicht ihr den Teller. »Gib mir doch bitte ein kleines Stück von der Sahnecremetorte.«

»Noch jemand?«

Als sich niemand meldete, legte Sonya den Tortenheber zur Seite.

Karla räusperte sich. »Ich bin niemand, die große Reden hält. Aber wo wir hier so versammelt sind und auch alle wissen, warum, sollte ich vielleicht doch ein paar Worte sagen.« Sie sah in die Runde und lächelte. »In den Jahren seid ihr, die ihr hier mit mir am Tisch sitzt, zu meiner Familie geworden. Da ist Pascal, den ich schon seit einer Ewigkeit kenne …«, sie machte eine kleine Pause, »und liebe, und natürlich Max, der seit zwanzig Jahren nicht nur mein Nachbar ist, sondern auch ein sehr guter Freund. Als vor drei Jahren Franzi vor seiner Tür stand, wusste ich sofort, dass sie etwas ganz Besonderes ist und vor allem dass sie wegen etwas sehr Wichtigem gekommen war. Ich habe damals dem Glück ein ganz klein wenig auf die Sprünge geholfen, damit dieses Mädchen, das so verloren dastand, ihren Vater finden konnte. Und ich habe auch etwas bekommen. Ihr beide, Meta und Franzi, seid mir so ans Herz gewachsen wie eine eigene Familie.« Karlas Augen waren feucht geworden, sie lächelte sanft, als ihr Blick auf Sonya fiel. »Natürlich darf ich Sonya nicht vergessen, die ich schon kenne, seit sie gerade laufen konnte – dieses Kind, das mich immer angestrahlt hat, als könne es nichts Böses auf der Welt geben. Ich bin so froh, dass sie auf dieser schönen Insel eine neue Heimat gefunden hat, einen Ort, an dem sie für die nächsten Jahre eine Ausbildung machen will – eine Ausbildung zur Buchhändlerin. Und hier schließt sich der Kreis.« Sie schaute Sonya direkt an. »Ihr wisst alle um meine Liebe zur Literatur. Mein erstes Manuskript habe ich vor vielen Jahren verloren.« Sie machte eine Pause, senkte ihren Blick und sprach weiter. »Nein, ich habe es selbst vernichtet. Ich weiß, Pascal, dass du dir ewig Vorwürfe deshalb gemacht hast. Aber es war damals meine Entscheidung.« Sie sah wieder auf. »Pascal hat mir gut zugeredet, dass ich mein neues Manuskript zu Ende bringe. Ich habe es mit seiner Hilfe überarbeitet und mir fest vorgenommen, die Arbeit in den nächsten Wochen abzuschließen.« Sie seufzte leise. »Und auch deshalb wird dieses Ding in meinem Kopf warten müssen, bevor es weiterwächst. Drückt mir die Daumen, dass ich es schaffe.« Sie sah in die Runde. »Huch, jetzt habe ich doch viel länger geredet, als ich eigentlich wollte. Aber es fehlt noch etwas sehr, sehr Wichtiges.« Wieder machte sie eine kurze Pause. »Ich wollte euch allen danken. Für alles, was ihr für mich getan habt, dafür, dass ich ein Teil eurer Familie sein darf. Danke.«

Karla wischte sich mit einem Taschentuch, das Pascal ihr gereicht hatte, die Tränen aus dem Gesicht. Meta, die neben ihr saß, hatte die Hand auf Karlas gelegt und Pascal berührte jetzt ihre Schulter und lächelte.

»Ich weiß«, fuhr Karla fort, »dass ihr traurig seid, weil ich sterben werde. Ich kann euch den Schmerz nicht nehmen, aber ich will euch sagen, dass ich ein wunderbares Leben hatte und es immer noch habe und dass ich ohne Angst auf das blicke, was kommt. Wir sind zusammen und bleiben es auch.«

Siebenunddreissig

Am Abend saßen sie alle zusammen im Wohnzimmer. Karla und Pascal erzählten im Wechsel von ihrer bewegten gemeinsamen Zeit in Paris, von ihren vielen Künstlerfreunden, den Diskussionen über neu erschienene Romane und alte Klassiker, von durchfeierten Nächten in Cafés oder Klubs. Währenddessen wirkte Karla, als wäre sie wieder Mitte zwanzig, ihre Augen glänzten, ihre Wangen glühten vor Begeisterung. Franzis Vater hatte extra einen wichtigen beruflichen Termin verschoben, um mit dabei bleiben zu können.

Am nächsten Morgen bereiteten Franzi und Sonya das Frühstück vor und dann saßen alle bis mittags zusammen, bevor sich die kleine Gruppe auf den Weg zum Parkplatz machte. Die Verabschiedung dauerte länger als geplant, aber niemanden drängte es zum Aufbruch.

Franzi, Sonya und Meta schwiegen fast die ganze Fahrt über. Nur in einer kurzen Pause, in der sie tankten und sich einen Kaffee holten, sprachen sie über die Wetterprognose für die kommenden Wochen.

Kurz bevor die Fähre in Neuharlingersiel ablegte, liefen sie auf den Kai zu und gingen als Letzte an Bord.

Erst als Franzi alleine an der Reling stand und beim Ablegen der Fähre zusah, fiel ihr der Schwangerschaftstest wieder ein. Sie lief zurück aufs Deck, kramte in ihrem Rucksack und nahm den Test in einem unbeobachteten Moment heraus.

»Ich bin kurz auf der Toilette«, sagte sie zu Meta und eilte den Gang entlang.

»Tamme?«

»Franzi! Seid ihr auf der Fähre? Du hast mir gar nicht geschrieben, ob ihr es noch geschafft habt.«

»Entschuldige, mir ist etwas Wichtiges dazwischengekommen.«

»Was ist passiert?« Franzi hörte ihrem Mann an der Stimme an, wie besorgt er war.

»Alles gut.« Sie zögerte kurz. »Ich komme nicht allein zurück.«

»Das weiß ich doch. Meta und Sonya sind ja bei dir.«

»Das meine ich nicht, Tamme.«

»Wie jetzt, wer ist …« Tamme brach ab. »Du meinst jetzt aber nicht, dass du …«

»Ich habe gerade eben den Test gemacht.«

Sie hörte einen Freudenschrei.

»Bist du ganz sicher?«, fragte Tamme mit aufgeregter Stimme.

»Ja, es gibt keinen Zweifel.«

»Das ist der Wahnsinn! Der absolute Wahnsinn! Wir bekommen ein Kind.« Die letzten Sätze hatte er mehr gesungen als gesprochen. »Ich gehe gleich los, um dich abzuholen. Wie lange brauchst du noch? Wird es ein Junge oder ein Mädchen? Oder sogar Zwillinge?«

Franzi lachte. »Tamme! Das kann ich doch noch nicht wissen. Und du brauchst auch noch nicht loszugehen. Es dauert bestimmt noch eine halbe Stunde, bis wir einlaufen.«

»Ich muss aber«, sagte er. »Soll ich was mitbringen? Geht es dir gut? Wo bist du gerade?«

»Ich stehe hier an der Reling. Und mir geht es gut, Tamme. Ich brauche auch nichts. Komm einfach zum Kai, das reicht.«

»Ja, das mache ich. Natürlich.«

»Tamme?«

»Ja, Franzi?«

»Ich liebe dich!«

Es wurde still. Tamme schien erst jetzt richtig zu verstehen, was passiert war.

»Ich liebe dich auch, Franzi. Ich liebe euch beide!«